悲伤的西班牙 Beishang De Xibanya

APTIME 时代出版传媒股份有限公司
安徽文艺出版社

作者介绍

　　严英秀，女，藏族，甘肃省舟曲县人，中国作家协会会员。已出版长篇小说《狂流》，中短篇小说集《纸飞机》（中、英文版）、《严英秀的小说》、《芳菲歇》、《一直很安静》等，散文集《就连河流都不能带她回家》《走出巴颜喀拉》，文学评论集《照亮你的灵魂》等。大学教授，现居兰州。

当代名家精品珍藏
Dangdai Mingjia Jingpin Zhencang

悲伤的西班牙

Beishang De Xibanya

严英秀 / 著

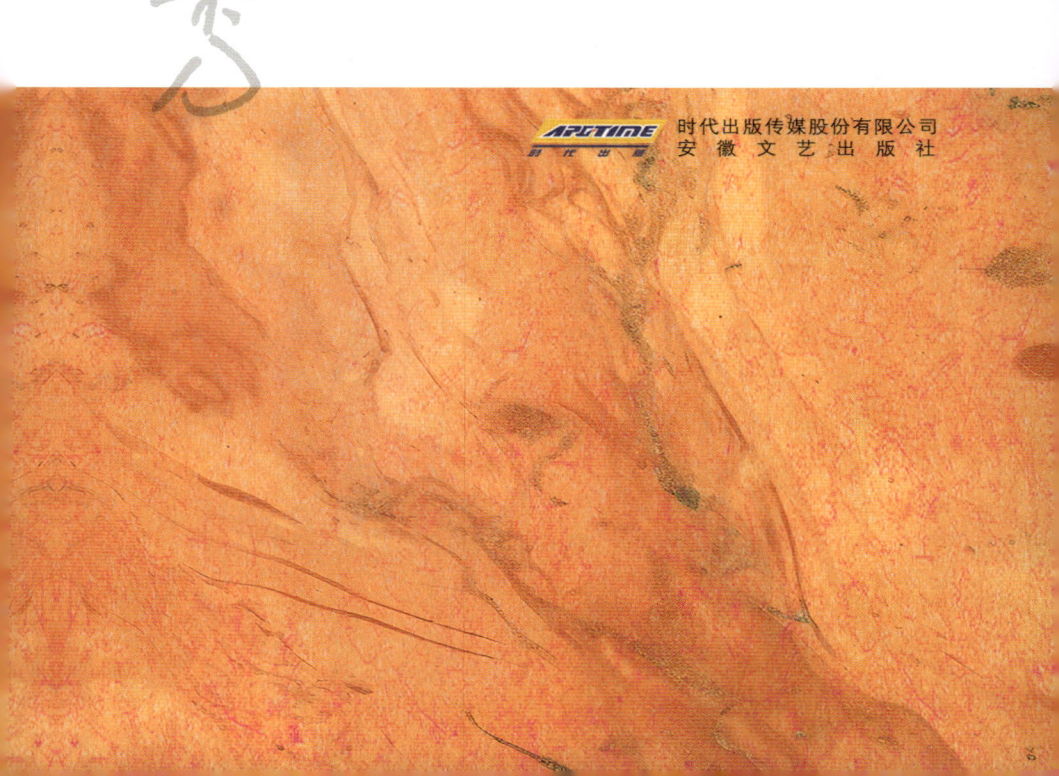

时代出版传媒股份有限公司
安徽文艺出版社

图书在版编目（CIP）数据

悲伤的西班牙/严英秀著.--合肥：安徽文艺出版社，2024.9
（当代名家精品珍藏）
ISBN 978-7-5396-7914-3

Ⅰ.①悲… Ⅱ.①严… Ⅲ.①中篇小说－小说集－中国－当代②短篇小说－小说集－中国－当代 Ⅳ.①I247.7

中国国家版本馆CIP数据核字(2024)第025808号

出 版 人：姚　巍
责任编辑：姚爱云　　　　　　　装帧设计：丁　明　徐　睿

出版发行：安徽文艺出版社　　　www.awpub.com
地　　址：合肥市翡翠路1118号　邮政编码：230071
营 销 部：(0551)63533889
印　　制：安徽新华印刷股份有限公司　(0551)65859551

开本：880×1230　1/32　印张：8.875　字数：190千字
版次：2024年9月第1版
印次：2024年9月第1次印刷
定价：45.00元(精装)

（如发现印装质量问题，影响阅读，请与出版社联系调换）
版权所有，侵权必究

目录

悲伤的西班牙 / 1

水边的阿狄丽娜 / 47

晋美嘉措这些年 / 109

只是夜太黑 / 136

芳菲歇 / 183

沦为朋友 / 229

悲伤的西班牙

这是一周中的第五次了,他进去时,她以同样的姿势听着同一支乐曲。没错,同一支。

例行的询问,意料中的作答。一切如常,正常。他可以离去了,但他没有。她想,他是不是有点烦冗,接近于事无巨细的望闻问切?音乐还在继续着。一支曲子到底有多长?她走神了。但同时,蓦地悟过来,这中间已有两次,乐声中止,复起,还是一样的旋律。自己开启的是单曲循环模式。无穷无尽地回环往复。

她的脖颈在他点到为止的触摸下,起了细小的汗粒。微微的黏湿传导着沁人的凉,使她感觉到他的指尖一阵烫热。他说,就这样吧。记得仰睡,坚持仰睡。

窗外突然起了巨大的哗啦声,法国梧桐遮天蔽日的宽大树叶以极其夸张的动作上下抖动着。她扭头看一眼随着哗啦声迅即暗下来的天空,轻声说,又变天了。他答,是啊,起风刮沙了。

在玫城,变天、起风、刮沙,是在任何一个季节都会说来就来的节目。没有人对此大惊小怪。他和她,一样平淡的声调。可她还是发现,当风把梧桐树的呼啸声更凶猛地砸在玻璃窗上时,他再次停住了已经挪开的脚步,回头看她。她欠身,有点慌乱地调小了手机的音量。涨满一屋子的音乐,猝然退去,成了一场午后飓风的伴奏曲,似近还远地流淌着。

他走了。但门外杂沓的脚步声中,并没有他的。她注意到了,他今天穿的是一双系带的软牛皮鞋。其实,他走动时一贯不发出声响。他没有那种上了年龄的男人常有的听似笃定有力却臃累负拽的脚步声。他每次来,都是门响了,人便无声地站到了床前。

玻璃窗的震响越来越小,风在梧桐树上的动作已由宏阔的泼墨走向工笔细描。躁动的天气经过一下午的奔腾翻转,复归平静了。她从枝叶婆娑间打量着重新变蓝,蓝到通透的天幕,不禁忆起一句:悬浮在各种形式之间,除了风,别无他求。

人声渐稀,音乐再起,国医馆的黄昏有着最适宜打量夕阳的静谧。

电话响,是何琦。她说,黛,你出来,咱们吃火锅。我快到医院楼下了。

她匆匆洗了把脸,换上衣服。一楼大厅里立着一个鲜艳的女人,她喊,何琦!然而,不是。原来认错了人。又不是近视眼,怎么会这样?情急中搜索何琦的面容,大脑竟是一片模糊。一个越过了万千车流、人流,从城市的西头来到东头陪你吃火锅的人,一个死缠烂打了几十年的人,却突然成了没有辨识度的存在。这个发现令她骇然,她在穿梭的人群中停下步子,一时间无比挫败。

何琦站到她面前时,她几乎是百感交集地盯着何琦,然后赌气似的说,我不吃火锅,就去这家必胜客吃一碗面。

终究为自己莫名的情绪感到抱歉,她问,真的,尝一口都不行吗?这番茄牛腩面还行哦。何琦啜着柠檬水冷笑,就这食,还想动摇我的革命意志？你自个儿填吧！

何琦不吃晚饭已有些日子了。她减肥。虽然她全身上下实在找不出可供削减的一处肥，但她从不善罢甘休。一个早已作别了青春韶华但还能穿火辣露脐装的女人，向来对自己心狠手辣。当然，除了火锅。只有在火锅店活色生香的氛围里，何琦日夜紧绷的警惕才会呼啦松懈下来，一颗女人心立马柔情荡漾，如一锅沸腾的红油。

在何琦的减肥史上，黛诺没少当破坏分子。她经常把何琦骗到火锅店，何琦总是哇哇大叫，黛，你这是羡慕嫉妒恨，是陷害！我与你不共戴天！严正抗议完了，便坐下来大快朵颐。

今天，却是她爽爱美人士主动提议的饕餮之约。何琦沉默了一阵，到底忍不住了，黛，怎么了？连火锅都提不起兴致吃？她答，没怎么，就是不想你为了陪我吃一顿饭滋生罪恶感，明后天连白开水都不敢喝。何琦骂，骗谁呢，你会有这等觉悟？过一阵，又问，是治疗不舒服吗？前几天电话里你还说享受高干病房，滋润着呢，今儿怎么蔫蔫的？见黛诺还是摇头说没什么，何琦一挥手，行了，赶紧出来算了，住院都住傻了！现在的医生，不负责任，他们惦记的不就是病人的钱袋子？尤其你这种病，平时保健是关键，住到医院来，看似这样那样的理疗，其实都是烧钱的花架子。

她闷闷地听着，开口插一句，不是，医生也不都是你说的那样。

眼前飘过一个白大褂的身影，她后颈上顿然起了一层凉意。每次，在他的手指触摸下，她都感觉到自己的肩颈一片寒凉。之前，她不会想到自己是这么凉。他的手，每一个指头都是热的。起初,那指头就像一团灼人的火星,刺刺地冒着气推过一片僵硬的寒地,后来,慢慢地,那指头像冬日的暖阳,游弋到背阴的窗台上。她感觉到她的身体,有一面窗帷正在徐徐地打开,热和光线一格子一格子地渗进来。

百病皆因寒侵,你的身体太凉了,颈椎自然会出毛病。他说。

这么说,这回是碰到好医生了?何琦凑过来,这一细瞧吧,气色倒真是好多了。问题是,我怎么觉着几天不见你,你变得恍恍惚惚的?不会是那天摔地上把脑子摔坏了吧?我求你了,你要是非得得病,也别再得那种傻病了,活不利索也罢了,死总要死个明白吧?

哪怕是在去年,这样的话都不会出自何琦之口。何琦不像生活中的许多女人那样,絮絮叨叨的,尽是负能量。她横行霸道了半辈子,任何时候、任何场合都自带女主光环。她想象的人生终点,是漂漂亮亮地躺在鲜花和男人们的不舍中,像玛丽苏剧里的女一号那样唯美地死去。可现在,她说这样的诳话时,稍不留神就底气不足露了馅,消沉落寞伺机而动,说来就来。黛诺慢慢地也习惯了。生活真是个奇怪的东西,它让人不经赌就服了输,一下子低到了尘埃里。那么多不屑的、卑微的、不可接受的、之前甚至都难以想象的安排,突然就登堂入室,侵入了自己的日常中。

十个月前的某个清晨,阿潘从自家小区走丢了。三天后,老普从郊区的派出所领到了人,可她已是面目全非。在医院的长廊,她突然抓住何琦的手说,你是哪一届的学生,你来找我借参考书吗?何琦一下扑在阿潘的肩上放声大哭了。阿潘认不出任何一个人了,可她还记得自己是老师。这样,或许还有救?

何琦、黛诺很少叫阿潘老师,虽然从第一次见她,她们便开始崇拜她。她们根本没办法不崇拜她。何琦说,如今流行说什么男神女神的,那些破明星还叫成女神,真是白白糟蹋了好词。什么叫女神?就咱阿潘那样的!但现在,女神不认识别人,也几乎让别人认不出来她了。亦师亦友了几十年,黛诺第一次看见阿潘的头发披着头皮屑,纠结在油垢中。阿潘见黛诺拿起梳子、洗发水,便乖乖地卷起了自己的衣领,那神情像极了再次被认领的流浪狗。是的,泪水糊住了眼睛的那一刻,黛诺想到的就是这个。黛诺想狂叫,想嘶吼,到底发生了什么?什么?什么?

仿佛只是昨天的事,阿潘一袭白裙、一肩黑发,像仙女一样飘然走进了大一新生的教室。同学们好,我是你们的辅导员潘老师。黛诺、何琦都承认仙女这个比喻有点俗滥,可她们遗憾找不出更恰切的表达。如果读的是中文系,情况就会大为不同。古今中外该有多少美丽的诗篇是为阿潘这种人配置的。

整整十个月了,阿潘不认识路,不认识家,不认识人。这十个月里,黛诺、何琦借着阿潘一双宠物般清澈无助的眼睛,突然看见了之前看不见的人和事。她们就像有了第三只眼。当何琦告诉黛诺,老普开始跳交谊舞了时,黛诺淡淡地应一句,我知道了。其实,不该那么快就看见的,她俩的家,一个在西,一个在东,而阿潘在城中心。那里的绿色广场上,清晨和黄昏,老头老太太们就像一锅锅饺子翻腾在喧天的声响中。唱戏的一锅,打太极拳的一锅,耍枪舞棒的一锅,跳广场舞的一锅,跳交谊舞的一锅,一锅锅各自成阵,相映成"灾"。阿潘和老普是从不加入这些队伍中的。他们散步。他们从结婚的第一年就养成了晚饭后散步的好习惯,二十九年,风雨无阻。之前是说着话,赏着景,慢慢地溜达,后来听人说快走有益健康,他们便快走。去年,手机里下载了计步器,他们走得更像上了瘾似的。

何琦说,老普简直换了个人,他竟然那么喜欢跳舞。跳快三、慢四也就罢了,连探戈、伦巴也学,真真笑死人了!何琦说,老普的舞伴是个健壮的老太太,染着葡萄紫的头发,大红唇。她有时穿白色的拖地纱裙,有时穿宝蓝色的天鹅绒。老普托着她缓缓转圈时,她的裙子就大大地撑开,把老普的下半身裹进去。何琦说,为什么老普就不散步呢?阿潘是脑子生病,又不是腿脚失灵,他带着她天天去老路上散步,不是更有助于恢复记忆吗?他凭什么?

一个人突然发现,他原是可以跳舞的,就不太甘心日复一日走路了。散步,不如跳舞。黛诺答。

何琦哭了。可他去跳舞,是把阿潘反锁在家里的。电闸、水闸都关掉了,怕阿潘闯祸。家里没有电,黑咕隆咚,不能看电视,不能看书,没有水,连洗手间都不能用,这不是监禁吗?阿潘太可怜了。黛,你说说,老普怎么能这样虐待阿潘?这也太不公平了吧!现在想想,阿潘的脑子还不是大前年救老普落下的病根儿?要是那摩托车撞倒的是老普,撞傻的是老普,阿潘会这样对他吗?

别说是老普,对待任何人,阿潘都不会这样。阿潘最见不得人落难,最不忍直视别人的窘境。可现在,落到她自己头上了。黛诺不愿去想阿潘一个人在黑暗的房间里瑟瑟发抖的样子,可那情景随着汹涌的泪水一遍一遍涌上来,堵着眼睛。

终于约见了老普的那天下午,黛诺回到家便栽倒在卫生间里。120急救,但检查结果只是颈椎问题。原来,只是颈椎病引起的眩晕。知道了这个情况,她放松下来,开始回味那一刻突如其来的灵魂出窍。也许,在某些时刻,让自己以眩晕的方式躲进某种遁逃,某种远离,真的没什么不好。

但从此,摔倒一发不可收拾。到底,住进了医院。

何琦说,我没在电话里说,你住院后,我决定把阿潘接到我家里去,可老普不同意,他都翻脸了。咱们以前怎么一点也没看出他是这样可恶的人呢!

他怎么会同意?你想得太简单了。黛诺说,老普要面子,这也正常。你有时间也别去偷窥他了,多照看一下阿潘是正事。

可他要面子,别人怕是连命也要不起了。何琦漂亮的鼻翼皱出了两行细纹,她撩手把长波浪鬈发狠狠甩到了肩后。就在那万千涌动的青丝中,黛诺捕捉到银光一闪。定睛细看,果然,就连何琦都有白发了。不止一根。

晚上,医院里不好过吧,闷?何琦打量着国医馆住院部里高大的假山,夜色里黑漆漆一片的树木。环境倒是不错。黛诺点头,没事,不闷。有音乐,有书,时不时还有微信红包抢。何琦做惊讶状,你也玩那个?我只知道你现在是文艺中年了,动不动音乐、诗歌的,年轻的时候才是显摆这些玩意儿的时候啊,哈哈,你那会儿子干吗去了?

黛诺笑而不语。何琦百密一疏,她不懂得,现在才开始热爱诗和歌,是因为终于明了日子离诗和歌有多么远。世间任何事总是恰逢其时地发生,不会早一点,也不会晚一点。非如此不可吗?托马斯用贝多芬的曲调问自己。然后,他听到自己的回答,上帝一般决绝:非如此不可。

老公的电话总是在每天晚上近十点的时候响起。黛诺知道那是两集黄金档电视剧之后的广告时间。今天感觉好些了吗?做了哪些项目?吃的什么饭?末了总是一句,我周末来接你吃饭。她一一作答,然后回问,今天公司没什么大事吧?累不累?那几个董事再没私下做什么手脚吧?她通常的结束语是,给阿姨说,猫要喂饱,但别老往鱼缸里撒食,淘米水也别天天浇幸福树,六七天一次就够了。

她不用像大多数同样身份的妻子那样,重中之重永远是劝诫老公早点回家,她的老公用不着劝,他一直以来是商界的另类:除非特别需要,否则永远按时回家。不喝酒,不唱歌,不洗脚。

他看电视。黛诺不记得除了睡觉,他在家里还有过不看电视的时候。一部接一部的肥皂剧,没完没了的真人秀节目。他以前也看《动物世界》,看新闻节目,现在基本锁定到娱乐节目上了。这样才够放松,满屏的美女、"鲜肉",满耳的插科打诨,彻底地放松。黛诺确实认为他比太多人的老公更需要放松。只是,当他放下饭碗就开始对着电视里的人会心微笑时,她就不知道自己该做什么。她常常在卧室阳台上坐着发愣,玻璃窗下是小区花园,跳舞的,健步走的,个个生龙活虎。有时她觉得加入他们是一件应该的同时是刻不容缓的事,但下得楼来,却往往意兴阑珊,一边跳着走着,一边感到一种彻底的荒诞、荒芜,就像她许多次努力地陪老公坐在电视机前微笑时所感受到的那样。事实上,太多事都不像看上去那么容易做到。

  这年头再没有比你家老公更省心的男人了。何琦常这样说。是啊,他一年四季从早到晚忙到头,回到家无非是歪在沙发上看个电视。黛诺甚至从来不用担心会有什么言语不和的事发生,他总是同意她的任何家庭决策,而她很少过问他公司的林林总总。至于她的工作,和他的圈子相去甚远,对此他更是没话。倒是住院这十来天,他们在电话里三言两语地聊起来。她知道了他前一阵子遇到棘手的事,董事会里有些人在挖他的墙脚,好在都处理妥当了。她也对他讲了老普跳舞、阿潘如何等等的琐碎事。他听完了说,不用太烦心,给阿潘找个住家保姆吧,咱们付工资。黛诺的眼睛一下子湿了。

  好像隔着人为设置的空间,看不见彼此的表情,反倒更好说话,更适宜沟通似的。十几年的夫妻了,不知怎么就做到了这样的相敬如宾。身边不少人羡慕他们的相敬如宾。可黛诺一直想要回忆起来,刚结婚那会儿,他也是这么爱看电视吗?如果是,他那会儿看什么?看得最多的是什么?

  记不起来了。不止这个,多少事都模糊了。怎么会这样?什么时候开始这样的?

  何琦说,阿潘这种病,毕竟是概率很低的,黛,你在担心什么?我看你有点强迫症。

  何琦总是嘴太快。什么事都说到人前面,什么话都喜欢说破。

她这副德行,黛诺可是桩桩件件都记着。大四开始恋爱,黛诺和男朋友好得分分钟都好像是世界末日,偏何琦大嘴巴一撇,兜头一盆凉水:他还不是看你能帮他毕业分配才追你的!黛诺气得和何琦大吵。自己的男朋友当然要帮他留城,帮他物色好单位,可这能反推出他是不爱她的吗?吵归吵,但何琦那么一说,事情就开始慢慢变味。后来,万事俱备,只欠领结婚证了,黛诺自己提出分手。竟然说分就分了。再后来,一位海归博士,双方都满意,约会了三个多月。何琦说,黛,你别硬撑着,咱又不是嫁不出去,别委屈自己。连续九十天天天穿衬衣打领带的男人,难道你忍得了?再后来,一个检察官,何琦说,你肯定受不了他吃饭时吧唧着嘴。再后来,就是现在的老公,何琦说,商人重利轻别离。这一回,黛诺没理她,日子便顺顺当当过下来了。

  阿潘老早就担心何琦太过完美主义。何琦说,完美主义有什么不好?最狠不过自己一个人孤独终老呗。果真,大半生就一个人过来了。身边爱她的男人前赴后继,一个个被她弃置在婚姻之外。婚姻不能凑合,因为婚姻里不可能睁一只眼闭一只眼。何琦如是说。她的理论总是与现下流行的那些心灵鸡汤背道而驰。黛诺和阿潘拿她没办法,只好由着她去。好在,她的日子看上去并不比她们欠缺,至今尚无孤独终老的趋势。或者用她自己的话说,抽不出时间孤独。除了上班,她跳舞、健身、减肥、学茶道、练瑜伽、聚会、旅行,还有约会。依然有源源不断的男人为她的妖娆埋单。

  黛诺一直以为生活就是这个样子,大概应该就是这个样子吧。美丽的阿潘紧挨着老普右边,穿过每一天的黄昏。即便是暴走,她也保持着优雅的身姿。何琦总时不时弄出一些新花样,就让她那么作着吧。而自己,当老公把脸对向电视机时,她便悄然回到卧室,拿起一本书,或者看窗外渐渐沉下来的夜幕。没有沙尘也没有雾霾的晚上,星星就会亮起来。有时,女儿从大洋彼岸发来微信。那边已是白天了。妈妈干吗呢?她回,看星星。女儿就不说话了。间隔好一会儿,女儿又问,妈妈是不是寂寞了?她紧攥着手机,女儿贴心贴肺的沉默和问话瞬间使整个人崩溃。深呼吸,她再回,没有,不是寂寞,是情趣,哈哈!你在外面吃好、睡好,学习不要太有压力。家里一切都好。

是的,一切都好。原本都好的。

你会弹吉他吗?他问。她不假思索,几乎机械地作答,不会。他说,我会一点,年轻时弹过。她这才醒过神来。吉他?好奇怪哦,他为什么突然说吉他?这也太漫无边际,不着调了吧?就像从她的后脑勺读出了她的讶异,他说,你每天听的那支曲子,是吉他曲。

原来,是因为那支曲子。其实,她只是听,甚至没留心过它是吉他演奏的。她不知道说什么好。她的脖颈和肩膀,此刻在他的手里。她的身体和他的指尖,似乎不再是冰火两重天。某种莫名的温度,正在慢慢将它们融合。他昨天说,症状有缓解,颈椎没那么僵硬了。

她说,看不出来柏主任年轻时还是个弹吉他的潮人啊。开口的同时,她觉察到自己仅仅是出于礼貌。是的,她一点都不好奇他的过去。明明连现在也都是毫无交集的空白。虽然她知道他来这里确乎比别的病房更多些,逗留的时间更长些,手上的揉捏推拿也格外用心些,但她想,这也算不上什么吧?况且,刚住院那天,老公到主管医生的办公室都走了一趟,一些特殊的关照,应该也是正常的吧?

不是赶潮,我那时候还真的是喜欢。他的回答却是认真的,声音里有一丝羞赧,手指也在她的肩上停了一下。成天抱着吉他,根本就放不下来。当然,我们练的不是你听的这类古典乐,我们弹齐秦的《狼》和 Beyond 的《光辉岁月》。

摇滚青年。她叹一声,摇滚青年。他跟着笑了一声。

每个摇滚青年的身后都跟着一个长发飘飘的女孩。她说,你也有吧?话已出口,但她并不喜欢自己的提问,似乎有点突兀,甚或,显得轻佻,脸颊不禁起了一层热。他的声音却在身后平静地响起,是的,我也有过。

和太多的爱情故事一样,他的往昔也无非是那种遍地开花的情节。女孩很漂亮,女孩喜欢他弹吉他唱歌,但女孩反对他毕业后从医,她说医生是最不浪漫的职业。后来,女孩嫁给了一个建材老板。他砸烂了久已不弹的吉他,然后,和医院的一个护士同事恋爱,结婚,生子。

那现在过得幸福吗?她在他的讲述结束之后,觉得应该这么问一句,就问了。他踱到窗户边,望着浓重的树影不出声了。今天是个好天气,天高远得看不见一丝云彩,阳光晃晃地扑打下来,隔着玻璃窗都能感觉到那种灼人的热浪。很多人说,冬病夏治最能见效,可最热的伏天也快要过去了。

幸福？你是问她，还是问我？其实，她也好，我也罢，左不过和你一样。他说，我们每个人的幸福不多不少，刚刚好。

干吗扯上我？她似乎有点羞恼，却是淡淡的。你又不了解我。他一笑，走出病房。他的衬衫是斜裁的下摆，走动时扇着小小的风。今天，他没穿白大褂。

夜里九点，她收到了他的问候：晚安。后面是萌萌的笑脸表情。下午，他们刚加了微信。她不知道是否该回他一个微笑。在表情包里搜索了半天，手下突然滑出了一行字：想问你，老年痴呆可以治好吗，你们医生称为阿尔茨海默病的？

很快，他回，治愈率很低。又问，谁？多大年纪？

她不再说话。

她出院的那天，他的办公室门一直紧闭着。他是知道她今天出院的。主管医生拿来的单子上，有他的医嘱，并不是那种龙飞凤舞的医生体，她认出了那些好看的字所标注的病和药。主管医生说，柏主任说了，让你半个月回来复查。她差点就问柏主任今天去哪里了，但终是忍住。

阿潘笑眯眯地问，你是哪一届学生？是不是谈恋爱了？黛诺顾不上陪她玩，只急着把所有的事宜一一地交代给保姆秋姐。秋姐说，我是听你们的，还是听普大哥的？昨天见面时，他跟我说的和你们说的不太一样。何琦一下跳起来，他跟你咋说的？黛诺按住她，笑着把秋姐领进厨房。你当然听我们的，我们给你发工资。普大哥，除非阿潘有特殊情况，不然就不要打扰他跳舞了。他现在跳的，都是高难度动作，得花时间练。

绿色广场上还是满眼稠密的绿,但震天的动静似乎少了些盛夏时的阵势。白露已降,秋风将至,一些老人开始腿脚臃肿了,一些老人开始身形佝偻了。永远歌舞升平的是老普那样脸上还闪着油光的新老人。想到他,黛诺拉着何琦急急避开了热闹处,音乐的鼓点在身后一捶一捶,敲击着人的神经。何琦骂,倒像是咱们做了什么见不得人的事怕他撞见似的!黛诺赶紧止住,不说这个,说点开心的事。何琦的声音一下大了,有吗?有开心的事吗?本人最近可是倒霉透了!不等黛诺发问,她却又嘻嘻地笑起来,美女,你是哪一届的学生?你是不是恋爱了?黛诺嗔道,别学了,阿潘都这样了,你还取笑她。何琦说,不准转移目标,我哪里是取笑她?你不觉得她有点特异功能吗?你还真像是谈恋爱了!黛诺无奈,不语。何琦又笑,我也纳闷啊,阿潘认不出咱俩,但她每回见你,都问的是,哪一届的学生啊?是不是谈恋爱了?见我,哪一届的学生啊?是不是来借参考书的?黛诺恨得咬牙,阿潘真的是痴呆了,她忘了借参考书的好学生永远是我,谈恋爱的坏女孩才是你啊!何琦说,我那些恋爱就不提了,滔滔不绝,有始无终,关键是她觉得你现在恋爱了。黛,我怎么觉着阿潘的感觉并不超现实,你身上真有爱情的味道呢。黛诺骂,行了!多大的人了,有点正形吧。

　　这时候,手机响了。黛诺说了一声柏主任好,便不知说什么了。要求出院半个月去复查,她没去。四十多天后,主管医生打来电话询问过康复情况,她想,医院断不会有这么好的跟踪服务,那肯定是他让打的。可他自己从来也没联系过她。但她也仅仅冒过一次这个念头而已。他为什么要联系她呢?

你出院后有过眩晕恶心吗？他没做什么寒暄，开口便问。她说，有过，但比以前轻。摔倒过吗？他问。她答，没有。活动受阻吗？还行。

似乎再没有话了。黛诺无法忍受令人心悸的沉默，柏主任，那您忙吧。而他却猛地抬高了声音，我有了一把新吉他，我想给你弹一次那首曲子！黛诺脑袋嗡的一声，太阳穴怦怦地跳起来。她赶紧用手机托住了额头，眼睛警觉地扫到了何琦身上。何琦假装看着大榕树下打太极的老人，鼻子里却得意地嗤嗤着。黛诺心一横，哪首曲子？他答，《悲伤的西班牙》。

哈哈，你刚还抵赖呢，这下让我抓了个现行！何琦张牙舞爪起来，姑娘，你是哪一届学生？快带我去见你那个吉他少年！黛诺只怔怔地往前走。何琦笑，哟，这是怎么了？人还没给你弹呢，你这先醉过去了。黛诺这才开口，你别闹了，没听见我拒绝了吗？根本是一点都不熟的人！何琦还是嬉皮笑脸的，你拒绝了吗？就是拒绝也是口是心非！爱情到来了，就要张开双臂，这才是打开它的正确方式，懂不懂？半推半就，欲迎还拒，现如今不时兴那一套了！黛诺停下来，认真地看着何琦的眼睛，亲爱的，别再爱情爱情了，我的情况和你不一样，你认为我开得起这样的玩笑吗？何琦讷讷地问，那他怎么回事？这次住院，到底发生了什么？黛诺摇头，什么都没发生。什么都不会发生。谁此时没有房子，就不必建造。谁此时孤独，就永远孤独。何琦气极，好，好！就这么着吧，他用音乐勾引你，你用诗歌搪塞我，我这个和音乐、诗歌都不沾边的人就不打探你的隐私了！

但事情竟会那么不凑巧,只隔几天,她便遇见了他。这么大的城市,偏家政公司的大门口,她刚刚出来,他正要进去。他不是一个人,身旁一个穿着半长咖色风衣的女子见他碰见了熟人,招招手说,我先进去了,便径自进了楼门。他把脸转向黛诺,两个多月不见了,你看上去挺好的,没再犯?她说,多亏了您,没再犯。他笑了,我倒是希望你时不时犯一下,过来治疗一下。停了停,又说,天气转凉了,秋冬容易复发,保暖是关键。你身体凉。黛诺感到后颈随着他说"凉"倏忽间起了一阵凉。他总是一次次让她感知着自己的凉。她不由得紧了紧衣领。您今天不上班吗?他答,今天夜班,出来办点事。黛诺说,那赶紧忙去吧,夫人都进去好半天了。他笑了,夫人?不是的。黛诺只好问一句,那是谁?他说,摇滚青年身后那个长发飘飘的女孩啊。

　　黛诺脑子一时短路,待反应过来时,她憋出一句,她,回来找你了?旧情复燃了,你们?他盯着她,眉宇间兀地添了一种惆怅。他说,你必须听我弹一次那支曲子。黛诺的心一颤,眼里不知怎的浮上泪意。这猝不及防的软弱使她加倍羞耻。她几乎是喊出来,为什么?为什么必须?你是谁?我是谁?你以为自己还是扛着一把吉他招摇撞骗的校园歌手吗?就算你是,可我从来都不是长发飘飘的文艺女青年!他望向别处,我知道,我知道这很冒昧,很唐突,可我非常希望让你听。黛诺冷笑,你看清了,现在,你眼前是一个正在走向更年期的妇女,她脾胃失调,"三高"俱全,颈椎、腰、腿没一处合适,她不过是你曾经的患者,让一个女病人去听男医生弹吉他,这种医患关系你不觉得很另类?再说了,到哪里去听你弹吉他?你能光明正大带她到哪里?你的家里,还是你的办公室?或者,你以为,她的家里?

你别生气,你等我信。他说,突然下了决心似的,用不容置疑的口气。然后,他抬脚就消失在她酸涩的视线里。他的步子是在医院里不曾有过的迅疾。他穿着一件灰色的条绒外套,背影比夏天时更瘦高了一些。

银杏开始落叶了。先是一片一片,轻扬一地。很快,便一簇一簇,哗啦哗啦地堆积到了道旁。这些叶子,它们中的大多数都还没长到应该的样子,那猎猎作响的炫目的金黄尚未实现,便在猝然而起的冷风中萎然落地,沦落为污迹斑斑的焦黄。黛诺想,这黄和那黄之间,该有多少不甘心的安排?

何琦说,其实去听一下又何妨?人和人之间,太过戒备有必要吗?也许他真的只是想弹一支曲子给你听。黛诺笑,我不是戒备,我一个年老色衰的中年妇女有什么好戒备的?不是一个段子说,到咱们这个年龄,有贼心也有贼胆了,可回头看,贼没了。我不过是觉得没必要。何琦摇头,什么叫没必要?你多少年把自己包得太紧了,一些事,面对一下,经历一下,也是对自己的丰富。譬如,你这半辈子没有过一个感觉不错的男人专为你弹一曲的经验吧?黛诺说,专为我弹一曲?为什么?伯牙子期啊?我没有这样的浪漫奢求。我只知道,很多事情的收尾都对不起开头。既如此,最好不开头。

茶楼里飘着淡淡的乐曲,起初是钢琴,后来是萨克斯,等她俩都不说话了,便流出了一支歌,粤语的:"愁看残红乱舞,忆花底初度逢……"黛诺说,陈百强。何琦点头,嗯,陈百强。黛,这家老板肯定也是咱们70后人,从装修风格到各种饰品,你看连音乐都是怀旧的。黛诺说,陈百强,他的声音还是这么好听。何琦说,当然,他的声音没机会变老了。她们不约而同地把目光投向茶桌左侧的阿潘。阿潘径自玩着,她小心地把座椅上的圆靠垫抱在胸前,全神贯注地研究着那上面的一缕线头。感觉到她们在看她,她警觉地抬起头,眼光四处巡视一番,又沉浸到了手中的靠垫上。何琦说,黛,我感觉她还是认识咱们的,只是有表达障碍。黛诺无语。阿潘,她的脑子里,现在到底是一个怎样的世界呢?她的样子像极了一个抱着布娃娃的幼女。她现在连自己当过老师这点记忆是不是也彻底丧失了?她已经有好一阵子没问过她们是哪一届学生了。她是不是直接退回到了自己的童年?那么,她有过一个怎样的童年?

　　黛诺和何琦曾经努力地帮阿潘做过康复训练。运动活血,填字游戏,数字记忆,旧事刺激,从医生处咨询的,从网上查到的,从电影里看来的,各种方法,她们都曾心存希望。但,几乎是很快地,都一样一样放弃了。没有谁可以坚持。愧疚,沮丧,挫败,彻底的无能为力。黛诺甚至慢慢原谅了老普。阿潘自始至终都盯着忙乱中的他们,依旧美丽的大眼睛有时空洞无物,有时又盈盈地笑着,装满了不计前嫌的信任。每回看阿潘回来,黛诺都失眠。她不愿常去了。她暗暗感激何琦,何琦照顾阿潘更多,做什么总是更积极。

　　何琦问,黛,你家那口子,还是那样一回家就看电视?黛诺说,不然呢?难道有了什么改变的理由?何琦又问,他连床上活动也没热情吗?黛诺懒懒地说,热情也是有的,但总归耽误不了他多长时间。何琦哈哈大笑,耽误他的时间?这倒是耽误他的时间了,简直太讽刺了!黛诺说,这种事看淡一点也没什么不好,就算再怎么如火如荼,总归还不就那样?关键是心。何琦的声音简直愤怒起来了,心?你是说你们的心在一起?快别闹了!我不是早就说过吗?你家老公最省心了。省心,懂不懂?根本用不着心。黛诺不理她的抨击,只静静打量手中的茶杯。这茶清亮中荡漾着若有似无的一抹黄绿,看上去就让人觉得沁人心脾。服务员刚说了,泡茶用的是山泉水。可是,这城里,还有纯天然无污染的山泉水吗?如果有,也该是经过种种莫名的工序才来到这杯中的吧?茶非那最初的葳蕤之绿,泉也已是尘世之水,但它们不一样泡出了这既有卖相又有味道的茗品?省心,有什么不好?

一个男人捎话给一个女人,说他在临街的咖啡馆等她。他说他会天天在那里等,直到等够八天时间。女人知道他是一个水性杨花的男人,一个迷人的男人。女人不想见他。她整整抗拒了七天。第八天,她走向咖啡馆,无异于走向断头台。

你在说什么?听不大明白啊。他斜倚在藤椅上的身子坐正了,他的神情渐渐由迷惘转为自嘲。水性杨花的男人,迷人的男人,这总不会是说我吧?我有这么好吗?哈哈!还有,咖啡馆,咖啡馆在哪?这不太像咱们这个情况啊。对了,你是在背书吧?有才啊,开口即诵,出口成章!

黛诺在他开怀的笑声中也笑了。离开了医院那个环境,他的样子显得豁朗多了。是的,我是在背书,杜拉斯的《说谎的男人》。她打量着他的手,他的手交叉着停在一把吉他上,在灯光下形成了一角优美的阴影。他知道吗?其实他真的是一个迷人的男人。

《说谎的男人》?杜拉斯?我根本不知道哪国人呢。他摇摇头,由衷地赞叹,你可真是博览群书啊,住院时见你成天捧着书读,我们同事都议论,就从没见过你这样的病人。可是,此刻你背这么一段话有什么寓意吗?这样一段貌似挺严重的话。他的眼深深地看过来,好像她一下子退到了某种距离之外。

她低下头,她自己也不知为什么嘴里突然冒出了这一段话。她甚至根本不知道自己记着这段话。杜拉斯有许多经典语录,《说谎的男人》并不是显眼的篇什。她咬着嘴唇,几乎是艰难地整理着思路,然后决绝地和盘托出:没有,没有什么特别的寓意。关于那个男人那些语句,一点也没有所指。我念这段话,或许只是因为最后那一句——第八天,她走向咖啡馆,无异于走向断头台。

就是这样。你看,我们到底还是见面了。前几天,我还在何琦面前凛然不动的样子。看来只是嘴硬。而且,不是第八天,你叫我的第三天,我就来了。

原来这样啊!他又呵呵笑起来。你是说,你赴我之邀,也无异于走向断头台?

她不说话。她把手伸向吉他。她的手和他的手只隔着两根琴弦。终于,两只手撞在了一起,撞出了一串胡乱的音符。他的声音低下去,呻吟一般,我真的是想给你弹这支曲子,我已经了了心愿了。就这样,嗯,事情没那么复杂。

你弹得真好,我很喜欢。我知道你是想要弹吉他给我听。你真的只是想要弹吉他给我听吗?可我不一样,我来是为了告诉你,你的手让我知道了自己身体的冷,你的人让我知道了自己心灵的冷。一个人活在自己的冷里面,活得也好好的,可偏偏出现了一个人,让你更清楚地感知到自己的冷。柏主任,你就是这个人。你不是弹琴给我听,你是在告诉我,我的生命有多么寒冷。从认识你的第二个星期,我就知道这个了。

别叫我主任,别叫我大夫!他猛地甩开吉他,站起来。他盯着她,好像涌到嘴边的话一下子又被堵回去了似的。突然,他拉起她,把她搂到了胸前。他的动作猛烈而突兀,几乎是撞击着包裹了她。然后,似乎是为了弥补自己的粗鲁,他的脸温柔地埋进她的发,久久不动、不语。

她也不语。他静默的身体里散发出一种孩子般的依恋,使她一阵心酸。是的,只是心酸。并没有所谓的血脉偾张的冲动,和通常的想象中此情此景必定出现的那种迷失。她的手轻轻拍打着他的后背,真的像是在安抚一个委屈的孩子。

不是第二个星期,是第四天,知道吗?他说,第四天,我到你的病房,你正做着牵引,那样子自然一点都不好看,呵呵。我问你话,你一句一句答着,但你的眼神根本不在自己的病情上,不在我的治疗上,你整个人好像根本不在那里。奇怪的是,我似乎也被你带离了,我第一次在治疗中不由自主地走神,心里一直念叨,这个女人,她的颈椎病这么严重,可一定还有什么是比这个更严重的。瞧她的眼神,瞧她的眼神。

你一贯这么擅长捕捉女病人的眼神吗？黛诺说。话出口的同时，她觉出自己的语气里竟然有一丝娇嗔和吃醋的味道。为了掩饰，她越发换作玩笑的声音，老实交代你的勾引史！

别说勾引了，我甚至从来没把女病人当成女人！当然，你可以不信，说我是说谎的男人，哈哈！他的笑声在她的耳边震荡，有一种落花流水的熟稔。多少年，我只遇到你这么一个人，真的。当时，我不停地想，她是什么情况？除了病，还有什么？还有什么事情是她正在面对着的？我见过你老公了，知道你是养尊处优的阔太太，那么，你的问题也逃不出那些狗血剧吗？老公养情人、包二奶，老婆有钱，却寂寞、愤怒？

不是那样的。他没有。黛诺淡淡地应道。他说，是的，我后来也知道了。你老公，他挺好的一个人。再说了，你有自己的世界、自己的事业。你不是依赖男人的脸色打点生活的女人。你别怪我，关于你，我还是做了点功课的。我承认，我非常动心。为此我纠结了不少日子。你看，在这次下定决心约你之前，我连一个微信都没发过。我一遍遍给自己打气，一辈子这么长，这么无聊，遇见过无数不情愿遇见的是是非非，真正吸引你、牵扯你，让你渴望去探究的人和事却并没有多少，甚至是唯一的，比如你。

她离开了他的臂膀。现在，她又坐回到了那把吉他的旁边。她打量着他的脸，他的眼。在她的眼里，它们从来都是沉静的、忧郁的，就连忧郁也是温润的，此刻，却硬生生地添了苦痛和挣扎。她清楚，一旦出现这两样东西，事情便会朝着庸常的情节往下蔓延，而她却并不想看到后面的故事。她细细看着他的脸，她承认自己是喜欢的,就像他刚才承认动心一样。可是,喜欢与否,动心与否,在她接下来的生命中,还有什么实质性的意义吗?

也许,你觉得被我吸引,被我牵扯,事实上这不过是你想要探究我的好奇心使然,好奇心。她说。不是这样的!他急急辩解。她用一个微笑制止了他。你不是从来没遇见过我这样的病人吗?你不是觉得我的眼神特别吗?那么,我现在告诉你答案,我没有什么事情,我的事情就是我很孤独。

孤独。知道吗?没来由的,要人命的孤独。好像好多年前有一首特别火爆的歌,《孤独的人是可耻的》。我觉得自己尤其可耻。我的孤独简直是卑鄙,难道不是吗?此时此刻,在这个世界上,还有多少人辛苦奔波,只为了最低最基本的生存条件?医院门口那个卖肾的女人,天天在大太阳下举着牌子,可那么长日子过去了,没有人买她的肾。没有人买她的肾,她就掏不出给儿子继续治疗的费用。我一个犯颈椎病就住进单人病房的人,在这样的母亲面前有脸说自己很孤独?因为孤独,也很痛苦吗?

话不是这样说,这两码事。他沉吟着摇头。况且,颈椎病引起的并发症也是致命的,简单孤立地判断身体某种病痛的轻重缓急,这是外行常犯的错误。你一个文化人,不能犯糊涂,你的颈椎病可不轻哦!

好的,我当心。她说。他顿了一下,又开口,其实,那个卖肾女人脚边捡到的五万块钱我知道是你给的。接下来的话,被她又一个微笑的眼神止住了,他只好沉默下来。沉默像一种流动的温度,灼热了他的皮肤,然后徐徐传递到她疼痛寒凉的肩颈上。她抬起手,拂了一下后颈,她确信摸到了一种不应该有的温度。就是这样,柏主任,你让我看见了自己,确知了自己,你唤醒了我。这是多么不可思议的事情。尤其,今天,当我知道你的心意。事实上,也不能说今天,应该早就感应到了。那么,我是不是该像朋友圈里那些美丽的文章所写的,要说一声感谢命运安排这样独一无二的相遇呢?万千人海,偏偏你认识了我,我发现了你,这样偶然,却又必然。对于一个心灵和肉体都走向枯槁的中年女人,这真的是一份美好的礼物,不是吗?

可是,我要说的是,我并不需要这样的一份礼物。它,太奢侈了。

黛诺一口气说下去。她不容许自己有停顿的间隙。她不去看他的脸,他的眼,他突然委顿的双臂。所以,我并不感谢你的出现,因为,你治愈不了我的痛。你的医术做到的,你的人会一样样毁掉。我得到你,我只会在往后的日子更寒冷,更孤独,你懂不懂?

当然,你是懂的。她自问自答。在你我这个年纪,关于男女,还有什么是不懂的呢?爱情很强大,但也没用。它没用。你身后那张床,就算我们走向它,又有什么用呢?

所以,就不必了。

她觉得自己好像耗尽了全身的气力,她低下头把脸埋进了一泻而下的发丛中。灯光下,她的发依然有着葱茏的黑。但她是知道的,这貌似青春的润泽下,一根一根前仆后继的断发,和蠢蠢欲出的白发,呈现的真相。没有什么手段可以掩盖的脆弱、枯焦,没有任何力量可以唤回的再生长。那么,就这样吧。可她的手再次触到了吉他。吉他躺在手边,琴弦之间仿佛还缭绕着刚才的唇齿生香。他颓然地坐在眼前,表情是她不忍直视的痛楚和空茫。她再次开口,那么,我离开之前,你讲讲这把吉他的故事吧。我料定它是有故事的。

你和他见面了?何琦问。见了。黛诺答。上床了?上了。何琦哐地把球拍扔到台阶上,你什么态度啊?黛诺笑,一问一答,有问必答,这态度还不好吗?何琦气喘吁吁的,拜托,你这叫有问必答吗?为治你这该死的颈椎病,我起早贪黑陪你打羽毛球,我容易吗?你倒好,净想着忽悠我,果真是城市套路深,交不得朋友。黛诺说,就陪练这么点小恩,时刻惦记着要人回报,你这样不好,出不了境界。何琦佯怒,俩人笑作一团。何琦说,我一听你这口气,就知道没戏。我说过多少回了,你呀,这些年把自己禁锢得太厉害了,根本就没那个胆儿。黛诺轻叹,也不是有胆没胆的事。何琦说,我知道,你怕自己陷进去。也是,你没有我这副百毒不侵的硬心肠,就别去沾那撇不清的事。男人嘛,但凡有机会,出轨一下下还不就是顺手一划拉的小动作?到时候,人家提裤子走人,你哭都没脸哭呢。黛诺摇头苦笑,你这张嘴啊!对了,现在我问你答,你阅人无数,难道没有遇到一个不以上床为目的的?何琦不屑道,遇到过,哼,本小姐什么没遇到过?可是,不上床又怎么样?不上床就高大上了?不以结婚为目的的谈恋爱是耍流氓,不以上床为目的的谈恋爱更他妈耍流氓!黛诺啜嚅,可是,上床也许自然顺势就发生了,但重要的不是这个,重要的是他想倾诉什么,譬如一段往事、一桩秘密、一个人,搁在心里久了,他好想讲出来,但讲给谁听?

其实,生活中,看似亲密无间的人,都并不是合适的对象。父母、孩子、丈夫、妻子、兄弟姐妹,你会把自己埋得最深的心事告诉他们吗?同事、搭档?更不可能了。朋友?女人还行,男人有朋友吗?男人就算有朋友,也是危难之际才见真情,平时嘛,不过喝酒吹牛,聊那些不着边际的话题。所以,也许,一个男人认识了一个女人,虽然之前他们素昧平生,但他突然之间就觉得她是懂自己的那个人,就有了那种对她倾诉的欲望。难道这种情况能和现在铺天盖地的出轨啊、艳遇啊什么的相提并论吗?

当然,不能够。这得多珍贵,多高尚,一见钟情,精神恋爱,高山流水啊!何琦啧啧的赞叹声全是讽刺。黛,你绕这么多弯,不就想告诉我你遇到了一个大知己?他约你是为了给你讲故事,诉心声!

难道不可以吗?黛诺最气何琦这种腔调了,什么话都是你说,是你自己劝我不要太戒备,说人家可能真的只是想给我弹一支曲子,现在又来阴阳怪气!

何琦不说话,她失神地盯着远处灰蒙的山。几个月前,她们还曾在那里喝茶消暑,倚红偎翠,但此刻看去,万木凋敝,只剩下一片灰蒙。山下的大河也是一样的颜色。记忆中,先前的冬天断没有这样寒碜。那时候,天冷,但清洌,敞亮,太阳几乎天天都有的,黄昏时便降下雪来。早晨推开门窗,外面白白厚厚、干干净净的雪,像是簌簌地落了一夜的童话。不知从何时起,在玫城,再也看不到那样的景象了。长冬无雪,冷空气像硬邦邦的旧雨衣,箍在人的肌肤上。而天空,硬是每天都能看出新高度来。何琦记得黛诺有双大红色的低腰靴,从雪地里俏生生地走过来,是那种赏心悦目的漂亮。此刻猛地想起,白雪红靴像一幅画,突然就挂到了眼前,何琦一阵恍如隔世。她不由得往黛诺脚上看去,墨绿的大裙角下,精巧别致的黑牛皮裸靴,自上而下款款流泻着知性内敛的风情。是的,黛诺依旧漂亮,而且更加优雅。但今日之美,已不适宜那小红靴的画风了。它终究是逝去了,和那些再也不回来的静谧的雪。

何琦抽了一下鼻子,努力使思绪回到谈话中,努力使自己的声音一以贯之的轻松、调侃。我哪敢阴阳怪气啊,你这么纯洁伟大的爱情,我只有顶礼膜拜的份儿呢!见黛诺还是气哼哼的,何琦挽起她的胳膊。黛,你知道吗?我就服你这点,说到做到!这事情,你老早就看得清楚,说得透彻,到头来果然不越雷池半步。黛诺的脸色松弛下来,突然又红了双颊。她讷讷地说,其实、其实也不是没越雷池半步,他、他拥抱我,我没拒绝。何琦哈哈大笑,好,这算半步,难得你没有拒绝!光是拥抱,没有后戏?黛诺一脸坦荡,没有,只是拥抱了那么三五秒时间。仅此而已。何琦问,这就完了?约定以后再不相见?黛诺点头,完了。不再见。这还用约吗?何琦点头,黛,我还真是信了,你遇到了灵犀相通的人。你很理智,好,有理智就不自寻烦恼了。有些感情像天籁,有多珍稀,就有多脆弱、易碎,而且不可复制,它经不起躺到床上去把玩,也不耐生活的磨蚀。说白了吧,就是它不适合偷情。如今这年头,拿它去申报非物质文化遗产还差不多。

黛诺心里发虚。她累了,觉得何琦聒噪得紧。她并不喜欢自己每每遇事,都要对何琦说起。尤其这件事。既然做不到坦白全部的真相,又何必炫耀它局部的弥足珍贵?也许她和何琦,只是几十年的惯性罢了。不管什么事,深深浅浅说出来,就卸载了不少,彼此笑一下、骂一下,心里的块垒就慢慢浇释了似的。

是的,谁能做到不倾诉呢?这么多的日子,这么空的人来人往。黛诺你知道吗?我憋太久了,要不是遇见你,我以为这些事就烂在我的喉咙里,长在我的身体里,再也吐不出来了。年深月久,它们已成瘤了,开膛破腹也无法剔除的那种。他说。

开膛破腹也无法剔除的毒瘤,探照灯都打不亮的内心的黑。这是那把吉他的故事。他的已然过去和正在进行的生命。黛诺永远都不会与人分享的秘密。如果有选择性遗忘症,那么,若今生再度路过国医馆,黛诺宁愿自己变成阿潘。她不会让自己再见到他了。诉说和倾听,是他和她仅有的缘。说完了,听完了,便是缘尽了。如果他的毒瘤因着这说和听,转移到了她的身体中,她也没有怨恨。有什么办法呢?既然注定要携带着这个不明注入体去面对此后更加斑驳的孤独,那就只能企望夜空的星辉能更灿烂一点了。

又是一集热播剧之后的广告段,老公伸着懒腰踱进卧室,他发现阳台窗下的靠垫抱枕又添了品种花色,便随口问,这玩意儿也用不着这么多吧?黛诺正色回答,怎么用不着?每个姿势都得有相配的道具。老公纳闷,什么姿势?黛诺说,仰望星空。老公脸上顿时堆上了各种难以言说。黛诺看着他,响亮地笑出来。笑声噼里啪啦,像一串莫名其妙的耳光。

黛诺想不起来那个女人的模样。故事的女主角,她已在现实的街角偶遇。但那天她以为那人是他的妻子,她只是看清了那人衣服的颜色。现在想来,那人的侧影也是好看的,她说"我先进去了"的音调也是好听的。是的,黛诺没法想象她的不好看,不好听。只有一个有色有韵的女人,才会是那样一场罪责的源头和原动力。

那时候,所谓"国学""国医"之类远不像今天这般受到推崇。作为玫城著名的一家三甲医院的心外科副主任,他绝不会想到有一天自己会从事针灸推拿这一套近乎是江湖郎中的野狐禅路线。没错,当年他和他的许多同事就是这么看待中医的。他正处于人们常说的年轻有为、前途无量的阶段。虽然大学的女友弃他而去,但他没过多久也结束了单身,和他在同一所医院当护士长的妻子能干且俏丽,他的生活幸福安稳,除了忙碌,找不出明显的缺憾——如果,她不回头去找他。

如果仅仅是她回头去找他,也就罢了。事情也许节外生枝,但他坚信自己不会做出错误的选择。是的,这里并没有前女友幡然悔悟卷土重来的狗血剧。事情其实很简单,她来找他,不过是看病。她的丈夫,那个建材老板必须立即要做手术了,她却把丈夫从另一家医院推到他这里来。还是你做好。你做,我放心。她说。

那是个并没有十分的难度系数的手术。刚开始,他感到高兴,为她的信任。他恨这个浪掷了他最好时光的女人,但她对他医术无条件的信任,以及在最紧要的时刻,她还是来找他,这很是安慰了他曾被她严重挫伤的男性自尊。但很快,他就被一种莫名的愤懑罩住了。他看着她在医院忙碌,在一片白大褂和满脸愁闷的病人中间,她显得那么光亮。甚至,那让别的家属形神憔悴的焦灼到了她的眉目间,平添了一种凄清的美。相比校园时代,她依然美,而且确乎更美了。这击垮了他聊以自慰的想象。是的,几年的音讯隔绝中,他曾在偶尔的醉酒或失眠里放纵自己的思念。只有在那样极少的时刻,他才承认自己是思念她的。他想象她嫁给那个商人后的种种不幸福、不如意,他断定那就是她生活的真实。再富足的物质都无法弥补精神的缺憾,任何高档的化妆品也难以遮掩一个心灵枯槁的女人容颜的流逝。凭他对她的了解,他不认为一个有钱人就能让她安稳。他甚至想过,如果有一天不期而遇,她一身俗气的珠光宝气,未老先衰,懊悔莫及,而他将淡淡地微笑着,淡淡地对她说:都是过去的事了,何必再提?

现在,她来到了他面前,一切却是另外一副样子。她倚在老公的肩头喂他吃菠萝,她伸手拍打老公的脸,死胖子,谁叫你不跟着我健身运动?得病活该!她细声安慰老公,柏主任亲自操刀,你还有什么担心的?只当上手术台睡一觉就是了。

她的老公,乖乖地听着她的安排。她叫他死胖子时,他满脸甜蜜安详的表情。他其实根本不胖。虽然沦为病人,但他看上去依旧健康、清爽,神情谦和且沉稳,言谈里透出自信和教养。怎么会是这样?他以为,她的男人站在她和他跟前,更应该像一个一望而知的不和谐者。她的男人肯定挺着圆滚的大肚腩,头发油光,眼神傲慢,金灿灿的皮带扣上挂着两部大哥大,隔一会儿拿起一部,一阵急吼吼的指手画脚,隔一会儿又拿起另一部,余音未绝的颐指气使立马换成低声下气的谄媚巴结,整个身体随着卑贱的声音低下去,低下去。——是的,这就是想象中她的男人的基本形象。

但现在,一切怎么成了完全不同的样子?

他失眠了,连续好多天。

手术完成得顺畅,用她的话说简直完美。出院时,她老公送他一个意大利名牌皮包和两块老普洱。她老公握着他的手说,柏主任,以后咱们就是朋友了。我有病来找你,你有事也记得第一个找我啊。他呵呵笑着把东西往外推,好像只是习惯性地拒绝病人的礼品,但其实是真枪实弹地拒绝她老公真诚的提议。可她哀求的眼神制止了他。是的,她的眼神完全是哀求了。他再不敢看她,他知道自己自此以后再也不敢面对她的眼睛了。他几乎是仓皇地接受了他们价格不菲的礼物,在那辆黑色的豪车前,他冰凉的右手又被那双伸过来的感谢之手紧握。

他有事当然不会去找她老公,而她老公有病也不会来找他了——一年后,她老公因性功能障碍在国内外广泛求医。当他听到这个消息时,他以为这比自己预料的时间至少早了两三个月。一般来说,得了这种病,病人往往要经过一段时间的精神困扰,才会出来寻医问药,而她和她的老公,从一开始就选择了积极应对。当然,他们是恩爱夫妻,他们不能少了那个。他恨恨地想。可是,恩爱抵得过一管药剂吗?只是 50 毫升无色无味的液体罢了。

失眠一天重过一天。从此,白天黑夜严重混淆。终于,他彻底明白过来,那一管罪恶的药剂,不只是注入了那个男人的身体里,其实也注入了自己的血液中。前女友哭泣着倒在他怀里——原来,这么多年来,他一直等待着这一刻。现在,他终于经自己的手实现了它。是的,她面容憔悴,眼神哀怨。一年半前陪老公做手术时的神采荡然无存。他要的就是她这个样子。不,不对!他原意并非让她受苦,他只是希望她来见他时是追悔不已的形象。现在,她以他想象中的典型姿势重新属于了他,而他,惊悚地发现,自己和她老公一样,委顿不起了。

就好像胸口被她掘开的漏洞,再也无法补缺,就那样一直呲呲地灌着冷气。又好像泰山压顶中偷偷嘘了口气,因为无意再接近她,对她男人的罪孽感便减轻了一些似的。事实上,那是根本无法减轻的。作为一个曾经德艺双馨的医生,一个守法公民,一个健全的男人,他知道自己做了什么。黑暗无边的夜里,他无数次地决定去投案。而清晨面对早餐桌上妻子盈盈的笑脸,却只能咬牙忍住想解脱的冲动。他已经毁了一个女人、一个家庭,他不能再毁掉另一个女人,毁掉她精心经营的这个家。唯一庆幸的是,面对妻子,他还是一个完整的男人。而为着这庆幸,他又加倍地仇恨自己。

终于辞了职。无法再面对这个让他梦魇不断的职业。给妻子的解释是,他想换一种方式证明自己是一个能让老婆孩子生活得更好的男人。起初,他被自己的豪言壮语感动得热血沸腾,几乎忘了原来那只是谎言。满世界瞎撞了一圈,慢慢他发现人近中年,其实可供重新开始的空间并不大。甚至,连前女友都跑来问他,要不,你来帮我老公做事?他现在身体成那样了,意志消沉,脾气也暴。他跟前得有个自己的人。

她现在确实把他看成自己的人了。他们终于成了一对心平气和的老友。经过了盛极而衰的婚姻,和以尴尬不堪收场的旧情复燃,这个女人变得粗糙、马虎了。她竟然看不出来自己的好心是多么不合时宜,令他拒斥。

出乎很多人的预料,他好马吃了回头草,折腾几年后又回归本行。但说是本行,不过是指医生身份而已,专业领域从此井水不犯河水了。他告别了西医,攻读了中医博士,在最短的时间内成为在传统针灸推拿领域崭露头角的名中医。生活似乎重新进入了按部就班的程序,他夜以继日地工作,他以百倍的热情、耐心和责任对待病人,他有时觉得自己在一天天救赎着自己,有时又觉得他付出得越多,亏欠得也越多。

他的前女友离婚了,并且得到了一笔数目不小的钱,一处花园别墅。恩怨纠结渐渐开始褪色,他强迫自己和她来往,强迫自己貌似平常地帮她一些忙,假装忘了从她生活中退出的那个男人,假装忘了自己曾经对他们做过什么。

直到遇见黛诺。病人中出现了一个叫黛诺的女人,就好像一团簇簇作响的火星落到了年久失修的老房子里。她是黑暗中猝然而至的光和暖,也是势不可当的灾、宿命的伤。他从她的病房出来时,每一次,脚步都被那首似乎在无穷无尽流淌着的乐曲牵扯着。每一次,他都从她的眼中想起自己的吉他时代。事实上,那几乎是上辈子的事情了。现在,他的妻子,大学同学,就连与此记忆息息相关的前女友,也根本使他想不起过往。而黛诺,一个莫名其妙的陌生人突然就使他跌进了莫名其妙的伤感中。伤感却又振奋,走在路上情不自禁地微笑,仿佛许多事情还来得及,仿佛自己尚未爱过、伤过。

但明明,心如黑洞,身怀毒瘤。

一段漫长的挣扎,他还是压抑不住地想要为她弹一支曲子。

真的只是想要弹一支曲子。他原以为那只是老夫聊发的少年狂，但越来越发现愿望如此深切，并非可以自生自灭的冲动。为她弹一支吉他曲的愿望，在与她失去联系之后，让日子变成了苦海。他早已习惯了苦，但这种苦有着全然新鲜的破坏力。

现在，终于完成了。吉他曲，以及那万劫不复的诉说。经过了那样的诉说，他们彻底分离。好吧，就是这样。还能怎样？像他这样的人，难道还能向生活伸手要求什么？他想，如何才算彼此拥有？也许这也算。你为一个女人，买了一把已作别二十年的吉他。而她消失在人海中时，怀揣着你不可告人的秘密。一辈子的劫。

《李米的猜想》，一部几年前的旧电影，黛诺并不清楚自己为什么把它收藏到了电脑里。这么多年来的国产片，她从来都不认为有收藏的必要。好像当年也没看到过关于这部电影的太多宣传。带阿潘到家来吃饭，饭后给她看照片，突然就翻到了。要不，我们看电影？她问。阿潘笑眯眯地点头。

似乎有点出乎意料，节奏和力度扑面而来。剧情还没展开，周迅的一颦一笑先抓住了人，一个呼呼生风的小女子。然后，当她哭出来时，当她在假装不认识她的男朋友面前终于哭喊出来时，黛诺的眼湿了。她看到阿潘也哭了。阿潘静静的，几乎还保留着笑眯眯的表情，但泪水一串串地滑过脸颊。她伸手替她拭去，但更迅猛的泪又下来了。黛诺伏在她的膝头上，急急地问，阿潘，你看懂了是吧？你伤心了是吧？阿潘不说话，泪自动地无意识地从眼里涌出来，仿若水。

黛诺哭出来了，阿潘，你认认看，我是黛诺！你认识我，你想起我了,对吧!阿潘挂着一脸的泪笑了,小红,你妈妈,喊你回家吃饭呢。

黛诺颓然地坐回到椅子上。周迅还在哭。哭得五官走形的周迅,哭得一脸烂漫的阿潘。生活像戏,像一种别有用心的隐喻。

老普的脚崴了。何琦说,你送阿潘回家的第三天,老普晚上出去跳舞就崴了脚。活该他!可是他脚崴了,秋姐就得既照顾阿潘又照顾他,这日子一长,还能没怨气?黛诺说,这不是怨不怨的问题,这是加薪的问题。老普的脚严重吗?何琦说,右脚挨不了地了,输了液,又冰敷贴膏的,折腾了快俩礼拜了,不见起色,他都急得上火了。能不急吗?那紫头发老太太最近染了一头红毛,两人跳得正起劲呢!黛诺我可告诉你,秋姐照顾老普这份工钱再怎么着也该他自己出吧,你不能因为有你老公那几个臭钱撑腰,就以为自己可以兼济天下,连老普这种人的事也去揽着,这叫助纣为虐,懂不懂!黛诺沉默不语。何琦在电话那头喊,听见没有?这回你要是再充大头,我就去跟秋姐说,坚决不让她管那个老不正经的,有种他让红头发去伺候他!黛诺这才开口,何琦,有件事我出差前没来得及告诉你,老普上个月把秋姐以前的工资全部退还给了我,他说必须由他出这个钱,这是原则问题,没的商量,所以我收下了。何琦好像也吃了一惊,好半天蹦出一句,那他早干吗去了?黛诺说,也许我俩刚开始态度过激,不该那样介入人家的家事,那样反倒把他推远了。何琦又一下火了,你这叫什么话!他还你两个臭钱,你就替他说话了?我俩不介入,谁介入?难道由着他把阿潘锁在黑屋子里不问死活吗?黛诺说,是,是,你说得没错,阿潘的事我俩不可能不管。可老普也不是不管,要不他怎么死活不同意你把阿潘接你那儿呢?何琦恨恨道,那是他想早点整死阿潘!你自己也说了,他爱面子。黛诺说,他顾面子,那是因为他知道那是他的责任,他并没有推卸。他刚开始那样,或许也是一时无法面对,有点逃避罢了。他现在不是在慢慢转变吗?何琦冷笑,他现在自己也瘫到床上了,当然要转变了。

   黛诺理解何琦的疾恶如仇。何琦是一个没经过婚姻的女子,她不知道两个人的日子里藏着多少皱褶,那些日复一日的损耗,那些冷漠空虚的消磨,那些琐屑壅塞的博弈。哪怕再光鲜的婚姻,有些时候,也比一个单身的悲观主义者的想象更悲观一些。所以,婚姻中的男女都变得强大了,或者,麻木了。所以,黛诺比何琦更容易做到心平气和,她知道老普才是彻底面对所有不堪的那个人,他其实最不易。事实上,能与一个不孕不育的妻子相守终身的男人,本质上也差不到哪儿去吧?

   什么不孕不育?不要因果混淆好不好!何琦激烈地驳斥。阿潘不是不孕不育,阿潘是因为怀上孕才发现老普得了急性传染病,怕孩子不健康就去流产,谁知伤了子宫,一辈子再也怀不上。没孩子能怪阿潘吗?还不是因为老普,是老普害得阿潘这辈子没做成母亲!

   当然。最初确实是因为老普。阿潘说过,老普愧疚得要死,为这事一直愧疚着。可老普的传染病当年就治好,就除根了,接下来的二十多年里,是阿潘的身体让老普为人父的愿望一次次地落空。到底谁是因?谁是果?谁是因,谁是果,于他们又有什么意义?一辈子这么长,同床共枕的一个人对另一个人一直愧疚着,那愧疚还是愧疚吗?黛诺这么想着,脖颈后面不禁起了一层寒。

很少有人知道老普对没有孩子这事是怎么想的,他看上去永远那么快乐,那么健谈、开朗、勤快,而且始终以阿潘为荣。阿潘是学校的名师,以前他们住在教工楼上,出门散步总像是穿行在学生的鞠躬致意和同事的热情问候中。老普总是比阿潘更高兴地和他们寒暄。对阿潘的朋友、学生,老普从来都是笑脸相迎,笑脸相送。他有一手好厨艺,他常常说的是潘教授是做学问的人,不能让她浪费时间搞家务。后来他们换新房子到了城中心,后来他从银行内退了。每晚六点四十,他们准时下楼,不管是去外面的广场、马路,还是在小区里绕着花园锻炼,老普总是把阿潘让在右边。不管是外面的广场、马路,还是小区院里,五颜六色的老太太们把日子过成了广场舞的节奏,但老普的眼睛只在阿潘身上。一切鲜艳和热闹之外的阿潘,素净、优雅,她的头发开始微微地白了。她的样子不由得让人憧憬起白发之美。

这一切在那个清晨戛然而止。那天七点多,老普在厨房里磨豆浆,阿潘收拾房间。老普说,别出去了,早餐马上就成。阿潘说,就下楼扔个垃圾,几分钟。然后,便是三天后在派出所的相见。警察说,大妈你认认,他是不是你老伴?阿潘看着老普,吓出了一脸的泪水,她哆嗦着扭身藏到了警察身后。

再然后,老普就开始跳舞了。

黛诺打电话询问老普的伤情。老普唧叹不已,上年纪了,不中用了,伤筋动骨一百天啊。但他的声音听上去倒也不很颓唐,似乎没何琦说的那么严重。秋姐说,老爷子美着呢,人躺在床上,手和嘴可没闲着,成天拿着手机又写又说的,说高兴了还唱几句给人听。黛诺问,给谁听?秋姐压低了声音,还能给谁听?就那个红头发老太太呗!普大哥这脚一崴,两人是不能天天见面跳舞了,可见不了面反倒更热乎了。贴膏敷药发微信,吃个油条豆浆发微信,嗑把瓜子也发微信,小狗小猫、花花草草,反正看见什么就发什么。普大哥的手机上全是那老太太的照片。黛诺的心沉沉的。她说,好吧,随他去。最近阿潘怎么样?秋姐答,潘教授老样子,她你放心,我给收拾得干干净净的,每天晚饭后领着去遛弯儿,她最近好像说话眼神都有点长进呢。黛诺说,秋姐,全亏你真心待她好。你也放心,不会亏待你。秋姐说,人心换人心嘛,你们哪曾亏待过我?别说你和何琦妹妹这么仁义,就潘教授自己这可怜的乖样儿,谁忍心不好好照顾她!两人说罢要挂时,秋姐却又迟疑道,何琦常过来照应,但有件事我不敢和她说,她脾气暴,我这正寻思着明后天跟你说呢,这普大哥,发微信也就发微信吧,有些事越做越过头了。黛诺急问什么事。秋姐说,他这回一崴脚吧,我打量着潘教授的病有点见轻了,她喜欢坐到床边对着他笑,看他换药时紧张得直掉眼泪,她好像慢慢要认人的样子呀,我高兴得不得了,赶紧求着普大哥多教潘教授说话,多给说说过去的事,我还把他们以前的大影集也翻出来了。可是,唉,作孽啊!普大哥的心根本只在手机上,他分不出时间陪潘教授。

黛诺说,他的心冷了不是一天两天了,我刚不是告诉你了吗?随他去。秋姐陡地提高了音调,随他去可就收不了场了,潘教授怎么着也是个大活人吧,可普大哥趁我去买菜,直接就把红头发老太太叫家里来了,他俩当着潘教授的面腻歪呢,你说是不是太欺负人了!黛诺听着秋姐咻咻的喘气声,想了又想,又开口,秋姐,老普也是老人了,多体谅他吧,他病了,朋友来家里探视也是正常的。秋姐愤然道,您可以打马虎眼,可我咽不下这口气!我要是能咽下这口气,我能四十七八了还离掉那黑心男人,自己出来挣辛苦钱!

音乐逶迤,像流淌的清泉溅醒陷入回忆的石头,像烟花在夜空兀然绽放又迅即消逝了璀璨。黛诺想,顶多是寂寥罢了,像夜雨一滴一滴敲打在玻璃窗上。顶多是空旷罢了,像一个季节已经远远地走了,一些怀念却还固执地守在旧颜色里,不肯温柔地死于宿命。何至于说悲伤?可《悲伤的西班牙》循环往复,一遍遍地从手机流出。好像它永远只是从手机里流出,好像它从不曾在一双手的弹拨下,在一把崭新的吉他琴弦上跳跃过。那旋律仿佛一个声音在说,我承认我曾历经沧桑,另一个声音和音般缠绕而出:遗忘是由灰烬织成的网,难道还有更好的命运?黛诺拉开窗帘,仰头不见异乡的星空,霾是旧相识。悲伤的西班牙,为什么是西班牙?西班牙她去过,浪漫、热情的国度,有些破败,有些空旷,但并不悲伤。

有些停顿,有些迟疑,但从不间断,从此地到彼地,如影随形的失眠。

黛诺出差回来顾不上去阿潘家,研究所来了外国专家,日程排得满满的,实验室里人头攒动,观点交锋,论坛似的。晚餐后才回到家,老公说,最近辛苦啊,从你犯病就没这么工作过了。黛诺躺到按摩椅上,她整个脖颈、肩膀,都是僵硬的、冰冷的。她正待开口,却猛地忘了刚才涌到嘴边的话。使劲回忆,怎么也记不起来。明明前一分钟,那句话显得那么重要,是她今晚要对老公说的第一句话,是她这段日子来等着对老公说的一句必须的话。可是抬手揉一下后颈的当儿,这句话卡在喉咙里,吐不出来了。

她几乎是惊恐地坐起身,寻找老公的脸。老公的双眼溢满了笑,他紧紧盯着电视屏幕上飙高音的唱歌选手和做着典范表情的各种导师、嘉宾。他的眼,并没有旁逸斜出的视线,扫向近在咫尺的她。她在他事不关己的微笑中,渐渐平静下来,起身去看幸福树新发的一枝嫩芽。他是她的定心丸。多少年,他一点点地让她明白了生活中并没有什么刻不容缓的事,并没有什么非说不可的话。是的,她和他有什么重要的话,无非就是,今晚吃什么?公司里忙吗?你前几天看的那部电视剧播完了?

今晚要说的那句话,应该是这些话,却似乎又不是。那么,它到底是什么话?老公的呼噜声闹钟般准时响起的时候,黛诺整个人还在问题中漂浮着。那句话好像一根鱼刺,怎么咳都咳不出,怎么吞也吞不下。它一直在。在一个人的无边黑夜里,它甚至有着鲜明的轮廓。

又一个夏天裹着热浪滚滚而来时,黛诺的颈椎病一点也不见轻。后颈、肩背、胳臂,全都僵硬、麻木,好像不是自己的。高温37摄氏度的大街上,长袖高领的她引得路人纷纷侧目。她觉得自己快被蒸熟了,但风驱之不散。一种抽象的风,非常具象地在她的肩颈处刮着,那冰冷的呼呼声以一种瘆人的加速度推搡着她的脚步——这天,黛诺又晕倒在单位楼梯口。

她坚决阻止同事送她去医院,随后她又否决了老公住院治疗的提议。久病成医,我自己知道怎么治疗。放心,不会再晕了。她一遍遍说。果然,此后很长一段时间,那奇异的眩晕没有再降临。黛诺不禁想,也许,有些事是可以用心力控制的。

接到了他的电话。他的手机号和微信,黛诺是早就删掉了的。这应该是办公室座机。他说,你不来治疗,是因为我吗?黛诺笑答,柏主任,瞧你说的,玫城又不是你们一家医院。我一直在治疗着。他顿了一下,说,好,治疗着就好。你的情况,不能掉以轻心。黛诺问,为什么给我打电话?算好了我又病着?你送出院的病人到底有没有彻底治好的?他说,不是算,是你老公的助理来找我开药膏。至于病人嘛,当然有治好的。可对你,我很失败。两人都沉默了。再开口,他说,你老公,对你很好。她说,是啊,他挺好的。你们也好吧?他说,我们也挺好。黛诺犹豫半天,还是问,她,你前女友,也好吧?他说,她今年又结婚了,她的新家不在这儿,去外地了。她也挺好的。黛诺说,那就好,都好了就好。他说,你保重。

笑死人!真正是笑死人了!何琦人未落座,声先扑面而来。嘴上说笑死了,但整个人像一团愤怒的火球。随着漂亮的坤包哐地摔到桌子上,话语四溅起来。还是因为阿潘。还是因为老普。老普不跳舞了,因为老普的舞伴红毛老太太不跳舞了。人家开始带孙子了。

你要看见老普那贱样儿,你不笑才怪呢。何琦说,人家老太太带亲孙子,他屁颠屁颠地跟着,一会儿递奶瓶,一会儿换尿布。有不知道底细的老头老太太跟他们打招呼,说,你们这大孙子长得多结实啊。他就紧赶着点头,比人家那老太太还笑得欢!脸上褶子里的巴结简直往外溢呢。

黛诺想象着那情景,她一点也笑不出来,何琦自己也是。她越愤怒,越鄙夷,就越伤心了。是不是老普的脑子也坏掉了?搞个黄昏恋也就罢了,这倒好,直接成人家不付钱的保姆了。黛诺,你知道吗?那老太太好多回把孙子直接给老普送过来,自己去超市逛去了。黛诺问,秋姐怎么说?何琦悻悻道,秋姐能怎么说?肯定生气呗!有几次她都不给老普做饭了,只给阿潘吃。她说有给人家抱孙子的力气,自个儿还做不了饭吗?老普也不好发作,想把孩子送回去,可你猜怎么着?何琦的神情突然一变,漂亮的大眼睛水光莹莹,照亮了整张脸。只要是要抱走那孩子,阿潘就冲过去挡,死活不让走。人家走了,她就坐在地上哇哇乱哭,秋姐喂饭也不肯吃。可怜的阿潘,她喜欢那孩子。秋姐说现在只有对那孩子,阿潘才有那样剧烈的反应。平时都是乖乖的,一点都不闹。

黛诺难过得不知道说什么好。也许,阿潘一直都是喜欢孩子的。只是,她不好表达出来。黛诺记得自己女儿小时候,阿潘总是源源不断地买来各种布娃娃和小裙子。但她从不将黛诺的女儿带回自己家去。在老普面前,阿潘一贯表现出对孩子问题的坦然、释然,看得开、看得淡。也许,她和老普一辈子都在以不在乎的洒脱来安慰着对方,也许,这种刻意的谅解,从看不见的某个地方一点点拉开着他们,伤着他们。

何琦看出了黛诺的心绪,她沉默半晌,喃喃开口,黛,讲真,我现在突然觉得我是羡慕你的,你有一个那么好的女儿。黛诺骂,你现在幡然醒悟了？想痛改前非了？告诉你，没用，生不出来了！何琦笑，怎么就生不出来了？我有那么老吗？人家七十岁老妪还有勇敢怀孕的呢，关键是，怀谁的？和谁生？哈哈！黛诺正色道，别闹了。用不着羡慕谁。每个人的人生都不一样。何琦说，我怀疑我这一辈子过的是假的人生。黛诺怔怔盯过去，何琦的头发是新做的波浪卷，满肩的摇曳生姿遮住了低垂的眉目。她怎么了？虽然这两年来已渐渐习惯了种种的不如意，但如此颓唐的言辞出自何琦之口，黛诺的心，还是被刺痛了。

何琦却抬起头，恢复了一脸的漫不经心。傻样儿，我就知道你不知道这是句网络流行语！

就是这样，就算是习惯了彼此倾诉，但有些话永远点到为止，从不泛滥。闺密至交，说了一辈子话了，但何琦最不愿意说的就是自己的苦。黛诺了解何琦的色厉内荏，那是一道防线，一旦决堤，整个人便崩溃了，不堪的那一面便会倾巢而出。所以，因为互相懂得，便不说，不问。何琦宁死也不做怨妇，黛诺便小心维护着她万人迷的形象。黛诺假装相信她真有那么忙，下班之后的活动排得满满，忙得没时间寂寞，没时间顾影自怜，没时间和黛诺扯。可是，许多个倚窗发呆的夜晚，听着老公在客厅把电视声开得震天响，黛诺总是忍不住牵挂何琦，她在做什么？真的还有男人在为她献殷勤，和她共进晚餐，约会？她真的有心力和一群年轻的男女K歌、跑步、练瑜伽？如果她此刻病着，如果她刚好发烧了，谁给她递一杯水？

黛诺忍不住要急急拨响电话。可是，自己又在做什么？和她说什么？这世上，谁能真正安慰到谁？黛诺想告诉老公的那句话，那句重要的话，一直没想起来。再也想不起来了。但家里好好的，没有人告诉她忘了什么，还在忘着什么。电视机里笑语喧哗，夜夜笙歌。孤独的人真的是可耻的吗？我怀疑我过的是假的人生，何琦偶露峥嵘的凄惶和软弱。可什么是真的？什么是假的？也许无所谓真假，冷暖甘苦都只是一个向度的问题。如果人生是不快乐的，那么，它至少也应该是值得的吧？为什么要在这么漫长的无意义中走到底？

这天上午，黛诺在单位接到秋姐的电话。你快来，快来，出事了！黛诺来不及问，秋姐便抽泣着挂断了电话。一定是阿潘不好了！黛诺惊出了一身冷汗，下楼梯时踩住了自己的裙角。待敲开阿潘家门，迎面而来的却是阿潘的笑声。黛诺已经很久没看到阿潘这么开心地笑了，确切地说，黛诺从来没看到过阿潘这么开心地笑过。得病失忆之前，阿潘是常常笑的，但那种春风拂面般的温柔笑容不是此刻的笑。此刻的笑是天真由衷，是恣肆烂漫，是纯然属于一个童稚女孩的开怀大笑。那清脆的咯咯声，像是向日葵在艳阳下哗啦啦绽开了所有的花瓣。

阿潘不是一个人在傻笑，阿潘一屋子的笑声是对着另一个人的——她的怀里，是一个萌萌的胖宝宝。宝宝也很开心，宝宝也在笑。宝宝的小手指一下一下抚弄着阿潘的耳朵。

黛诺的心快从嗓子眼里蹦出来了，现在，它慢慢沉落，送出了一声惊魂未定的喘息。但秋姐的脸是慌张变形的。她说，不是潘教授，是普大哥出事了！

老普沉沉地躺在大卧室阳台上的摇椅边。他脸朝下,头抵在墙角地板的踢脚线上。黛诺看不见老普的脸,但他的胳膊和右腿蜷曲着、耷拉着,似乎刚刚走过一场痛苦的挣扎。黛诺扑过去,又慌乱地收回手。这是怎么了,秋姐!老普怎么了?你怎么让他躺在地上?

秋姐的声音是抖的。你们不来,我不敢动啊!家政课上讲过,万一脑溢血中风发作了,不能乱扳病人的身体。黛诺急问,那你打120了吗?怎么会突然成这样啊?老普不是说他最近血压稳定了吗?秋姐说,我还没打120,我让你拿主意!黛诺气得乱颤,秋姐,你平时是个靠谱的人,今天这是怎么了?人命关天的事,你不打120,你巴巴地等着我来!你说,我有什么主意可拿!

可老普不是自己晕倒的,他是被潘教授推下去的呀!秋姐捂着脸哭出来。小孩!就因为那个小孩。你看见了,就那个和普大哥跳舞的老太太的孙子。今天老太太去买菜,又把孙子送到这儿来了。孩子一来潘教授可乐了,就想抱小孩,可普大哥不放心,不让抱,潘教授就抢。我听着他们闹,我在厨房熬粥,普大哥喊我,让我带潘教授出去走走。我想这不是要我们给他和那老太太腾地儿吗?我不,偏在家等那老太太回来领孙子。潘教授想抱孩子,一直围着普大哥转,我看她实在可怜,就把孩子从普大哥手里接过来,谁知孩子刚到我手上,普大哥那边还没坐稳,潘教授突然从后面使劲把他推出去了。潘教授,她、她哪里来那么大力气!普大哥扑倒时,头咚地撞到了墙角,刚开始手脚还抽了几下,然后就瘫在那儿一动不动了!我吓蒙了,想去外面喊人,可怀里还抱着个娃,又怕潘教授还会做什么,打120又不知道谁跟着去,怎么说合适,我只好先叫你来。我担不了这个责任啊!

我刚摸了摸普大哥的手,他的手好像都硬了,凉了!秋姐已泣不成声了。

黛诺蹲下去,把手伸过去。她慢慢去触老普在地上的手。那手从肩下伸过来,到肘窝处却奇怪地扭转了方向,纠结着伸向最近处的某个依傍。但它什么也没抓住,除了死死握在一起的指节。它极不协调地摆放在身体的右侧,根本像是多出来的一个物件。

黛诺感觉到了巨大的眩晕。她伸向老普的手骇然弹回来,捧住了自己的头。她适时地捧住了那种奔腾而来的腾空感,那种势不可当的消逝感,那种噬灭一切的飞翔感。她在一种迷梦般的坠落中听见自己说,不,此刻,我不能晕倒,不能!

她听见阿潘甜美的歌声:摇啊摇,摇到外婆桥,外婆夸我好宝宝……

水边的阿狄丽娜

一

常晓川又一次梦到了一个小婴儿。这次是男宝宝,但简直比女宝宝更加粉雕玉琢。当他向后仰倒发出咯咯的笑声时,额前卷卷的黑发和大眼睛上两排翘翘的长睫毛一起抖出了令人迷醉的阴影。不说他的脸蛋五官,不说小胳膊小腿,单是那毛发的触感就让常晓川的心痒痒得不行。他把头凑向前去,想让那软软的小肉体更贴近自己的脸颊,但就在这个时候,梦,戛然而止了。

常晓川睁开眼,茫然地打量着一屋子晨曦包裹着的空虚。没错,他睁开眼第一时间感受到的就是空虚。而且,随着他的清醒,空虚更真切更具象起来。空虚是沉沉地压在身上的轻软的鸭绒被,是硌着后脑门的硬枕头——明明乳胶枕枕得好好的,柳萨却又听了哪个人的蛊惑,换成了什么七木枕八木枕,说是防颈椎病。他由着她折腾,但从来没信过她这一套。

脑子里满是宝宝的颜色和芳香。这个男宝宝,和上回梦到的女宝宝有着一样的黑鬈发,一样清亮的蓝色的大眼睛,一样挠得人心颤的奶声奶气。常晓川长叹一声,闭上眼睛,却再也回不到梦境中。他只是感到空虚,和一种不可名状的挫败。

这半年多来,总是这样。总有这种不时袭上心头的沮丧。

从客厅里传来影影绰绰的乐曲,时而清越,时而缥缈。不知道柳萨什么时候起床的,此刻她正在进进出出收拾着东西。今天是周六,她却又要出发了。他不出声,侧着脸,从床上看着她的背影。她肩背单薄,腰肢纤细,整个身姿散发着现下人们常说的"少女感"。可是,这是应该的吗?一个已为人妻十一年的女人,凭什么还要有这样紧致的身线、这样轻盈的体态?常晓川感到自己心头莫名的嫉妒和恨意,与此同时,惭愧也咝咝地涌出来。他慢慢坐起身穿衣服,慢慢开口问,几点去机场?吃过早餐了吗?

柳萨埋头于衣柜中,嘴里含糊地嗯了一声。她伸颈翘臀的姿势固定了好一会儿,引出了常晓川的又一种不明情绪,他喉头有点发干。走到餐厅,倒了大半杯玻璃瓶里温好的水,咕咚一口喝下去,一种沁凉的酸从牙关嗖地一下蹿遍了全身。

嘿,这又是何方高人给你的养生建议,才推行一周多的蜂蜜柚子水换成了柠檬水?他龇着牙冲柳萨喊。话出口的同时,他就感觉到了自己语气里的酸意,好像这些话早就在柠檬水里泡着似的。

果然,柳萨不高兴了。你不喜欢喝,不喝就是了,难道我连喝什么水都没自己的主意?常晓川赶紧说,你是凡事都有自己的主意,我的意思不过是,在美容啊、养生啊这些事上,你们女人容易互相受影响。我觉着咱们以前喝牛奶普洱挺好的,现在整这些五花八门的果茶,未必有效。

一杯水而已,你想生什么效?柳萨头都不抬。电热壶里是普洱,喝吧。

又是把天聊死的节奏。常晓川看着柳萨忙碌的样子,不知再说什么。但柠檬的酸一点点地激出了刚才在床上压下去的嫉恨。他感觉到愤懑情绪开始撞击他的胸口,他止不住地想要发火。可是,为什么生气?为什么发火?他在心里责怪着自己,要坚决把试图冒头的坏脾气镇压下去。许多相似的过往场景从眼前闪过,他不得不再次承认,事情就那么眼睁睁地看着让自己搞砸了。

落地窗洒下一屋的好光线。远处的大河在初升的日光下变幻着粼粼的波光。耳朵里一片静寂,但从那河面的样子就能想象得出激流击石的波涛声。常晓川望着大河,想起柳萨常常就站在这面窗前听着音乐、望着大河,有时一站就是好长时间。他去楼下超市买东西时,她在那儿,他回来时,她还在那儿,甚至连乐曲都还是那一支。没错,当初买房时售楼小姐向他们力荐这套房的最大理由就是这是河景房。可是,好几年过去了,这眼皮子下面的河景,犯得着这么长久地观赏吗?就算四季晨昏各有不同,也终究不过是一条穿城而过的大河罢了。问题是,柳萨偏就这么看着。看着也就看着吧,问题是她看着那河,眼里却什么都没有。她空空的,远远的,比大河北岸的群山还要远,比她爱听的那些旧曲子的年代还要远。她整个人根本不在她自己这里,不在"现在"。

这般情形,难道常晓川不应该生气?不应该发火?尤其是做了那么一个梦之后。尤其是他想把那个梦讲给她听,而她虽然没看河,却依然显得那么远时。他觉得憋屈。一定是什么地方搞错了,难道不是她更应该做那样的梦,不是她更应该急切地告知他与那样的梦相关的诉求吗?

你这已经是好几个礼拜了,一直往外跑。他说。

柳萨从储藏间推出拉杆箱。非遗专题,你知道的,没办法。她说。要我送吗?今天我闲着。他问。她摇头,不用,待会儿台里有车到楼下接。

你当然好,有车接来送往,有人前呼后拥,可你想过你不在时我怎么过的吗?你哪怕问一句呢!常晓川有意不提高嗓门,似乎是很自然轻松地抱怨一句,但连他自己都能听出话音里的挑衅。

你怎么过?不就是除了加班,还是加班嘛!这是怎么了?难得双休日在家待一下,却做出一副怨妇的表情来。这回,柳萨呵呵地笑起来,并不为他的情绪所动。然而,这更加地使他不舒服起来,有一种小孩无理取闹被大人当场戳穿的羞恼。于是,他不管不顾地说下去,是啊,我难得在家,可是,这还是家吗?!你说说,你这两个月在家待了总共几天?等你回来我又该出去了!

柳萨把手里卷起来的丝袜扔进了箱子,目光渐渐冷起来,你在怪我?

常晓川迎头顶过去,我怪你怎么了?不应该吗?你之前已经完成的那个专题片,也算是一个大动作了,这次的非遗,你完全可以不接的,你这么拼命,事事争先,是要霸住你们台不给别人活路,还是根本就不想待在这个家里,待在这个城市?

常晓川知道自己说重了,话出口的同时脑门轰轰地响。完了!又一次言语失控,所言并非他所想。他简直想抽自己一个嘴巴,但当他听到柳萨接下来说出的那句话后,怒火再次猛地燎起来。

柳萨脸色黯然,手抚着胸口,低头,低声,几乎是自语似的,慕雨霖说得对,一味憋着、忍着,看样子真不行。常晓川,我真的要被你气出病来了。

慕雨霖怂恿得好啊!你就按照她的部署跟我吵啊闹啊!有她这样一个狗头军师,你怕什么!常晓川拿口杯哐哐地敲桌子。我知道,我早就知道那个女人背后对我指手画脚!她变态,见不得别人好!你折腾出这一大堆事,肯定都有她的功劳。现在她看咱们安定了,又开始作妖了!

常晓川看柳萨涨红了脸,好像就要扑过来与他拼命的架势。但只是那么一瞬间,她又拽住了自己。她低下头,脸上的红慢慢变成了惨白。她锁上了拉杆箱,把手机放进了连衣裙口袋,作势要走。常晓川一步跨过去,横在她面前,你现在是连跟我多说一句话都不肯吗?你这么高冷的姿态摆给谁看?

说什么话,常晓川?陪你一直吵下去吗?你这么恋战干什么?无数次的事实证明,吵到任何时候你总归都是赢家。柳萨的声音稳稳的,语气淡淡的,好像在聊家常。常晓川最受不了的就是这个。她似乎置身事外。她似乎有变脸的功夫,须臾间云淡风轻起来。他的愤怒点燃的只是他自己。他有一种强烈的冲动,想一脚踢飞她的箱子。他狠狠地瞪她,她迎住了他。她表情温和,但目光坚定,没有退缩——她从来没有退缩过。

常晓川感觉到自己身体微微地颤抖。每次与柳萨这样对峙,他都止不住自己的颤抖。他握紧了拳头。似乎有更强大的冲击力在推着他勇敢向前,却又好像猛地打了个激灵,有一盆冷水兜头泼下来,浇灭了愤怒的激情,剩下通体的冰凉、挫败、沮丧、羞愧。

柳萨,你原谅我,我——其实,我是想说,你生一个孩子吧。柳萨,你都三十好几的人了,再不生就来不及了。你原谅我,生一个咱们的孩子吧。

常晓川被自己的话惊住了,他不相信此时此刻他说出了这样的话。他慌乱地低下头,在令人心悸的沉默中又抬头看向柳萨。柳萨还是盯着他,但眼神不再锋利,她好像有点蒙,有点迷惑,然后,几乎是猝不及防地,一汪泪水盈满了她的双眼。她继续盯着他,直到泪珠滚出眼眶,流到脸颊,她才如梦初醒般推起拉杆箱,转身出门。

关门声哐地一下仿若砸在常晓川的心脏上。他呆呆地站在原地。他整个的脑海里,是柳萨盈满泪水的眼睛。泪水滑过柳萨的脸颊,却像刀片划着他。他感觉到疼。他感觉到对她的心疼——一个女人要去做那么辛苦的工作,而她的老公,却让她吞咽着眼泪出门了。

常晓川盯着家门。每次柳萨离开时,他似乎总是这样从背后看着她背着包,推着箱子,掩上门。有多久了,他不曾送她到楼下?而她,也不曾候他在门口?有多久了,他们之间没有过愉悦的送别和相聚?你来我往,每一天都在忙碌,每一次都匆促,敷衍草率替代了原本该有的生活仪式,甚或,像今天,突发的争吵彻底破坏了一切。

然而,他是心疼她的。他根本做不到不心疼她,就像每一次争吵之后,其实他从不曾原谅自己一样。

一大瓶柠檬水,狠狠地倒进了马桶。就是早上喝到的这第一口酸坏了事的,常晓川想。他从卫生间走到卧室,又走到阳台,感觉哪个角落都空荡荡的,到处都像是弃置不用的摆设,显得多余。是的,他说得没错,这还是个家吗?柳萨,她把整个家都带走了。

再回到床上,却睡意全无。玩手机两个小时,他发微信语音给柳萨:起飞了吗?他以为她不回话,但是秒回了:晚点。他几乎是悲喜交加地说:晚多少时间?你在机场吃东西,不要饿着。她再回:嗯。

中午,常晓川在楼下砂锅店遇到了 20 号楼的小梁。小梁正在扒拉着一煲牛肉粉丝汤,看见常晓川有点喜出望外的样子,常哥,你也来混饭?是不是嫂子也出差了?

常晓川知道他为什么兴奋。他们认识小区业委会,一开聊就有共同话题,后来便约着打过几次保龄球,下过几次围棋。还相约去钓鱼,但至今未成行。小伙子不满三十岁,但已在这个还算高档的花园社区买了 96 平方米的房子。买房谁都行,但没有房贷不是容易的事。他在一家公司做网游软件开发,常晓川当时听他讲了好半天也没弄清那些匪夷所思的工作程序,小梁笑着拍他的肩,常哥,你这么年轻就被新世界抛弃了,可惜可叹啊!此后便也没聊过各自的工作,只图放松娱乐。职场累人耗心,能有个远离利益牵扯又能玩到一起的聪明邻居,常晓川觉得挺好。小梁和女朋友同居,他诉苦说,管得那叫一个紧啊!所以,咱哥儿俩只要有空,只要能溜出来,就一定记得约!

今天不期而遇,正好两个女人都外出,小梁高兴得立即去便利店拎了一箱啤酒,邀常晓川去他家下棋。常晓川被他的热情感染,但心里略微不自在。如今谁还请人到家里呢？连老朋友都只在饭馆茶楼见面。但小梁像是遥远的过去那个睡在上铺的兄弟。常晓川不是第一次被他拉去他家了，但他还是感觉趁女主人不在，在人家家里胡吃海聊上洗手间，挺不自在的，好像不经意间偷窥了别人的生活，有种冒犯的意味。他宁愿在网上对弈。

但今天，几杯酒下肚后，常晓川便觉得能和什么人待在一起，说点什么，于自己太好了，他需要倾诉。从那个梦醒时分开始，从那杯柠檬水开始，他体内的一串大鞭炮一直刺刺地冒着火星，他压抑不住地发火了，他又一次无端惹怒了柳萨。可是，那串火星像毒蛇的芯子，四处乱窜，却未能噼噼啪啪爆个痛快。常晓川觉得反倒比之前更憋闷了。而且，以那样一句突然破口而出的请求中止了自己挑起的战火，他应该感到胸口块垒一吐为快的释放，还是图穷匕见的窘迫和狼狈？

常哥，我真是一点都看不出你脾气不好啊，你这么和善，我第一次见你就觉得和你特有缘。小梁认真地打量着常晓川，好像要从头开始探究他。你怎么就敢凶嫂子呢？说实话，我倒挺佩服你的！我可是一点都不敢招惹我女朋友呢，我这还没说完半句，人家早就刀枪齐上阵了。他自嘲，笑毕，又问，那你在公司脾气怎么样？上司、下属对你评价如何？

常晓川笑，你小子，真要充当心理医生？我嘛，在公司还不就是良民一枚？既不敢顶撞上司，也不会欺凌下属。小梁点头，德艺双馨，那必须的，不然也不会混到精英层！可是，为什么对嫂子就忍不住发火呢？是她不好？我觉得肯定是她交流方式有问题才触怒你。

不是。常晓川摇头,她很好。早先我爱吵架,她也就跟我吵,但从不强词夺理。现在我们几乎不吵了,就像今天这么偶尔一吵的情况,她也是一味回避退让,吵不起来。你见过她,在家里她也是那样子,人家算得上温婉知性的标准职业女性。

那就是她只奔事业不顾家?

常晓川又摇头,不是,其实她挺顾家的。她做事认真,但名利心淡,她不是那种"男人婆"。

说出"男人婆"这个词,常晓川不自觉地压低嗓门笑,我们公司就有好几位这样的!大家私下都叫她们"男人婆",谁知今年新来的两个女孩子听到了,简直义愤填膺得不行,说这是性别歧视、男权意识,总之把大家批得稀里哗啦,再不敢用这词了。呵呵,现在时兴讲女权,理论一套一套的。

正是!小梁连连点头,一副苦大仇深的样子。在我们家,我女朋友的要求必须满足,不然就是我搞性别压迫,但如果我提什么要求,肯定是归类到霸权意识中了。

两人摇头,苦笑,干杯。小梁突然恍然大悟似的,常哥,我明白了,嫂子她搞冷暴力、性惩罚,你、你压抑?常晓川感觉到自己的脸烧起来了,被人窥破隐私的尴尬。他佯装平和作答,也没有,我说过了,她还是明事理的。

那我可就糊涂了。小梁又斟满酒杯仰脖干了。总归不会是你常哥无端寻衅滋事吧?对了,是嫂子有什么让你不放心的地方?电视台,那可是大帅哥、小奶狗们出没的地方,嫂子长得又漂亮。

55

常晓川听着小梁的寻根究底,突然感到一阵荒谬。两个大男人,大白天正经事不干,喝酒也就罢了,却不聊国际形势、中美争端,不聊股票跌升、房产前景,不聊最近落网的"大老虎"和明星性侵案,倒是执着于自身家庭困境的剖析。这还是男人的做派吗?男人聊天何曾这样地务实、及物过?只有女人、闺密们凑在一起,才会进行这样灵魂袒露的深度对话。

况且,小梁只是一个与他相交不深的玩伴。况且,照现在的说法,简直就是两代人。他不可能对小梁推心置腹。

那么,我可以对谁推心置腹?常晓川在心里问自己。同学、亲戚、同事,一张张脸从眼前掠过,浮云一般,没有一张定格下来的。他感到一种彻骨的寂寞和悲凉。他失神地盯着对面热情的小梁,他知道小梁只是一个陌生人,但此刻,唯有这个陌生人陪伴着他的寂寞和悲凉。

你们年轻人对爱情怎么看?常晓川突然向小梁提问。他并不想再交流诸如此类的话题,可这句话自动就出来了。真是邪门,他今天已经是好几次说话直接不过脑了。

瞧你这口气,常哥,你这不也正年轻着吗?小梁笑,而且关心爱情这码事,更说明你年轻啊,像我,从大学出来就觉得那玩意跟我无关了!

别装深沉沧桑了,跟爱情无关,干吗变着法地哄女孩开心?这次是常晓川笑小梁了。但小梁一脸认真,常哥,真的,我们在一起是因为我们合适,听她话是为了减少不必要的麻烦。哪有那么多爱情让人消费的!

怎么叫合适?

这么跟你说吧。第一步,看着顺眼,愿意上床,上床了也还顺心。第二步,下床了也还愿意一起吃吃饭、聊聊天。第三步,日子长了,还愿意重复第一步、第二步的内容。

常晓川不屑道,你说这一大堆愿意,说的还不就是感情?这没有感情,怎么会愿意?

小梁沉默片刻,是得有感情,人嘛,相处久了总会生情。可这个感情可能不是你说的爱情,我们不会为了得到对方不计代价、衣带渐宽,更不会明知得不到对方还苦苦相思,一厢情愿不求回报。一切都在可把控的"合适"的尺度内。合适了,就在一起。有一天觉得不合适了,就好聚好散,不会玩"天地合,乃敢与君绝"那套把戏。

小梁生动的语言和表情逗笑了常晓川,但他感觉到自己嘴角的苦涩。他忍不住又问,怎么才能好聚好散?

在一起时善待对方,尽量扶持对方,忠诚,不花心不劈腿,但也不要互相套牢,给自己也给对方留有余地。譬如我跟我女朋友,这房子是我的,就算领证了也算婚前财产。平时家里的大开支,这费那费的,都是我缴。她呢,除了添添油盐酱醋,薪水全都归她个人所有。我不会插手她的收入。

这我知道,AA 嘛! 常晓川颓然道,我们公司的年轻人多半这样,比你分得精细多了,水、电、暖都是平摊。问题是,这样在一起,还能有安全感吗?

恰恰相反,常哥! 小梁大声反驳,安全感正是源自这里,因为理性,因为进退有度,所以安全,彼此都清楚在一起是因为合适,如果不合适,就可以抽身退出,这就叫安全。你知道现在动不动就出什么杀妻案、杀女朋友案,为什么?就是因为要么对对方付出太多,求回报,不甘心,要么就是向对方索取太多,有贪念,不满足。

所以,你也不会以为这些生生死死的惨案是爱情吧!小梁一副总结发言的口气,这年代,要想保持所谓爱情的纯度、烈度,又想天长地久,白发相伴,可能吗?所以,我们不谈爱情,只求合适。说穿了,两个人在一起就是为了利益最大化,大家都有可持续性发展的良好前景,而不是为了生死相许。

好,好,不说了,喝酒,下棋,哥服了你这嘴!常晓川呵呵笑着,开始摆棋盘。但他的心不在棋上,不在他的身体里。他的心好像被什么远远地带走了,又好像空落落地吊在半空里,晃晃悠悠的。

手机放在棋盘边上,一直静默着。终于,他放下棋子拿起手机发信息:还没起飞吗?

没有回音。一直没有回音。那就是在飞行中,他放心了。

然而,终究不能放心,心径自在某个地方疼痛着,被两句咒语似的话句,来来回回地刺痛着:求回报,不甘心。有贪念,不满足。

没错,这说的就是他。他常晓川正是这样。

他不可能向眼前这个洞晓世事的小伙子袒露真实的心迹。事实上,他对自己都羞于承认。但事情明明白白摆在这里,所有的纠结,所有的不和谐,就是因为他不甘心,因为他有贪念。他不甘心柳萨不爱他,他贪她的爱,纯度和烈度。

他要她的爱。哪怕因此破坏了他和她原本安定的日子,哪怕因此吓跑了她,把她推进了别的男人的怀抱——天,他甚至连这个都不在乎!他执念的只是她的爱。为什么,多少年来,他从来做不到像小梁说的,让自己也让柳萨待在一个安全的、合适的地方?

遥远的一幕像电影镜头又一次推到了眼前。那最初的伤,依然刀刀见血,新鲜的痛。十一年了,它未曾痊愈过,也没有片刻麻木。十一年了,他始终背负着它,与它互为一体。

十一年前,新婚第二十七天,他无意间翻到了柳萨的日记。柳萨在日记里白纸黑字清清楚楚地写着,她,不爱他。

就是在那天,他第一次跟她大吵。他不记得说了什么,做了什么,他只知道自己成了一枚兀自疯狂的陀螺,根本停不下来。此后,好几年时间里,坏脾气就像魔鬼的咒语套牢了他。他和她的生活因此彻底南辕北辙。

那天,当他被她的日记击中,五雷轰顶般跌坐在地板上时,她下班回来了。她站在他面前,笑吟吟地问,怎么像个小孩坐地上?他抬头看她,久久地看她,好像第一次认识她,好像要以目光之力把她看穿,击碎。然而,他只是看见了自己的痛彻心扉。他长发黑裙的妻、明眸皓齿的妻,他爱她。即便身处那样深切的仇恨里,不爱她,也是不可能的。

他爱她。十一年了,他一天天地活在这样的确证里,也一天天地假装忘记了那个早已下落不明的日记本。他咬牙让自己与生活中的许多达成和解。最初的几年,潜伏在他身体里的那头兽伺机而动不时冲出来时,他确曾感受过焚身似火的痛和快感。后来,他累了,大家都累了。那个日记本,他再想起它,心口再也燃不起愤怒之火。他只是越来越感到挫败。

现在,他比以往任何时候都更清楚地知道,他不过是败于自己。

如果小梁知道了他的故事,会以怎样的眼光看他?他肯定要说,常哥,你过日子是拿脚指头想问题吗?是的,有时候,常晓川以旁观者的眼光考察所有的前因后果时,发现自己确实愚执到了荒谬的地步。但人生只能各自去过,无法复制别人的正确,无法改写。十一年就这么过去了。无法言尽对柳萨的感谢,感谢她终究没有抛下他。

现在,他想要重新开始。他想要一个他和她的孩子。

难道,这也算贪念?

二

这是一个男人和一个女人的遗恨千年。这是他们最后的功德圆满。他们无缘相识在青春做伴的年华,他们的情人时代浩荡而来,却稍纵即逝。但现在,他们终于活成了一对爱人,两个亲人。

柳萨盯着笔记本上的这几句话。没错,这是她的笔迹。这确实是她自己写下的话。爱人?亲人?她揣度着这些下手很重的字词,觉得有一种不堪直视的羞愧从中漫出来,烧红她的脸颊。但事实上,鬓边的发纹丝不动,并未接应到意念中的灼热。她几乎是茫然地合上笔记本。隔着五年时间,这些话,她似乎不认得它们了。

候机室里静悄悄的。玫州飞往上海的航班由于天气延误了两小时,但场面并不因此而变得躁乱,反倒呈现出整齐划一的集体姿态。大家几乎是在广播通知的第一时间就埋头于手机上了,舍不得花片刻做无谓的抱怨。天气原因,人奈之何?这被耽误的两小时,使低头变得更加地理所应当起来。

柳萨也看手机。无所不有的朋友圈,琳琅满目的公众号,这里点一下,那里戳一指,时间便流水落花,径自走远了。但登机又被告知推迟半小时。柳萨觉得双眼酸困,便去掏包里的眼药水。笔记本就是在这时候掉出来的,那几行字就是在这时候毫无预兆地被打开,呈现在她眼前的。

柳萨根本不记得笔记本上有这样的话。当然她也不记得有这样一个笔记本。早上出门时,她突然想到采访记录本放在办公室了,便信手从书柜上抽出了一本软缎面的笔记本,塞进了随身包。现在做什么都是全程电子设备,但纸笔有时也能派上用场,这是她的经验。

这话是关于五年前的他们。她和庄迪。这个自然是不会忘记的。问题是,五年了,曾经的伤口未曾浇灌成花朵,却也不再是伤口。无非是日复一日的生活折出了又一层不为人知的皱褶,无非是皱褶里落进了一层颜色不同的灰尘,连掸一掸也不必。谁想到,白纸上,到底留下了黑字。

柳萨有过比较漫长的记事历史。从初中开始写日记,持续不断地写到研究生毕业,入职。计算机普及后,她的那些本子便大大小小地堆到了角落。后来,成家之后,她也时断时续写下点什么,终究散淡,不成规模。后来,便只写有关工作的东西。她现在早已忘记了自己还有过那么"文青"的习惯。

如果,这个本子,这几句话,摊开在常晓川面前,生活会不会又一次陡地来个大转弯?或者,哪怕一次猝然的刹车?

为什么不?他那么喜欢无事生非,那么好斗。她甚至有点幸灾乐祸地想象常晓川的各种反应。先是声音失控,继而表情扭曲,然后便是彻底地心智紊乱,逮住什么说什么,愚蠢至极却又恶毒无比,像是一双不可知的恶之手操纵着的提线木偶,根本停不下来。

忘不了那最初的狰狞,剜人心尖的一幕。还是在蜜月里,柳萨下班回家,包里装着常晓川爱喝的饮料,她想他肯定又要像小孩一样撒娇说,老婆最疼我了。其实她知道他更留心她的喜好,桌上摆的各种小零食,每天做的饭菜,都是依照她的喜好。从厨房到卫生间,居家过日子太多琐碎的细节都证明,常晓川是一个体贴、勤快的丈夫。柳萨对自己刚刚开始的新生活是满意的。她做梦也没有想到,有那么一天,她哼着歌打开家门,迎接她的却是他突然地发疯。是的,他看上去确乎是疯了。时隔十一年,柳萨已经记不得他那天都说了什么,记不得他是怎么开场说的第一句话。她只记得他噼里啪啦的话语像火力十足的子弹射向她,射得她晕头转向。她不知道他在说什么,那些从他口里迸出的字词句,是愤怒的控诉,是恶毒的中伤,却无的放矢,并无具体的指涉。她听着他骂,回不了一句。事实上,她完全被吓坏了。她不知道她上班的这几个小时里,常晓川在家里发生了什么。她试图询问、制止、辩解,然而到最后,她只是冲进卧室,把自己锁起来。

咚的一声,门被撞开了。柳萨抬起头,看到了常晓川的脸。他的脸一片煞白,继而青黑,涨红,双唇止不住地抽搐着。他抬起腿,又是飞起一脚,卧室的门立时被踢出了一个洞。

那晚,柳萨住进了酒店。第二天她向单位请假,然后打电话给常晓川。电话只响了一声就通了。常晓川答,没,我没去上班,我在家。柳萨回家,拿上了该准备的证件,说,咱们去民政局。什么都不用再说了。常晓川不说话,一直蜷缩在沙发的一角。她怎么催促,他都一声不吭。她去拉扯他,他这才抬头与她对视。但他目光涣散,根本没有表情。他头发凌乱着,眼睛里布满了血丝,他只坚持着一个姿势,蜷缩着身体,手里紧攥着手机。

常晓川整个人看上去傻掉了,垮掉了,像大病一场,像噩梦初醒。

柳萨终究没能按自己的想法,不吵不闹,火速离婚。常晓川根本就像一架瘫软的机器,无知无觉,不配合柳萨的任何行动。但接下来,当他清醒过来后,他便天天地候在她可能出现的任何地方,不愠不怒,只是巴巴地乞求她回家。她就那样回家了——那实在是一个极恶劣的开头。从此以后,他们总是很容易就撕起来。而且,星星之火,每次都能蔓延成燎原之势。不止一次,常晓川做出了吓人的举动。但柳萨不再有最初的震惊,她学会了吵架,各不相让。她也曾在暴怒中摔碎碗碟,像个泼妇。

那扇卧室门,那第一次的破洞,常晓川事后用特效强力胶粘好了,不仔细看根本发现不了它曾经承受过怎样的暴戾之力。常晓川说并不是他踢得有多狠,而是门板质量太差,不堪一击。之后十年,他们搬了三次家,房子越来越大,门看上去越来越厚实,但柳萨的心里一直抹不去被踢出了一个黑洞的那扇门。那是她初为人妻的第一个家,倾尽所有,一点点修建起来的家,却原来那么容易被损毁。

不知道现在的家具质量会不会真如商家承诺的那样好。但常晓川,已没有踢门的壮举了。

他们现在很少吵架,忙得没时间吵架。两人都常常前脚进家门,后脚又开始准备出家门了。曾经花整天时间没完没了吵架的情景,想起来简直有恍如隔世的奢侈感。多大的怨恨不满,憋回去,吞下去,等各自忙完了再见面时也就消化差不多了,吵不起来了。慢慢地,不争不吵便成了习惯。当然,忙碌不是全部的理由,柳萨心里清楚。她看得见常晓川的改变,自从五年前他那场致命的病痛,使她去而复归,他便视吵架为禁区了。他刻意地隐忍着。有时,当他的声音不由自主地大起来时,他会突然退后一步,闭上嘴偃旗息鼓。柳萨几乎是眼睁睁地看着他把一簇喷薄而出的火焰,掐灭到了他的胸口。

常晓川变得这么克制,柳萨自然不会滋事。现在,他俩相敬如宾。难得都在家时,常晓川买菜、做饭、看手机,柳萨扫地、浇花、看电影,一派岁月静好。只是,柳萨常常发呆。站在阳台上看着远处的大河,她有时会忆起婚前曾和常晓川去河边玩的情景。他为她拍照,不厌其烦地各个角度取景,一会儿站到礁石上,一会儿趴在沙滩上。拍累了,坐河堤上休息,她看见远远的大桥下在卖冰糖葫芦,他就一溜烟跑过去为她买了来。她只咬了一口便喊,不好吃,酸死了!他看着她,好脾气地笑。那时候的他,开朗、大方,但并不健谈。他只是爱笑,在柳萨为什么事较真跟他理论时,他先自就笑了。

那个常晓川是真的他吗？如果他是,后来的常晓川又是谁？柳萨常常忍不住这样想。事情显然不像当年妈妈劝的那样:男人嘛,结了婚就对女人没耐心了,真面目就暴露出来了。不,那时候他们还在比恋爱更甜蜜的新婚期。事实上,即便经过了那么多不堪回首的日子,就是在今天,常晓川对柳萨的所作所为也断无"婚姻是爱情的坟墓"的意味。那么,到底发生了什么？那个突然翻了脸变了天的下午,到底发生了什么？柳萨断定那是个突发事件。事后她追问缘由,不但未曾得到答案,而且徒然点燃了又一轮战火。她甚至怀疑过常晓川有潜藏的精神病症。然而从家族到他个人,都是清白的。他的上司、同事和朋友都对他一致的好评。

那么,随他去吧。只要他现在安静过日子,又何必计较过去的是非曲直？柳萨这样安慰自己。但她常常发呆,常常失眠。慕雨霖说,你这个状态不对。夫妻之间还是要多交流,磕磕碰碰也是一种释放。老是憋着、忍着,看似和平,实则就是负面情绪不畅,心理疾患久堵不导造成的。

慕雨霖当然不是怂恿柳萨和常晓川闹。可常晓川今早偏就想成了这个意思。柳萨知道他嫉恨慕雨霖和她的亲密关系。听着他的无端指控,她一下涌起打击他的嚣张气焰的激情冲动,但话到嘴边却觉意兴索然,咽下去了。看得出来,常晓川今天打下床就开始气不顺。也许,是他蛰伏了这么久,终于又原形毕露,想要重新操练了。但柳萨不想陪他吵,就算那些没骂出来的话,缠杂成一团具象的毒素从喉咙掉到身体里,堵在心口上,让她隐隐作痛,她也宁愿忍着。这个男人,如果他还要重复曾经打打闹闹的日子,那么,她是不会再和他说一句话的。

然而,柳萨没想到接下来会是那样的情景。常晓川斗志昂扬燃爆了自己,却又顷刻间像溃散的败兵。柳萨,你原谅我。他说。柳萨简直不能相信自己的耳朵。她疑惑地盯住他。而他,慌慌地低下头,又艰难地抬头,认真地、羞赧地开口,你原谅我,生一个咱们的孩子吧。

这话毫无铺垫地出现,在那样的时刻。它像是一记意想不到的重拳,击中柳萨的心口。她来不及想什么,泪水却兀地胀疼了眼眶。

常晓川永远也不会知道,其实他们是有过孩子的。那个不知性别的胎儿,七年前夭亡于一次激烈的争吵。事实上那次争吵貌似激烈,但和以往的许多次一样,并不具备实质性的破坏力。柳萨已经钝化了,一次争吵再不会使她产生伤筋动骨的感怀。问题是吵架过后的清晨,常晓川没事人似的吃完了煎鸡蛋、牛奶就去上班,而当柳萨坐到他留给她的那份早餐面前时,惊天动地的呕吐开始了。

吐得天昏地暗,寸步不让。喝进去一口水,就喷出来三口水。挨不过那一天,她去医院了。医生说,没事啊,是怀孕了。

怀孕发生在那样的时候,似乎有许多不对。但也没什么不对。工作从来都忙,吵架经常在吵,哪个时候又比那个时候更恰当,更适于接受一个新生命萌生的重大喜讯?

柳萨在医院后门的林荫道上一直走,一直走,没有高兴,没有伤心,只是灰心。灰心是梧桐树宽大的叶子,在秋风里飒飒地响着,落下一枚,又落下一枚,接连不断,踩不到尽头似的。常晓川的电话来了,你在哪里,还不回家吗?咱俩去吃你爱吃的那家火锅吧?柳萨答,马上就回来了,不吃火锅。常晓川的声音一下子大了,马上是几点?你看看现在几点?回家对你来说是不是一件特别艰难的事?我给你做的早餐,一筷子没动还摆在这儿呢,什么意思?你觉得一个人六点钟起来给你做早餐是可以如此视而不见的事吗?

四天后,柳萨又去了医院。无痛人流,真的不痛,就像只是深深地睡了一觉。她已经四天四夜没睡觉了。这一觉醒过来,恍若前世。她知道就从她迈进医院的那一刻,她和他的那个家,是再也回不去了。她一直坚持着、忍耐着,假装习以为常着,但突然换一种身份再打量自己的日子,才发现早已不忍卒读。她不知道他们怎么了,生活的表象,衣食住行,似乎比社会上太多打拼的人更舒服、更精致一些,但一切不过是五彩的包装纸糊出来的花花绿绿。一个孩子,不应该来到这样的两个人中间。常晓川和柳萨不配接受这样一份至高至贵的礼物。

柳萨决意离婚。妈妈半年前去世,再不会有人像她一样又哭又骂阻挡柳萨。自然无法和常晓川协议,只好上法院,走法律程序。她搬出来,租住在离单位不远的小区。台里的同事说,既走到这一步,就不可无防人之心,小心他鱼死网破!柳萨觉得人家的话是有道理的,但不知怎的,她内心还是不愿视他为一个有暴力倾向的人。她见过他最坏的样子,却莫名其妙地认定那不是他本来的样子。

一年后,柳萨在贵州的苗乡梯田中认识了庄迪。又半年后,他们决定在一起。但常晓川不放手,柳萨心力交瘁。庄迪安慰说,我们不久就能等到法院的结果了。其实,只要你准备好迎接咱俩的新生活,我不会介意你的身份。柳萨多么感激庄迪做的一切,多么感激生命中有了一个叫庄迪的人。是的,她准备好了,在为不堪回首的年少虚荣付出了五年婚姻的惨重代价之后,她终于知道自己也可以遇见爱情。她已经千疮百孔,但爱情那么新,那么好。她为什么不张开双臂迎上去?

她以为她可以。她以为她应该。所以,她哭着、笑着,朝着庄迪的方向扑过去。但常晓川绊住了她的脚步。其实,只是小小的一次停驻,只是偶然的一个趔趄,她断未料到自己会彻底收回步子,掉转了方向。

就像是电视剧里的狗血情节,那最后的回天狂澜发生在机场。庄迪打电话说,想到两个半小时后就要在咱们自己的家里见到你,我的小心脏就要蹦出来了,历史性的会晤啊!柳萨甜蜜地笑骂,装嫩吧你,还小心脏呢!行了,我要登机了。然后,就在柳萨摁掉庄迪的电话把登机牌递过去时,手机铃声再次响起。

常晓川突发急性胰腺炎,昏倒在办公室。他的助理哑着嗓子说,对不起,嫂子,你得来一趟,医院已发了病危通知,马上要手术。

柳萨在重症监护室门口的椅子上等了整整五天,泥塑一般。常晓川的亲戚朋友们起初都远着这个闹离婚的女人,慢慢地却都围上来安慰她。他们不知道她在想什么,但她空洞的眼神让他们都生出了恻隐之心。她望向监护室的样子好像里面的那个人如果再也醒不来了,她便也跟着睡过去了。

在常晓川终于转到普通病房的那一天,柳萨见到了庄迪。在医院的花园里,来来往往的人流中,柳萨旁若无人地扑进了庄迪的怀抱,大声地哭出来。十多天来,她只喝进去很少的水,谁知却还有这么多的泪。委屈有多少,泪就有多少。这个男人,她答应他剩下的岁月要手牵手一起走下去,但到头来她如此不讲理地,如此彻底地负了他。她应该惭愧,应该负罪,但她面对他,却只是委屈,巨大的潮水似的委屈。她只能把自己哭给他听。

一把钥匙,崭新的精美的钥匙,从包里拿出来,轻轻地,坚决地,放到庄迪手里。其实他自己就等候在那边,根本用不着寄钥匙给她。但他偏偏这样做。他说,你的新家,你的钥匙,这是必须的仪式。

现在,也像是一个仪式,她把它还回到他的手里。那扇新生活的门,永远用不着她的手去开启了。庄迪红着双眼喊,为什么,为什么!你和他,本来就完了!他生病,根本与你无关!况且,他已经脱离了危险期,你搞清楚,他得的不是绝症!这不过是一次突发事件,不会影响到我们的事。你是不是因为缺睡眠,人都糊涂了!

不,不是糊涂了,恰恰像是睡醒了。和庄迪在一起的所有日子,美得像一个梦。然而,如此突然,这个梦就全醒了。一把新钥匙,到底不等于一个家。而病房里那个满身插着管子的男人,她以为她离开他,只需要摔上身后的门,就像她已经做过的那样。谁知,有一天,当他的生命之门就要径自关闭时,她一跃而起紧紧扒住了那道门,扒得十指渗出了血。

没有办法向庄迪解释这一切,连柳萨自己也不清楚发生了什么。留下来,当然不是因为爱情。事实上,当年嫁给常晓川,也不是。爱情,在庄迪出现之前,对于柳萨似乎一直是一个事不关己的东西。然而,必须,要留下来回到常晓川身边。

庄迪一步步离去。医院的玻璃窗外,一轮皓月当空。柳萨感觉着自己的身体、自己的心,一寸寸地变成行尸走肉。但她没有唤回庄迪。庄迪一次次回头,说,求你反悔!求你叫回我!

那么,好吧。最后,庄迪说,无论在何时何地,我都会像亲人一样注视着你、祝福着你。你要好好的。

可以肯定,笔记本上的话,一对爱人,两个亲人,就是在那样的诀别之后写下的。那时候,柳萨已基本不手写东西了。是怎样一个孤独的时刻,她突然白纸黑字,急不择言,写下铿锵的话语?她肯定以为,自己写下的每一个字,犹如在心板上刻下刀痕。她把笔记本郑重地放到书架上某一部心爱的书旁,她相信那个位置,她会永远记得。

然而,仅仅五年。柳萨无法原谅自己的遗忘,却也不堪面对这样一个草草邂逅的笔记本,竟然记载着两个人的"遗恨千年",听上去,这多么不靠谱。她愣怔了好一会儿,把那七十五个字一个字一个字地看进了眼里。然后,她伸手轻轻撕下它们,把那一页揉成团,掷进了候机室的垃圾桶里。

一时间,心口有点抽痛。其实,庄迪依然是珍贵的。有关他的这句话也应该是。但它们变成垃圾的流程和其他垃圾并无二致,不过是随手扔进了随处可见的垃圾桶。如果是烛火焚稿呢?哪怕是燃在灶台上,让警言成灰,也会是一种异样的感觉吧?城市让生活更美好,说到底,是更方便更容易生产和销毁。

飞机上升时起了不小的颠簸,柳萨开始头痛、耳鸣,胃里泛起恶心。以前可从没有过这样的反应,都是心情不好惹的!柳萨悻悻地闭上眼,想把常晓川那张愤怒的脸、尴尬的脸,挤出脑海。但与此相关的更多的场景和画面却纷沓而至,占据了她的思绪。哦,庄迪!她情不自禁地唤出这个名字,热泪轻轻涌出。她有多久没记起过这个名字?就是在今天,刚才,她还宁愿认为他只是留在了那几行字,那一页纸上。她不敢向自己承认,他一直在她的生命里。与他在一起的那一年零三个月,那无与伦比的幸福时光,一直照耀着她。就算一切终止,回归死寂,他也始终都在。没错,他确实是她的亲人了,此刻,他和煦的笑脸像飞机舷窗外一万米高空之上的阳光,温柔地抚平了她的焦躁、不适。

一生中有多少那样的一年零三个月?回忆可以快进,可以慢放,可以当折子戏抽出来一遍遍温习,却再也没办法复制了。是柳萨自己决定放弃那样的美好、和谐,退守到旧日子的。是柳萨自己选择,送别千年一回的知音之爱,留下来,面对一份莫名其妙的宿缘。

有件事,那时候柳萨没有告诉庄迪,后来,也从来不曾和常晓川再说起。那天,当她接到常晓川助理的电话,在登机口惶然不知如何时,手机上传来了他本人的信息:柳萨,不知道你在哪里,还能否再见到你。我好像不行了,大限将至的感觉。其实死也没什么大不了,只是遗憾太多。最要紧的一条,我现在赶紧声明:我同意和你离婚,立即离婚。过去对不起你,现在能做的只有不让你以寡妇的身份开始新生活。我们的夫妻关系到此为止了。

  柳萨只看了一眼,就飞身往机场出口跑。满大厅回荡着她的名字,柳萨!柳萨!那是机场广播在催促她登机。柳萨满耳朵震响着自己的名字,柳萨!柳萨!那是常晓川在呼唤。

  那条信息,柳萨坐到出租车上便急忙删除了。但信息里的每一个字,横平竖直,一笔一画在她眼前晃着。它们是一种新鲜的伤,以不曾估量的力蜇痛了她。她靠在手术室门口冰凉的墙壁上,一遍遍地念叨:求你不死!求你不死!

  一切都过去之后,有时,在睡不着觉的绝望的夜里,柳萨偶尔止不住自己的恶毒:其实,常晓川就那样留在手术室,再也下不了那张手术床,又会怎样?他死了,她又能怎样?在他们身边,英年早逝的不止一个白领精英,为什么就他化险为夷?就他能化险为夷?

  柳萨面对着自己身心某一处比黑夜更黑的那点黑,在想象放纵处,她麻木不仁,冷嘲热讽着那个在机场狂奔泪流的女子。而当跌回到周遭的现实中,曾经的思绪便在皮肉最浅表,一刀刀地直剜她。每回,想到自己对他的诅咒,她就先自痛了起来,牙缝里都咝咝地冒寒气。可她为什么要诅咒他?她可以不管他,径自离去。

  也许,果真,这世界上有一些不被认领的爱,模样像极了恨。

三

  周末慕雨霖去做 SPA 时想约柳萨,但拿起手机又放下。最近两次见面,她发现柳萨接常晓川的电话时都不说她正在和慕雨霖喝茶、逛街,很显然,这说明常晓川是不开心老婆和慕雨霖走太近的。

慕雨霖知道常晓川心里有疙瘩,当年他和柳萨分居闹离婚的时候,慕雨霖是毫不含糊站队柳萨的。闺密之间当然要互相支持,可她曾是常晓川的同事,她是通过他才认识柳萨的,这就有点不一样了。慕雨霖完全能想象出来常晓川对她的恼恨和猜疑。唉,那个男人,实在是内心虚弱却又控制欲太强。慕雨霖几乎是眼睁睁看着他把好端端的家差点给弄没了。他的破坏力都来自他内心深处的不自信、不安定。可放眼望去,这世界上又有几个男人是真正有力量的人呢?所以,慕雨霖倒并不认为常晓川有多差,虽然他在婚姻中的表现有时候听上去确实很差。她其实并未对柳萨说过多少不利于常晓川的话,反倒是常常劝导柳萨去发现他好的一面。但可以肯定,常晓川对此的猜测恰恰相反。

也许,从最早的时候起,常晓川就不欢迎一个有工作关系的人接触他的家庭。职场上,大家都是把自己包得很紧的人。做事有观念,思路新,执行力强,慕雨霖不止一次听到过上司对常晓川的嘉奖,但公司里混到管理层的才俊里,哪个又会比他弱太多呢?所以,引起慕雨霖对他的关注的并不是他个人,而是他的太太。

那是在公司的新年酒会上。各路美女竞相开屏姹紫嫣红,慕雨霖注意到了那唯一一个不穿晚礼服但高脚杯端得最优雅的女人。常晓川牵着她的手四下招呼着,眼神却时时落在她身上。谁都看得出来,常晓川很看重老婆。后来慕雨霖向常晓川敬酒,常部长,我对您太太"一见钟情",拜托您把我隆重介绍给她。柳萨大方回应,幸会,同感。彼此留了电话。慕雨霖看常晓川表情,知道他只当这是场面上的应酬,但没过几天,她真打去电话约柳萨共进晚餐,没想到柳萨也是毫不推托,欣然前来。两人热热闹闹坐在一起,断断不像是统共见过几分钟的人。慕雨霖问,你接我电话怎么想的呀?你老公的女同事,莫名其妙接近你,莫非要探你虚实,捣你老窝?都市剧里可都是这样演的。柳萨笑答,是吗?可我们做电视的,反倒顾不上看都市剧,不知道那些套路。

自此成为闺密。两人一个是电视台崭露头角的女编导,一个是杀伐决断的商界精英,原本并无太多生活内容的交集,而且平日里喜好也不相同——慕雨霖精于保健养生,凡事自律,柳萨生性散淡,要么没日没夜拍片子,要么睡懒觉晒太阳——但凑到一起总有话说。柳萨不像一些女人张嘴就抖搂家事,也很少谈抽象的感情话题,不发人生感言。对于那些很盛行的心灵鸡汤,她向来嗤之以鼻。她永远精确、敏锐,只谈当下场景,典型的纪录片风格。只要看到谁说那种陪伴是最长情的告白之类的话,她就恨不得直接拉黑。知道吗?腻歪到让人想吐。她说。

慕雨霖心有戚戚焉。微信时代,她和柳萨一样不晒美照,尽管她们比朋友圈里好些爱晒图的美女美得更货真价实一些,走过的地方、吃过的美食更可晒一些。柳萨笑闹说,知道为什么我也对你"一见钟情"吗?因为你身上有一种气质,高端奢华却又温和低调。那是见过世面的人才能具备的。慕雨霖很受用这样的赞美,逗她说,正是!记住了,咱们一定要这样互粉到底!

慕雨霖以为柳萨心地单纯,遇事说事,不装不作,是难得的没有"文青"病的文艺人士。然而随着交往的深入,一点点了解她的婚姻状况后,她原本明朗的形象在慕雨霖的心里变得模糊了。她哪里是"不文艺"？她简直要比任何文艺片里的女主角更莫名其妙,更感情用事,更"不正确"。在目睹了她几年的人生波折后,慕雨霖由最初的欣赏她渐渐变得不明白她。她完全是一个明知误入歧途却还要硬着头皮往前走的乖张的孩子。

然而,慕雨霖没办法不怜惜她,不心疼她。怎么说呢？这个被生活亏待的女人,怀揣着一颗在当下世道显得极为珍稀,珍惜到有时会沦为笑料的良心。这良心将她全身武装,使她捉襟见肘,手持利刃却让刀刃朝着自己。

为什么嫁给常晓川？爱他吗？

不是。因为他身高一米八二,刚刚达到我的标准。之前有过许多追我的男生,都个子矮。

身高就那么重要吗？

那时候以为很重要。不然,又有什么更重要呢？

为什么要离婚？

因为常晓川脾气不好,动辄吵架。而且,感觉他认为吵架似乎天经地义。头天吵架,第二天又和好,我最受不了的就是这个。我宁愿与他冷战。

没做过沟通吗？为什么要吵？努力改善不可以吗？

无法改善。沟通的结果是再次吵起来。

吵架有相对固定的内容吗？你觉得他试图通过吵架表达

什么?

没有。通常是看见什么说什么,自家的事,别人的事,电视新闻,一言不合就开吵,根本不知道雷埋在脚下哪个地方。不,我不认为他想表达什么,形式完全遮蔽了内容。我觉得他就是为吵架而吵架,为吵赢我而吵架。

为什么和庄迪在一起?是为了彻底告别和常晓川的婚姻?

不是。我喜欢和庄迪在一起,感觉特别放松、快乐,很单纯的快乐。庄迪让我感觉自己是一个有无限可能的人,一切可以从头再来。

那么,为什么又要离开他?

因为常晓川病了,快死了。我觉得我要是走了,他真会死。

你既然不爱他,从一开始就不爱他,和他在一起的几年那么不快乐,那又何必在乎他的生死?况且法院马上就要判你们离婚了。

可我怕他死。如果他死了,或者病得很重,我和庄迪在一起也不会开心。

现在,你后悔当时的决定吗——后悔放弃庄迪?

后悔。可是,事情若再来一遍,还得这样。

如果把前后几年间和柳萨的无数次谈心高度提纯,把中心思想和关键词拎出来,慕雨霖觉得无非就是以上内容。简单的问答,像是审讯。常常,慕雨霖会被柳萨惊到。她那么坦白直接,根本没有弯弯绕绕。她说,雨霖,我对你没有保留。其实她这个样子又何须对其他人保留?分明是关乎家庭隐秘婚姻真相的一团乱麻,她却讲得逻辑清晰,脉络有致,有理有据。她脸上简单明了的表情,就好像那些长夜啜泣的煎熬,那些痛彻心扉的选择,不是她曾经的日夜。

一路相伴,慕雨霖见证了她的所有。她的伤,她的痛,慕雨霖感同身受。慕雨霖眼睁睁看着她和庄迪分手后体重掉了十五斤,头一年买的裙子变成了大口袋。慕雨霖不止一次在午夜接听她的哭诉,常晓川不吵不闹,现在他变好了,可我……我做不到……

她走过了很长很黑的挣扎。但当她走出来后,她光明、纯正,脸上没有厮杀的痕迹,是一个新人,一个有耐受力、抗击打的女人,一个化繁为简的女人。慕雨霖常常被她感动,被她弄糊涂,被她气晕。

你是个好人!慕雨霖用最简单直白的词夸赞她。

你简直是个蠢货!你知道吗?你是个奇葩!慕雨霖又忍不住嘲笑她,讥讽她。

我觉得你是被常晓川PUA了。慕雨霖恨铁不成钢。

而柳萨宠辱不惊,无论褒贬,她只淡然回应,我知道你为我不平,可是各人各命,雨霖。

慕雨霖当然为她不平。当年两人刚结识不久,听到常晓川时常在家里挑事吵架,慕雨霖就一下子火起来,跑到常晓川的办公室理论。虽是同事,但他们平日的工作交集并不多。慕雨霖发现与柳萨相比,常晓川实在是藏得太深了。他的每句话都听似诚恳有礼,但实则是拒绝的。虽然看得出来在这件事上他确实是有心事的,但他拒绝袒露心迹。慕雨霖晓之以理,动之以情,但常晓川最后只是打哈哈说,我听说只要两个女人在一起吃顿饭,逛一次街,她们的老公的名誉就彻底扫地了,果真如此啊!哈哈,好,我改!不过,我们以后不要再在公司谈私事好吗?我和柳萨请你吃饭、喝茶,有的是时间。

但事实上,他们从来没三人一起聚过。慕雨霖知道常晓川在家里还是老样子,所以肯定不想见老婆的闺密,等着讨伐。后来,慕雨霖跳槽去了另一家跨国公司,和常晓川就再也没见面了。再后来,柳萨提离婚最辛苦的时候,慕雨霖又一次去找常晓川,求他放手。没想到,常晓川却反过来求她。他以往成竹在胸的沉稳气质不见了,这一次他很惶惑,很焦虑。慕雨霖看到了一个男人欲盖弥彰的虚弱和无助。常晓川,真的是不放手,真的是在乎柳萨,而不像有的男人不同意离婚仅仅是因为想阻挡女人新的开始。

慕雨霖听着常晓川的诉告,几乎能看到一簇簇愧悔交加的烈火在灼烤着他整个人。他说他对不起柳萨,但他不会同意离婚,除非法律强行解除他们的夫妻关系。他的偏执,让慕雨霖愤怒、憎恶,但比厌恶更强烈的是灰心。他的样子让慕雨霖不由得无比沮丧。她几乎想不起来曾经共事时他意气风发的样子。

就是这样。十年间,吵吵闹闹,分分合合,柳萨的婚姻状态更多地让慕雨霖感到了作为旁观者清醒的灰心和悲凉。柳萨的故事毫无疑问强化了慕雨霖原本就持有的婚姻悲观主义态度。

要不,生一个孩子吧。最近一次,慕雨霖这样劝。柳萨一副悚然吃惊的样子,为什么连你都这么说?慕雨霖不知再说什么。是的,亲如姐妹,在柳萨自己对常晓川都尚未重拾信心的时候,她不应该是催生队伍中的一员。生孩子?为什么?

慕雨霖比柳萨大两岁,属于高龄剩女了。其实,根本不存在剩不剩的问题,因为从一开始,她就没走进过急吼吼待嫁的行列。这件事情,顺其自然就是了,遇上了就嫁,遇不上也罢,难道非要把自己打发到一桩婚姻里才叫人生?从一开始她就是这态度,多年后,也还是这态度。渐渐地,身边的人看着她一点也不着急的样子,便也不替她着急了,大家基本达成了共识:这个女人,结婚是不可能了。

然而,慕雨霖虽然悲观,却并不拒绝"遇上"。对于她这样的女子,"遇上"从来都是川流不息,呈无缝对接的状态。但问题是,太多次"遇上",怎么也走不到"遇上了就嫁"的地步。把自己嫁出去,简直是一个可望而不可即的宏伟目标。

其实我有时候特别佩服你的勇气!她对柳萨说,你怎么仅仅能为了一米八二的个头,就和一个男人结婚?太逗了,太了不起了!

不光是身高,还得看体形。有些人虽高,但高得不好看。常晓川是黄金比例。柳萨竟然煞有介事地补充说明。慕雨霖被她"恬不知耻"的天真模样逗乐了,甚至禁不住暗暗嫉妒她。就算柳萨遇到了之后如许的不堪,但人生有那么一次不讲道理的孤注一掷,也是值得的吧?不像自己,好像眼前永远有花红柳绿的风景,但从不曾有一处让她驻足停留,让她安营扎寨。她只能一路走下去,脚步没有负累,心里始终清冷。

我承认你优秀,但我也相信,总有配得上你的男人吧。其实,你不是没遇上过。只是,遇上又能怎么样?再美好的遇上都经不起你那样的吹毛求疵。柳萨经常这样责备慕雨霖,别跟我说那些扯淡的理由了,那根本就是你恐婚的借口。

也许柳萨是对的。也许慕雨霖真的恐婚。那些男人,说起来确实也算是优秀的,曾被慕雨霖遇上又甩了的,至少都是世俗意义上的精英男。就拿近五年举例说吧,男A,作家,不算多金,但也有房有车有相当收入,经济不成问题,博学多才,有识见有趣味,关键是有读书人的好处却没读书人的毛病,懂生活,会做饭。慕雨霖和他相处了近三个月时间,过年时还特意多休了几天假和他一起去三亚。谁知他们却在美丽的大海边的椰树下分手了。作家爱面子,没有追问她为什么分手,但眼睛里写满痛苦的疑惑,他肯定想不到事情源于他脚上的袜子。到了三亚,他就脱下皮鞋换上了沙滩鞋。但他的脚上一直套着一双灰蓝色的棉线袜子。慕雨霖的眼睛总是忍不住瞟向作家的脚,又急急投向别处。其实她也承认自己矫情,其实她也不是忍不了一双袜子,其实她也完全可以告诉他鞋袜的正确搭配,但问题是,从那双袜子开始,一切慢慢开始变味了。男B是个法学博士,形貌、风度俱佳,请吃饭选餐厅很对心思,送的礼物时尚大气,她睁大了眼睛挑他的毛病却也没挑出什么来,就在她已经动心跟他定下来时,有天晚上他来她家,微醺,一屁股坐沙发上张口就说,今晚我住你这里了。咱俩也处了这么些日子了,都是奔着结婚的目标的,还等什么呢?她当即就把他撵出去了。其实她也不是不想和他上床,只是她受不了在那样的情境氛围中,在"还等什么呢"的逼视下,完成上床。男C,公务员,经人介绍认识,起初没感觉,后来在殷勤相邀中发现了很多共同兴趣,唱歌、滑雪、看话剧,烦琐刻板的公务似乎并未磨蚀他天性中的热情,反而使他有了一种对人对事的深入看法。慕雨霖是欣赏他的,两人一度谈婚论嫁,但他说,婚后必须得和父母住一起。OK,有了这句话,慕雨霖更欣赏他,但她只能说拜拜。男D,和她一样,外企高管,两人帅哥美女,几乎都有点相见恨晚的感觉,但他业务忙,经常出差,两人总是聚少离多。初春,他从上海发来微信图片,满屏玉兰,美轮美奂。两周后,她跑同样的线路,入住了他上次住过的酒店,她给他发微信:上个月,你在这里拍的照片上,满树玉兰像一只只振翅欲飞的白鸟。现在,我来了,它们都耷拉成了一簇簇散乱的手帕。五个小时后,她看到了他的回信:难道我上个月还给花拍过照?都累成狗了。后面跟着一个抠鼻子的表情。慕雨霖不能确定抠鼻子是什么意思,便问手下一个小姑娘,答曰:鄙视。鄙视?鄙视什么?鄙视他自己累成狗了,还是鄙视慕雨霖巴巴地寻找他未走心的旅途分享?慕雨霖回看对话,为自己突发的文艺腔羞恼极了。之后几天再收到他的嘘寒问暖,突然觉得生疏,接下来便是沮丧,难以为继的无力感。于是,还未等到那些耷拉在枝头上的玉兰花凋落到地上,她便果断分手。男E,"211"大学副教授,慕雨霖很看重他的学识才华,两人虽隔行,却很能谈得来。但相处久了,她发现他明明自身条件很好,却在她面前莫名自卑。他那么渴望成功,出国访学,研究国家科研项目,取得硕博导师资格,各种获奖。而且,他把这些东西与对她的忠诚紧密联系在一起,好像只有他成功了,才能给她幸福。好像他越成功,她就越幸福。男F……算了,慕雨霖根本不愿再回顾自己的"心狠手辣"了。

最近的一次,按排序称男J吧,在国家金融部门工作,见面几次后就提出结婚的要求。求婚的同时,他提出让慕雨霖先辞职几年的要求。咱们都不小了,尤其女人的年龄,耽误不起啊!他说,当务之急、重中之重是生孩子!一个女人,什么工作什么职务都比不过做一个母亲。

男J差点让慕雨霖在求婚现场作呕。他试图左右她的意志的荒唐样子,简直是从电视剧里走出来的人。可是,细细一想,之前让她觉得痛惜的男E,其实不也是和男J一样让人愤怒的思路吗?他们凭什么?他们凭什么可以那么自信笃定地评判什么是女人需要的,什么是对女人最重要的?他们凭什么以为自己可以定义女人对幸福的理解?

既然孩子是重中之重,自个儿麻溜地去生呀!慕雨霖向柳萨讲男J的丑恶嘴脸,忍不住孩子气地泄愤。男人千般好,只是没子宫。慕雨霖哈哈大笑,眼角都笑出了泪。

这下,她彻底金盆洗手。她郑重宣布:"遇上了就嫁"这想法是个毒瘾,我从此戒了。这世间,断无能嫁又可遇的人了。

卸下精致的紧身裙,疲惫的高跟鞋散落一地,红唇再也放不出招摇的烈焰。灯下,镜中,一切都像是华丽又寥落的梦。没人看得见午夜梦回时慕雨霖暗自啜泣的样子。亲如家人,闺密,也都不曾见过人前洒脱不羁的她会有这么崩溃不堪的时刻。但她自己认得镜里的女人。哀戚、幽怨、无助,这些最先涌到脑海的形容词根本不足以形容她的眼神。那赤裸裸的眼神,寒光凛凛无处逃遁的眼神。

这世上的事情,是多么不讲理。一个人的内里,和她所呈现出的样子,竟会如此不吻合,如此意料不到。天知道,慕雨霖这个女人,这个漂亮新潮的女人,天不怕地不怕的女人,她所有的夜和泪,所有的不甘和挣扎,都指向一个明确的方向,就是——生一个孩子。她之所以络绎不绝地迎接"遇上",就是为了这个。从二十六岁到三十六岁,她渐渐放弃了做一个妻子的努力,但从未放弃过做一个母亲的心愿,一个秘而不宣、久而弥坚的心愿。

为什么连你都这么说?柳萨疑惑中带着委屈的声音在耳边响起。慕雨霖凄然地笑了。柳萨不知道,那句话是慕雨霖常常说给自己的:要不,别管那么多,先生一个孩子吧?

一个孩子。不是试管婴儿,不是从精子库里买一个优良品种,不是为某个男人完成传宗接代的使命。慕雨霖要的是一个为爱而生的孩子,一个心甘情愿遇上的、光明正大生的孩子。

四

五月,柳萨接受了新的重要的拍摄任务。

摄制组去外地前,却被告知节目临时换了导演。柳萨生病了。

领导说是脚崴了,一时出不了门。但台里有人悄悄在传,说是抑郁症。

没错,柳萨抑郁了。

本来就睡眠不好,春节开始越发严重了。遇到第二天有拍摄任务,需要养精蓄锐,偏就睡不着。第二天有策划会,想要神清气爽,但硬是熬出黑眼圈和肿眼袋。莫名忧虑、焦躁,怎么也睡不着。

常晓川说,你在台里也算是独当一面的老人了,根本用不着这么白天黑夜紧绷着一根弦,放松不下来!但问题是,睡不着成了常态,无关工作压力。休假时,没有等着要去完成的任务时,可以放心睡到第二天大中午时,她还是睁着双眼分分秒秒挨到天亮。

外人看不到这些,在大家眼里,她是一个雷厉风行的职场丽人。唯有她自己知道,她是一个神情恍惚的失眠患者。失眠!失眠!这两个再简单不过的字眼,却像生着无数双荆棘之手的黑暗之地,一点点禁锢了柳萨。她无力突围,唯有沉陷。

夜太黑,窗帷纹丝不动,漏不进一点风声。柳萨戴着耳机沉陷在无始无终的黑暗和音乐中。吉他曲、萨克斯曲、小号曲、钢琴曲,到最后再也分不清这一曲和那一曲。到最后,所有的声音都隐去,只剩下常晓川如雷的鼾声。柳萨觉得这奔腾不息的鼾声像是一条河流,她被裹挟其中,载浮载沉,不知要漂向何方。如果前方有急流暗礁,那就来吧,我宁愿被撞击,被粉碎,也不愿重复无始无终的被弃置。她在心里一遍遍祷告。然而,他的河流上她终究只是一叶观光的扁舟,虽难以泅渡无可凭依,却并不能遭遇短兵相接的命运。她只能继续躺在被长夜遗弃的黑暗中,躺在常晓川如火如荼的鼾声中。热气弥漫的鼾声,葱葱郁郁的鼾声,柳萨有时觉得这鼾声是一座热带雨林里的一棵以破竹之势迅猛生长的高大的树。她觉得这树已侵夺了她全部的氧。这树越长越快,越长越大,它顶天立地,已撑破了卧室,撑破了客厅,它就要将她湮灭于枝蔓横生的沼泽地了。

她猛地坐起身大口喘气,一骨碌翻身下床,扑到阳台上打开窗。窗外,没有星光,却是粼粼一片璀璨迷离的光。那是五彩灯光,是玫州市全力打造的大河夜景。夜景太炫目,早就赶跑了夜,灯光把大河上下涂成了妖魅的声色场。那浑黄呢?浩荡呢?那常年激荡作声的长风呢?那些兀自在风里飘摇的青苇和白鸟呢?那在《水边的阿狄丽娜》里一浪一浪涌向她的倾诉和抚慰呢?

柳萨看不清河的模样,听不到它的声音。但她执意想要看到、听到。这夜太亮。她攀住了窗沿,努力把头和身子探出去。

啊!柳萨一声惊叫,像惊悚片里灵魂出窍的嘶喊。她被自己的声音彻底惊醒了。她重重地倒在阳台地板上,冷汗直冒,湿透了散乱的发。她不知道是惊叫把自己从午夜洞开的窗沿上拉回来的,还是重重摔在地板上才使她痛得发出了瘆人的惨叫。捏捏脚踝,一阵刺痛袭来。她这才如梦初醒,哭出声来。

她捧着脚,像捧着一块失而复得的至宝。

常晓川的鼾声一波波传来。一个晚上,不管柳萨离开卧室多少次,他也不会知道。今晚,这刺穿了夜的惊叫声,估计惊醒了整个单元楼,却照旧未惊扰到他的酣睡。他的鼾声,依然是固有的气势和节奏。

柳萨一步一步挪进卧室,把自己搬到床上,搬到了热气腾腾的鼾声中。她比以往哪一次都更清醒地感受到,她和这一片鼾声的隔绝。这鼾声,这鼾声缭绕的房屋,这房屋所代表的她所置身的生活,这么近又这么远,这么真实又这么虚幻。就是在多年前吵架吵得天昏地暗的时候,她也不曾像此刻这样痛切地感受到她和这一切的隔绝。

但她只是静静地坐在、躺在这鼾声中,这遮天蔽日的隔绝中,仿若这依旧是她唯一的氧,仿若她刚刚脱身的一切,不过是一场梦境。

常晓川带柳萨去看医生。她的脚踝只是微肿,走路并不钻心地痛,她料定并无大碍,但拗不过他的坚持。彻底熄灭了吵架激情的常晓川,在不睡觉的时候,算得上一个体贴入微的老公。他坚持带她去医院,坚持拍片子看有无扭伤,坚持让医生开一些外敷内服的药。

可是,医生并不理他的絮叨。医生只是自始至终盯着柳萨说,听我的,务必去精神科看看。

被诊断为中度抑郁的那天晚上,柳萨反倒连药也没吃就轻易入睡了。就像一桩悬案,终于水落石出,她如释重负。她睡得很香很沉,不知过了多久,她被一阵窸窸窣窣的声音吵醒。睁开眼,床的另一边没有常晓川,灯光来自客厅。

一大堆大大小小的药瓶、药盒,里面的说明书被抽出来,叠摞在茶几上,有一页放在常晓川的膝盖上。他拨拉着手机,一会儿紧盯着手机,一会儿又去看腿上的说明书。他是那么专注,当柳萨悄悄站到他面前时,他悚然起身,啊,你干什么?吓我一跳!柳萨问,那你干什么呢?大半夜的干扰人,好不容易睡个踏实觉!常晓川低头,几乎是有点羞赧地开口,我、我想研究一下医生给你开的这些药,我怕有副作用。上网多咨询一下,多比较一下。停了一会儿,他又说,我还是不相信,这怎么就抑郁了呢?明明是脚崴了,怎么就扯上抑郁症了?

柳萨看着他一脸无辜的样子。在他眼里，柳萨不过是不小心崴了脚。在他心里，她熬过的那么多不眠长夜，根本可以忽略不计。当然，他只是听闻，从未真正见识过那些夜的样子。鼾声如一道沟壑，他和她咫尺天涯。柳萨呆呆地看着他，再一次感受到多少次在他面前的如鲠在喉。

他说，你去睡吧，什么也别想。就算是这病，我看吃完这些药也就好了。他的嘴角扯出一丝笑，但他的眉眼纠结着，欲盖弥彰的担心。他又坐下去哗啦哗啦地翻看起那些说明书。

泪水慢慢流下来，柳萨把脸埋进了被窝。常晓川的枕头歪过来，触着她的颈窝。他的枕头上，是一种她不熟悉的味道，不知什么牌子的男士洗发水的香精味，混合着莫名的汗味。常晓川的气息，就是在离柳萨最近的地方，也有着难以水乳交融的距离。这是从什么时候开始的？到底是在哪个岔路口，他们松开了原也是心甘情愿牵在一起的手，从此不即不离像一对搭伴前行的路人？可是，经历了那么多那么久不堪回首的日夜，他们又怎么可能像是路人？伤痛一直都在，是河流里的暗礁，只要风一起，它便露出了峥嵘。就像今夜，常晓川挑灯夜读药物说明书的身影，是那么猝不及防地激出了柳萨的眼泪——这茫茫夜里亮着的无数盏灯中，唯有这一盏是为她亮着的。她凝视着从门缝透过来的那一抹光线，她看见了更多夜晚的他。她看见了少年的他，多年前走在阳光下的他。街上那么多人，路上那么多方向，他却只迎着她走来。错误地、命定地向她走来。而她，曾自以为可以改正这种错误，自以为可以走开，自以为已经走远，谁知始终不过是盘旋在他的好与坏里。多年来,她活成了别人眼中成功的女人,她习惯了站在炫目的光影中,但今夜,曾经的热闹恍如隔世,她所能拥有的不过是自家客厅角落里一盏微弱的灯,灯光下一个为了她放弃酣睡的男人。

药物反应在柳萨身上迅疾出现了。先是肠胃不适,根本吃不下东西,成天昏昏沉沉只想睡觉,坐马桶上都能睡过去。被失眠逼疯了的柳萨猛地遇到这样强烈的睡意,简直要喜极而泣了。但一个多星期后,她发现自己越睡越困,越睡越不清醒。一场长长的觉睡醒后,不但没有久旱逢甘霖浇了个透体清凉的感觉,反而像身上套着大棉袄走在雨地里,越来越黏湿,越来越沉重,甚至要被那大棉袄裹挟着,窒息到喘不过气。

嗜睡过后,便是狂吃。最初的不适过后,她突然胃口大开,变得巨能吃。早餐一杯牛奶、一个水煎蛋、一份烤面包,以前要撑到中午甚至晚上,现在不到九点就饿了。思绪总是不由自主就落到吃上。什么都想吃,都能吃,各种肉,各种甜食,各种坚果。

服药五十天后,再见慕雨霖,柳萨从她惊异的眼神里看到了自己的模样。慕雨霖也不避讳,开口说,这才几礼拜没见,你把自己吃得越发圆润了。常晓川站后面急得摆手,慕雨霖不管不顾,莫非我不说,你们家就没镜子?柳萨她没长眼?从此她不再出门上班?

五十天长胖了十七斤!柳萨慢慢揣摩着这数字的意味。她感谢慕雨霖的直言相告,让她从麻木沉沦中惊醒过来。这些日子,她不知道是怎么过来的,最初直面自己的状况时,担忧和痛苦就像一把寒光四闪的利刃挑开人的血肉,那种疼痛掺杂着恐惧,是分分秒秒都要崩溃的绝望。渐渐地,一天天过去了,药物麻痹了神经,嗜睡贪吃将身体缴械,利刃便成了生锈豁口的钝刀。原来,人是多么能适应病痛的磨蚀,多么能经受精神的摧折。她盯着镜子里一天天走样的自己,仿佛痛彻心扉,又仿佛无知无觉。原来,人是可以这样地放弃,这样无底线地接纳自己。

  柳萨当即把所有的药扔进了垃圾桶,当即下楼扔掉了垃圾袋。常晓川吓坏了,拉扯中他一遍遍喊,就是断药也不能这样断!要慢慢地一点点把量减下去,你懂不懂!你这样做,只会加重病情。柳萨说,我没有病!我只是睡不着。现在我很清楚自己的问题。常晓川埋怨慕雨霖,你看你一来,就把事情搞坏了!治病吃药肯定有一些副作用,难道长胖比抑郁症更可怕?慕雨霖冷冷作答,她胖成这样,还能不抑郁?这不是胖不胖的问题,你不懂。她盯着柳萨的眼睛,平静地说,我知道你能行。你不要依赖药。你下个月就去上班吧,这么长时间待在家里,衣柜里那么多裙子都没机会穿。

  跑步,爬山,游泳,练瑜伽,柳萨让自己一刻不闲地度过了戒药戒吃的最艰难的时段。她难过时扯过头发,咬过手臂。但深夜的阳台窗户,她从来没有靠近过。每晚,她按时躺在常晓川的鼾声中,咬牙挺到天亮。终于有一天,她睡着了。然后又有一天,她睡着后竟然没早醒,她一觉睡到了常晓川起床时。她是被他吵醒的。她感觉到他掀开被子坐起了身,但他没下床,而是侧身看她。他突然条件反射似的伸手到她的鼻孔下,而后又把脸凑过来,他是在探听她的呼吸。她残留的睡意被他的举动赶跑了。但她还是闭着眼,鼻子里泛起一阵暖暖的酸。他静静的,不敢再动弹穿衣,怕扰到她如此难得的安睡。

她睁开眼。她看到他一只手摁着胸口,他甚至不敢嘘出一口长气。柳萨看着他的神情,看着他这些天明显瘦削的脸颊,她鼻子里的酸变成了泪从双眼涌出,她忽然伸手搂住了他的脖子。

常晓川的身体僵硬着,他的双臂并没有立即圈住她。他有些愣怔,好像不相信是她主动搂抱了他。他的样子让她直接哭出了声。她哭出来,抽抽搭搭地往他怀里钻,鼻涕眼泪蹭到了他的睡衣上。他这才放松下来,紧紧地,热热地,把她揽到了自己的怀里。他在她耳边柔声开口,声音也凝噎了,别哭,还哭什么?都过去了。停药反应扛过去了,体重减下来了,觉也能睡了,你看,这都过去了,还哭什么?柳萨,你知道吗?我好佩服你!你真有意志力,柳萨!

他的声音很好听,温柔又有磁性,尤其是当他叫她的名字时。生病这几个月来,柳萨习惯了常晓川用这样的声音和她说话。原来,他可以这样说话。其实,她认识他时,他就有一副让人听着很舒服的嗓音。然而,这十多年来,她只习惯了他咆哮的声音、发抖的声音、冷漠的声音、戒备的声音。她再也想不起这原来不是他的声音。那一年,从五天五夜的昏睡中醒过来,从重症监护室慢慢被推出来时,他的嘴巴嚅动着,他喃喃呼叫她的名字。她一度被他的虚弱击倒,而后又在心里恼恨自己的软弱——她恼恨他以那样无助又深情的声音绑架了她。就是因为他发给她的那条已经被她删掉的手机短信,就是因为他在病床上唤她名字的陌生样子,她回来,留下。旷日持久的离婚官司以两人的和解而告终。

但他的声音,没有回来过。如果柳萨不生这该死的病,她还会想得起来他曾经的声音吗?

她紧紧贴着他,她听到了他的心跳。有多久了,她没有这么近地贴近过他的气息?那一年,她是真的为他回来过吗?是怎样的境遇让这个男人一天天藏匿了最温柔的声线,只以粗粝和漠然与她相对?唉,整整十二年九个月了,两把辛酸泪,一笔糊涂账,谁又能说得清谁是谁非?两个人好听的声音、好看的样子,到底是对方遗失到了半路上,还是死在了自己日渐强大而麻木的神经里?

对不起!对不起!柳萨哭得越来越伤心,越来越委屈。常晓川用手纸拭着她汹涌的泪,连声地问,对不起?什么对不起?你这是在说什么?

这段时间,让你担惊受怕,让你陪我锻炼,陪我吃你不喜欢的饭菜,你看你都瘦了一圈了!你以前睡觉楼塌了都不知道,现在夜里醒来好几次。都是我害的。还有,你都请了多少次假了,出差也不能出,公司里不知怎么说你呢,都是我害的!

常晓川呵呵地笑起来,柳萨啊,你这不是说傻话吗?陪你锻炼、陪你瘦下来,不都是好事吗?现如今可是全民减肥时代,千金难买二两瘦!他细细拭去柳萨脸上的泪,又给她擤了鼻涕。他的眼神,就像她变成了孩子,乖,再不哭了,咱们下床弄早餐!

你去公司吃吧,我自己做,自己吃。柳萨止住抽噎,认真劝道,你今天一定上班去,你再不能耽误工作了。我这不是已经好了吗?还担心什么?今天要不是你吵醒了我,我还睡着呢。

常晓川摆摆手,我这次的假还有两天呢,你别操心这个,你这才有点起色,我还得陪着。跟头儿都说好了,有些工作可以在家里干。再说了,干不了就不干了呗,等你全好了我再找个新地方,啥工作也没有人重要!

柳萨怔怔的,泪水流到唇角,常晓川,你为什么对我这么好?

常晓川看着她的样子,眼睛也湿了。他摇摇头,又哈哈笑起来,柳萨,你今天怎么老说孩子话?我这叫好吗?这是尽本分!老婆生病,老公陪护几天,顺理成章的事,让你搞得好像我做了什么好人好事,快别让人笑话了!他弯腰给她穿上了拖鞋,顺势把她抱起身。老婆,夫妻同命,懂不懂?根本说不着对不起对得起的话。你还不是一样吗?那年我生病,你不就回来守着我吗?其实那时候,你完全可以不来的,你都离开两年了,我也同意离婚了。

"离婚"这个词一从常晓川的嘴里出来,他的手便僵在了她身上。好像没经过脑,他不经意间说出了这个词,但落地成声,他被它惊住了。柳萨看到他颓然的样子,便用故作欢快的语调说,老公,你给咱们做五谷八宝茶好不好?但常晓川没听见似的,他坐回到了床沿,抱起自己的头,一语不发。

柳萨,你今天为什么好端端说对不起的话?等柳萨摆好早餐喊常晓川时,他才从卧室里出来。他一脸沉痛,好像经受了莫名的打击。要说对不起,肯定是我对不起你,要不是我,那几年咱俩怎么会走到那一步?要不是我,你怎么得上这种病?没错,就是我害得你生病的!

柳萨默默喝汤、吃饭,不想接他突发的忏悔。还说什么呢?再说什么又有何用?人生如谜,让人不明就里却又亦步亦趋,无论对错,都在自食恶果。无论好坏,都难以幸免。这些天,关于自己、常晓川,关于一些封存在记忆中的事,她想了太多。她已不想再想了。

可常晓川陷入自责难以自拔了,是我的坏脾气害得你得了病,我最近也睡不着,我前前后后想过了,这些年真的是我对不起你,柳萨,是我的错!

柳萨笑,当然,上帝认为人有七宗罪,你犯了其中的愤怒罪。她想用玩笑的口气安慰常晓川,可"愤怒"这个词让她的脑海中一下子浮现出曾经的场景。他暴怒的脸、扭曲的脸,柳萨握着汤勺的手不禁颤抖了。对面这个人,这张脸,难道真的以那样的形象存在过?

那么,我问你,常晓川,过去我每回问你,从来都没有答案,反而引火烧身。今天,我最后一次问你,其实咱俩婚前交往中你并不是一个坏脾气的人,而近三四年,你也证明自己是一个能控制自己情绪的人。那么,最初到底是为了什么?我们从结婚起一直吵个不停,吵了两三年,到底是因为什么?

常晓川回避着柳萨的逼视。柳萨知道他不想回答这个问题,多年来他一直不想回答这个问题。可今天,话题是他自己挑起的。他的忏悔如果是有诚意的,他就必须面对这个问题。坏脾气,为什么?凭什么?

他低头,抬头,又捏自己的手指,咔咔地响。他被这个问题围追堵截多少年,此刻又一次狭路相逢,没有退路。他久久地沉默,好像在用一种不可知的力量坚持使自己沉默不言。他的样子让柳萨再次确信,果然事出有因。

终于,他开口了,却是平和的语调,柳萨,你说的那七宗罪,我想我不光占了愤怒,还占了另一项:贪婪。我有贪念,执着于贪念。我已经得到了最宝贵最美好的,却对得不到的那一部分耿耿于怀。我因为贪婪,差点毁了一切。现在才明白,其实那些东西真的不重要。重要的是经过了这么多,你我还在一起。

贪婪?你能说具体一点吗?

不!常晓川站起来,伸手将柳萨搂到了胸口。过去的事不再提了,我只求你原谅我,让我们重新开始,真正地从头再来!我一定要让你忘记过去的那个我,请你相信我。

每一对夫妻都是生死之交。他说。

五

慕雨霖听到柳萨怀孕的喜讯时,一点都没感到吃惊。她高兴地说,亲爱的,我知道你和常晓川必成正果的。

她耐心倾听着柳萨絮絮叨叨各种身体的不适,各种情绪的波动,各种担忧。她听着柳萨诉苦,心里不禁起着阵阵羡慕嫉妒恨。没错,眼前这个诉苦的女人,确定无疑是一个幸福的女人。

她的脑海里电影镜头般闪过女友曾经的日子:那些莫名其妙的打打闹闹,身心交瘁的闹离婚,突如其来的和解。那么深重的失眠,而后抑郁。那么多不如意,重重叠叠交映在一起,是她看过多少遍的旧片子。是的,这些年,关于柳萨的种种,她以为自己已一览无余。她不可能想到,有一天自己会如此毫无保留地欣喜地祝福柳萨和常晓川。说到底,关于别人的生活,尤其是婚姻模式,哪怕自以为是一个深度介入者,但其实你永远只是一个旁观者。而旁观者的视角是受限的,是需要不断更新的。

柳萨和抑郁症搏斗的这一年,血雨腥风的这一年,慕雨霖看到了一个之前不认识的常晓川。

怀孕妇女真是麻烦!哪来那么多叽叽歪歪的担心啊,顾虑啊,你好好吃,好好睡,适量运动,孩子就在你肚子里健健康康长着呢,别成天神经过敏!慕雨霖笑骂柳萨,你现在身边有老公把你当公主一样供着,就别再拿这些无中生有的零碎事扰我的清静了。

柳萨的双眼亮亮的,是清澈的确信,却又带着些许的恍惚,一种游离于现场的远和怯。这样的眼神永远让人心疼,让人不由得想伸手把那一抹茫然若失的表情从她无辜的脸上轻轻擦掉。一个幸福的女人,一个让女友妒忌的女人,不是该拥有与之配套的稳操胜券的眼神吗?慕雨霖正色道,柳萨,我现在可真是放心了,常晓川对你,你说良心话,咱们身边谁的老公比他做得更好?

他是特别用心。柳萨说,我担心现在我不失眠了,倒给他落下毛病了。以前但凡睡着了,八九级地震都震不醒的人,现在一晚上悄悄起来好几回呢!

常晓川可是发生了脱胎换骨的变化哪!慕雨霖感慨,我有时候看着他,根本难以置信他就是当年好端端搅得家无宁日的那个人。

也许,也许也怪我。柳萨喃喃地开口,也许他第一回那么闹,是因为什么事。但我的反应只是自己受到了伤害,我想的只是回击他、惩戒他,而不是积极想办法打开他的心结。从此以后,他和我要么对吵架的事讳莫如深、小心翼翼,要么一触即发。真的,其实,我原本也许可以阻止他越来越成为那样脾气暴躁的人。

你不要自责了,换成哪个女人,也不可能容忍的。慕雨霖想起柳萨曾经讲过的种种,不禁再次愤慨起来。

可是,雨霖,你不知道,有些事的全貌或许并不是我所说的那样。我一味沉浸在自己的冤屈和愤怒中,很少设身处地地考虑他的感受。现在我回头再想,其实那时候我原本可以做得更好。譬如,第一次他求我原谅后,真正地原谅他。

什么叫真正原谅他?那回你不是跟他回家了吗?

是回家了。可是,可是……柳萨苦恼地红了脸,似乎不知道怎么说。雨霖,夫妻之间的事,有时一言难尽。我回家了,可是我内心深处并没有无条件地原谅他。之后,我并不能全身心敞开接纳他,你明白吗?总之,一切都变味了。而他不可能感受不到。事实上,他是越发敏感了,只不过许多时候假装不在意而已。反正,事情就是那样的,恶性循环。

慕雨霖想起和柳萨的初次见面,好多年了,但一些不经意的细节此刻却蓦地浮现在眼前:常晓川牵着柳萨的手,把他美丽的太太一一介绍给上司、同事。柳萨一直笑着,笑着点头,笑着挥手,配合着老公略带炫耀的礼节。但转过身来,她似乎是迅即又决绝地从他手里抽出了自己的手。

我第一次见你,就发现你们夫妻有些不一样,光鲜下的纠结,琴瑟和谐里的某种刻意。而且,可以肯定,常晓川爱你,但不够自信。他放不开。

都怪我,怪我! 柳萨的眉心蹙起来,外人都能看出来,我怎么会不知道? 我一味怪他喜怒无常,但自己又做过多少建设性的努力? 雨霖你说,其实我是不是有点冷暴力?

慕雨霖握住柳萨微微颤抖的手。不说了,都过去了,还提它干吗? 你俩磕磕碰碰十几年,终于不离不弃,这不就结了? 现在只管考虑怎么好好做爸爸妈妈,以前的事就一笔勾销吧。

但柳萨不听劝,她分明已激动起来。可是,他一脚把门踹破了! 那扇门,是我俩跑了七八次家具市场才最终订下的。那是我俩那时候能买得起的最好的门,可结婚还不到一个月,他就把婚房卧室的门,一脚踹了个大洞。

那个洞,好像刻在我心里了。之后无论搬到哪个新家,装上怎么高级新式的门,我都忘不掉我和他的第一个家,那扇被踹了个大洞的门。

慕雨霖不再说什么,只是安静地看着、听着。也许,这样的倾诉是必要的。彻底告别过往时,最后一次的再回首。

他一脚踹开门,脸整个地黑青着,眼神恐怖得就像要吃人! 柳萨一字一顿,嘴角瑟瑟直抖。慕雨霖从她的眼睛里看见了当年的惊恐,突然从天而降击倒了一个新婚女人的巨大的惊恐。

那一刻,他和我爸的神情一模一样! 他简直就像我爸附体了一样! 雨霖,我怕我爸,你知道吗? 我怕死了他!

慕雨霖跳起来,伸出双臂搂住了突然爆发出悲愤哭泣的柳萨,亲爱的,你在说什么? 怎么突然扯上了你爸?

柳萨大声地哭,撕心裂肺地哭。慕雨霖从没见过柳萨这样哭。

在她眼里,柳萨始终是一个坚强通脱的女人,其实她并不习惯向人诉苦。就是在最艰难的时候,她也是极力让自己看上去平静。慕雨霖见证过她的崩溃,但没有哪一次像今天,此刻一样,好像几十年苦苦守卫的防线全线崩溃,委屈、恐惧、不甘、痛苦,所有经历过的一切犹如山洪暴发,排山倒海般滚滚而来。

慕雨霖觉得自己整个被柳萨的眼泪打湿了,她不禁也泪湿了。她轻声劝,亲爱的,你冷静些,你忘了自己怀孕了吗?可别让肚子里的小宝宝受惊吓了!

好像这句话触动了更大的心事,柳萨的哭声更悲怆了。但终于,柳萨努力平复着自己,她伸出手捂住脸,简直把倾泻而出的哭声堵回到了咽喉里。她的样子让慕雨霖好生怜惜。

终于,两人平静地相对。

怎么说呢?其实也没什么复杂的故事。我的家庭,属于那种平常的家庭,父母亲也都是无怨无悔为儿女的好父母。正因为这样,我都不知道自己的那一点点受伤害算不算得伤害。从小到大,我从没对任何人讲过这事。我妈、我姐,她们是我最亲的人,可我一句也没有跟她们提过。柳萨说,如果不是常晓川那天突然发疯,我都以为自己彻底忘了那些事。

我十岁以前,父母两地分居。每隔一个月,最多两个月,我爸会回来看妈妈和我们。爸爸回家的那一天,我们姐妹俩就像过年一样开心,过儿童节一样开心。爸爸会给我们带回来好吃的,有时还有新衣裳。妈妈也做比平时丰盛的饭菜。所以,我和我姐姐那时候几乎是天天盼着爸爸回来。

慕雨霖看着沉浸在童年往事中的柳萨,她不知道柳萨会讲一个怎样的故事。她不想让自己感知左胸口某一处地方,随着柳萨的话语,莫名地起了痉挛,痛起来。

我和我姐都盼我爸回家,可我没有我姐在爸爸面前胆子大,好动,敢说敢做,她每回看见爸爸就远远地扑过去,爸爸就会把她举得高高的,让她骑到脖子上,欢天喜地的样子,好让人羡慕!我不知道我为什么不敢那样做,我看见爸爸就害羞,分开时间越久,盼得越急,就越害羞。我常常躲在妈妈身后,看着姐姐和爸爸亲热,心里直恨自己。妈妈每回都提醒爸爸,老柳,也抱抱你的小丫头吧,她腼腆。那时候,爸爸就放下姐姐,把我举到他的怀里,用胡子扎我的脸蛋。他说,小丫头啊,你咋就这么害羞内向呢?学校里可不能这样,要力争上游、积极主动才行啊!

他不知道,其实我在学校里一贯积极主动,我并不害羞怕人。我不知道为什么我在我爸跟前就成了那个样子,可能是看得太重,却又相处太短了。每回眼巴巴地等来,但爸爸住一两个晚上就又走了。

偏巧那回要出事,爸爸回来了,姐姐却被小姨接去给表姐做伴了。姐姐不在,没人大呼小叫,爸爸回家的喜庆就减了好多似的。我跑前跑后帮妈妈做饭,心里想赶紧让爸爸吃上饭,但我不敢看爸爸,不敢靠近他。到晚上睡觉时,爸爸才抱住了我。他的胡子硬硬的,亲到了我脸上,又痒又扎。爸爸妈妈看着我直乐,我心里也好高兴,但越发羞得不敢抬头。

我没有想到,那是最后一次,我让爸爸亲我的脸。他把硬硬的胡子脸凑过来扎我脸的感觉,从此我再也没有体验过。那年我八岁,刚升二年级。

第二天早上我是被爸爸的吼叫声惊醒的。我一骨碌跳下床冲到厨房,看见妈妈正在做早饭,但她的脸上淌着泪。她伤心的样子让我好伤心,可爸爸还对着她吼。我不知道他们为什么起了争执,但显而易见妈妈不是占上风的那个。她脸上挂着眼泪,手却一刻不停地干着活。我看到她正在烙爸爸爱吃的鸡蛋饼,但爸爸一点也不消气,他的声音越来越凶,他一次次逼近妈妈,把指头戳到她鼻子上。

我吓坏了,也气坏了。我爱我妈,我受不了妈妈被人这样欺负。我插到他俩中间,我高高仰起头冲着我爸喊,你不要骂我妈!那一刻我觉得自己就像电影里的小英雄,我有能力保护我妈。我一点也不怕我爸,我直直瞪着他。

爸妈好像都没想到我会这样,他们愣住了。妈一把把我拽到身后,说,爸妈说点事,小孩子不要掺和,出去玩吧。我不走,我还杵在那儿。爸爸看着我,两眼尽是恼怒。他说,你看,你教育的好女儿!他突然变得好陌生,好恐怖。他转身从案板上拿起那根最粗的擀面杖,然后高高地举起那根擀面杖,朝着妈妈的额头,直直地劈下来。

啊!慕雨霖双手捂住脸,还是没掩住冲口而出的惊叫。她不敢望向柳萨,怕在她的脸上看见八岁的梦魇。

可柳萨的声音还是和刚才一样的,一样地平,一样地冷,我那阵子只有一个念头,我妈要被打死了。那根擀面杖那么粗,那么重,过年家里来几十个客人时,妈妈才拿它擀面,平时只用小的、轻的。可我爸就要把它砸在我妈的额头上了,我妈就要死了。

他砸了吗？砸了吗？慕雨霖连声问。她当然见过柳萨的母亲,老太太面容安详、额头光洁,几年前寿终正寝于女儿们的爱和眷恋中。可此刻,她和八岁的柳萨一样,摁不住咚咚的心跳,一根铁锤一样的擀面杖,横空朝着她们劈过来。

砸了。没砸脑袋,砸到了肩膀上。我妈的胳臂被砸得一片乌紫,半个多月抬不起来,脖子也难受。但好歹,她没死。

她没死,可我怎么会知道她能不死？我的心在那一刻,活活被吓死了。我陪着妈妈"死"了一遭。

我太小了,我不知道擀面杖会在空中偏离方向。我不知道我爸不会存心打死我妈。我不知道在我父母漫长的一辈子里,那样可怕的情景是否重演过。也许那根本不算什么,因为在我爸第二次回家时他们就和好了,甚至,后来谁也没提过一言半句。我姐根本不知道,我曾目睹过那样的事。

可我怕死了。经历了那样的惊心动魄之后,我从此怕死了我爸。我常常做噩梦,梦见我爸拿棍子敲我妈的脑袋,拿刀刺我妈的肚子。我常常从梦里哭醒过来,醒来后一遍遍直恨自己为什么不是个男孩。如果是男孩,就能有足够的力量保护妈妈。

我从那一天起,再没碰过我爸的手、我爸的脸。

雨霖,你知道的,其实说起来我爸也是一个好爸爸、好老公,他一辈子上进、自律,全心全意为妻儿。我研二时他生大病,我妈伤心得自己先倒了。那阵子我和我姐轮流在医院陪护,我每天给他洗脸、擦身子,但我从来没握过他的手。最后,在他咽气时,我姐紧紧攥着他的手不放,可我只是远远地站着哭,哭。

雨霖,我到最后,也没握一下我爸的手。

慕雨霖伸出手,无言地握住了柳萨战栗不止的右手。

我不知道我和我爸的关系怎样地影响到了我,这种影响又是什么样的程度。其实,我们看上去一直挺好的。我爸妈,我姐,甚至包括我自己,在生活中都没察觉到有什么异样。只是,我到了谈恋爱的年纪,却对谈恋爱没一点兴趣。怎么样优秀的男孩,我都没心力回应人家的热情。那时候我才发现,我对感情很拒绝。我怕自己爱上谁,我阻挡自己爱上任何一个男人。

到了被催婚山穷水尽的时候,常晓川出现了。几乎没经过太多周折,我就接受了他的求婚。我妈根本没想到我会这样,她都高兴哭了。我想我能转变态度走进婚姻,当然是为了让我妈放心。还有,常晓川有事业,不仅高个子,而且黄金比例。

我就是这样想的,父母之命再加上虚荣心,就可以成就一桩婚姻。至于常晓川这个人,我想我是不爱他的。

事实上,恰恰相反,你是爱他的。你习惯了拒绝别人,你不愿对自己认输,承认爱上了一个人。

是的,雨霖。柳萨低下头,一下一下抠自己的手指。我是到现在才悟过来,其实,我对他,并不像自己以为的那样。杜拉斯有一句话:没有爱,留下来不走是不可能的。甚至,后来,庄迪的出现,也是从反面确证我对常晓川的感情,对不对?不然,庄迪那么好的人,我怎么就让他走了呢?

慕雨霖听到了庄迪的名字。太久了,她第一次从柳萨的嘴里听到这个名字。像是提起一个亲爱的老朋友,柳萨的声音是深情的、伤感的,却也是云淡风轻的。

可我们,还是把事情搞砸了。这里面,肯定也有我的责任,对不对?可是,可是,雨霖,你能想象吗?常晓川突然发火,我根本莫名其妙。他踢门的时候,那脸色、那眼神,活脱脱就是我爸的样子!

柳萨再一次哭出声,慕雨霖再次把她搂进了自己的臂膀。她不想让柳萨看见她也在流泪。她不想让柳萨知道比以往任何时候,她都更加心疼柳萨。慕雨霖这才明白,柳萨,这个柔软的坚强的女人,这个在后现代社会把自己活成古典情节的莫名其妙的女人,为什么自己会和她"一见倾心"。她们肯定是嗅到了彼此的味道,任怎样的锦装丽服都包裹不了的味道,那烙在身上流在血管里的味道。她们是被同一枚钉子钉住了心和口的孩子。

好了,不哭了!你和常晓川这不早就重新开始了吗?慕雨霖轻轻拍柳萨的背,马上都是要做爸爸妈妈的人了,过去的事,从此再不提了。

是的,过去的都过去了,柳萨的现在和未来就像窗外的大河,已然穿过了丛生的暗礁和急流飞瀑,正在缓缓驶入宽阔平静的河床,天边云霞和两岸风景映照着它,一切正是葳蕤的样子,最好的样子。

可我,我的明天在哪里?慕雨霖望向目光到不了的迷蒙处,她感觉到身心深处的挫败和疲累。等待太长了,失望太多了,她不知道自己还能坚持多久。难道,穷其一生,她都盼不到和柳萨一样的福分,让一双胖嘟嘟、粉团团的爱之手解开与生俱来的生命之劫?不!一生太长,已不足用了。她的时光,大把大把的好时光,那些最好的年华,她眼睁睁看着它们就像一件薄如蝉翼的丝裙,从身上逃也似的滑走了。一个将要被青春遗弃在风口的女人,还有权利去相信前路上能遇见那样的一双手吗?

如果让柳萨知道慕雨霖的身世,如果另一个有关爸爸的故事慕雨霖有勇气从头道来,那么,柳萨会不会觉得羞愧?会不会觉得她在慕雨霖面前为那样的童年而流泪哭泣,而隐痛半生,简直是可耻的?虽然痛苦从来不能量化,但人生毕竟可以比较。柳萨八岁那年开始,便不再让父亲的胡子亲她的脸,而慕雨霖却从来不曾有过一个想亲女儿脸颊的父亲。

三十七年前,慕雨霖的母亲拿着一张医院开的怀孕证明,冲到了向她提出分手的男友的单位。双方领导出面,两人奉子成婚。然而,慕雨霖的母亲下对了赌注却输掉了尊严,自此以后,丈夫给她的从来只有厌弃和鄙夷。在冷冰冰的家庭里煎熬到了灯枯油尽,临死前她对女儿说,要不是你,我不会这么过一辈子。自始至终,她以为她是最受伤害的那一个,她以为她是最屈辱的那一个。她不知道,其实,女儿才是。

慕雨霖,一个妥妥的弃子。一个在母亲的绝望和父亲的诅咒中来到人世的孩子。

六

常晓川急忙下楼往停车场走时,在花园拐角处碰见了小梁。

小梁一如既往地喜出望外,哇,常哥,这都有多少日子没见你了,今天可算是碰着了!

常晓川知道他又想拉自己下棋,便抢在前头说,是啊,咱俩有些日子没碰头了,等哪天有空,我约你!小梁听这话,脸上一下浮上失望,今天还是没空啊?嘿,自打你当上奶爸,这两三年咱们可就没下过一盘整棋!常晓川抖抖手里的车钥匙,可不,没办法啊,这又要去接孩子,完了还有事。对不起啊,小梁,咱回头再聊,今儿是礼拜天,你还是陪陪女朋友吧。

小梁撇嘴抖肩,女朋友?吹了!上个月她就从我这儿搬走了。本人正经八百恋爱六年,目前处于空窗期。

常晓川迈开的腿又收回来,他定定地看向小梁,不知说什么好。小梁却呵呵笑起来,老哥,赶紧接你的娃去吧,别苦思冥想表示深切同情和慰问的讲话了,打住,打住!

常晓川被小梁逗笑了。是啊,什么都不用说,小梁什么都懂。现在的年轻人,似乎什么都懂,根本用不着无谓的同情和安慰。他说,那好,改天我约你下棋。小梁点头,又大声说,常哥,嫂子拍那片子,对,叫《大河记忆》,我看过了,哎呀呀那叫真牛!嫂子简直太牛了,大手笔!我说你呀,也别惦着和我打球、下棋了,有空尽着伺候大艺术家和小公主吧。

小满坐上车就不停地发问,爸爸,干妈的婚礼上是不是有好多好多好吃的?我可不可以吃冰激凌?干妈的婚纱是什么样子的?是不是《冰雪奇缘》里艾莎穿的那样的大裙子?爸爸,干妈结婚,我做花童,那为什么不让我们小一班的菲菲也做花童?我好想和她一起！爸爸，我也想做妈妈的花童，她当新娘子时，为什么不请我？

常晓川耐心地一一作答，几次硬是忍住了笑。他只要笑，小满就抗议，爸爸，尊重一下小孩子好不好！这是她的幼儿园老师教的话。小满的奶声像鹅毛掸子一下一下触在他脸上，香香的、痒痒的。他整个人软软的、静静的。

不知道哪句话让小满不满意了。她说，算了，不和你聊了，放点音乐吧。常晓川又笑了，女儿这语气像极了她的妈妈。过了一会儿，她又喊，我不要听《蓝精灵》，放点安静的。

好啊，你小小人儿还怕吵！这回常晓川放出了柳萨收藏的乐曲，一时间，车厢内满满装不下的清幽和辽远。常晓川从后视镜里打量女儿的表情，一张煞有介事的脸，一张花蕾一般的脸，一张从梦境里直接降临到他的生命里的至美至贵之脸。小满，小满。他默念着她的名字，心里涌起简直装不下，就要撑破他的大满足。

这曲子，我知道！才安静了不到两首乐曲的时间，小满又开始动起来了。妈妈说过，叫水边的，水边的娜娜。

是《水边的阿狄丽娜》。常晓川纠正。阿狄丽娜，记住了？小满喃喃有声，而后又问，爸爸，阿狄丽娜是一个外国小朋友对吧？她干吗要去水边？水边不安全！常晓川大笑，对的，小满真聪明！

小满，待会儿你给干妈当花童的任务完成了，不要去缠着妈妈，今天干妈结婚，妈妈可是大忙人，要管很多事，所以，你要寸步不离跟紧爸爸，好不好？小满乖巧地点头，我知道的，妈妈昨晚上说，她好累，可是兴奋得睡不着觉。爸爸，你是不是也特别高兴？常晓川答，对啊，干妈是爸爸妈妈最好的朋友，又是我宝贝女儿的干妈,她要结婚了,大家都很高兴啊!

度假村酒店到了。一眼望去,一切完美得像电影里的场景。高天上流云淡淡,偌大的草坪绿草如茵,洁白的大太阳伞一朵一朵盛开在蓝天绿草间,来来往往的嘉宾们身着华服,脚步怡然。缤纷的花墙围出了一个大舞台,乐队已然开始演奏了,欢快的音符像喷泉的水花四处迸溅。

两个彩色的大气球晃晃悠悠停在空中,从气球上挂下一串大红的囍字:周昊先生慕雨霖女士新婚大囍,百年好合!

小满欢呼起来了,结婚真好看,结婚真好玩!她抬起头,认真地盯着常晓川,爸爸,你和妈妈结婚也是这样的吗?

女儿的眼睛,两泓碧水,常晓川从中看见了自己的样子,几许惶惑,几许羞愧。他没想到会遭遇这样的问题,一时间,往事如潮卷过来,他深深地吸口气,不,不是。我和你妈妈的婚礼没有干妈的这么好看,这么好玩。我们那时候,想都不敢想这样的排场。小满不高兴了,噘着嘴大声问,为什么呀!常晓川蹲下身,认真地与女儿对视,因为那时候爸爸没钱,妈妈也很年轻,刚刚工作,我们都穷,没有能力办这样的婚礼。小满眨巴着长长的黑睫毛,也没有花童?常晓川摇头,没有。所以呀,你也别怪没请你。

那,有礼物吗?新郎新娘有礼物吗?小满又问,干妈可是有好多好多的礼物。常晓川看着女儿,看不够似的看着。他伸出手,把女儿搂到胸口,用女儿的芳香压住了他突涌的泪意,礼物是有的。虽然,有时候,礼物可能来得晚一些,但是,宝宝你知道吗?爸爸妈妈得到的是全世界最美最宝贵的礼物!

小满哇地叫起来,爸爸,你弄乱我的辫辫了！我待会儿可是要走红毯,要上台的呀!

晋美嘉措这些年

  关于故乡聚松里的一切,桑都是从别人嘴里听来的。
  聚松里村跟前还有个村叫卓洼村,它们坐落在同一个山的垭口上,一西一东,相距不到十里。远村的人习惯说"聚松卓洼",好像这原是一个村。但他们自己非常排斥这样相提并论。这是两个邻近却并不亲近的村,说不亲近也不是有什么大的矛盾冲突,不过是互相看不起。他们严重看不起彼此,已经年代深远了。看不起的理由"与时俱进",不断更新着,零零星星传到城里桑他们耳朵里来的大致如下:卓洼村人说聚松里人又穷又倔,脑子死胆子小,做事雷声大雨点小,仗着村里出去当干部的人多,喜欢摆"文化村"的臭架子,普通话都说不全的人也动辄要讲国家政策;聚松里人说卓洼村人只认钱不认人,心黑胆大路子野,吹牛骗人不脸红,挣了几个钱的过年回乡那排场简直像是县长来视察工作,没钱的打肿脸也要充胖子,家里娃娃吃不起一颗苹果,当爸爸的裤腰带上却非要拴个"苹果"。
  他们甚至看不起对方的口音。说来奇怪,抬脚就到的地方,却有方言的差异。词语、发音,多有不同。"阿妈"在聚松里是双音节词,卓洼村却单叫一个字,他们的小孩子奶声奶气唤妈妈时,聚松里人便会嘲笑:听,羊羔子叫呢,咩!

看不起归看不起，但离得这么近，直路不见弯路见，因缘际会的事总是少不了的。以前种庄稼拾柴火，林间垄头说碰上就碰上，现在腊月里回村过年，正月里出门打工，冷不防就坐到了同一列火车上。遇上了，言语龃龉的事时有发生，发生也就发生了，完了各自拂袖，一拍即散罢了。这根本算不上什么问题，问题恰恰是在与此相反的事情上。"山挡不住云彩，树挡不住风，神仙挡不住人想人"，整体的"看不起"挡不住具体的人瞅上人。没错，卓洼村和聚松里村，从未断绝过男女联姻。藏人以娘舅为大，有谚曰"敬天敬地，不如给舅敬酒"。多少年下来，这两个村的男人们，梗着脖子端着架子川流不息地喝着彼此的酒。他们可以一边喝一边拍桌子骂人耍点舅威，但姻缘是上辈子修下的，小伙姑娘的心思从没人进行强力阻拦。

　　桑的二婶就是从卓洼村嫁过来的，几个堂弟兄随着二婶说话，都带点卓洼口音。而桑的大姨，是在十九岁那年从聚松里嫁到了卓洼村的梁木匠家。据说，大姨随着迎亲队伍走出村口时，外公扶着院子里的酸梨树哽咽失声。外婆安慰他，你一个大男人哭天抹泪的算什么？你想大丫头了，下西头地的时候去卓洼看一眼呗，就牛啃几嘴草的工夫！外公愤然作答，你这是什么话！我怎么会去那穷山恶水出刁民的地方！

　　这都是很久很久以前的事了。桑小时候，只知道大姨有五个儿子，都正是长身体的时候，所以家里的粮食总是紧巴一些。又听说因为一连串生了五个儿子，没个贴心的闺女，大姨回聚松里赶老人们的丧事时，总是比其他回娘家村的女人显得更伤心些，她从人前哭到人后,惹得二姨、小姨也跟着她泣涕涟涟。

但后来,大姨就不那样哀戚了。五个儿子长起来了,他们陪着妈妈回娘舅村,一个个相貌堂堂、虎虎生威。他们刚走出聚松里的那片山神林,拐到进村的下坡路上,背水的女人们便把消息飞递到了二舅家,二舅家开始煮肉擀面,热闹起来。五个外甥齐刷刷地站在面前,像一支队伍,二舅笑而不语,但腰板挺得比以往更直了。女人家到底不懂大事理,没生闺女有什么好伤心的?有儿子才有面子。这样的五个儿子,在卓洼村是势力,对聚松里就是面子。

大姨的五个儿子,依次是:晋美嘉措、龙丹嘉措、巴桑、仁增、尹姓保。前四个名字是外公取的,最小的一个出生时外公已经去世了。大舅、小舅都是出门在外的公家人,村里的二舅便承担了外公生前的许多责任,包括给家族孩子们取名。据说大姨的小儿子落地后死活不肯吃奶,只是日夜啼哭,卓洼村人都说这个孩子怕是保不住了,但二舅相信自己家的姓氏能保佑外甥,故赐名"尹姓保"。果真,名儿一叫,婴儿便安稳了,又吃又睡。二舅是颇懂一些汉语的,由此开始,孩子们的姓名风格便走进了一个新时代,要么汉语官名,要么藏汉合璧,很见气象。

大姨的五个儿子,桑最熟悉的是老大晋美嘉措。她五岁时随母亲离开老家进了城,别说卓洼村,就是聚松里的人,统共也没认识几个。但亲戚们是常来常往的,表哥晋美嘉措时不时随着大姨出现在桑家的饭桌上。桑问他,晋美哥,你不读书吗?晋美嘉措听这话,鼻子里直哼冷气,不读书?我读过的书你还要吃几年饭才能读呢。他清清嗓子,开始背诵起来:在苍茫的大海上,狂风卷集着乌云。在乌云和大海之间,海燕像黑色的闪电,在高傲地飞翔。一会儿翅膀碰着波浪,一会儿箭一般地直冲向乌云……

果然是桑还没学到的课文。晋美嘉措背课文时,四声很不准确,带着藏人说汉语特有的一种音调,高高低低,拉拉扯扯,桑听着很好玩。但她更好奇的是,一个读书的学生怎么能这样随便跟着大人走亲戚?桑有时感冒了想请一次假,爸爸都非得把她撵到学校去,还要讲一通什么轻伤不下火线的大道理。大姨说,在乡下上学哪能和你比呢?别说娃们,学校的老师也是今天去赶集明天割麦子的,一年四季哪教过囫囵学!你表哥们呀,也就是识几个字,将来出去找生计能和汉人搭上话就成了,当干部那是做梦的事!

但表哥晋美嘉措不这样想。晋美嘉措铆足了劲,一心要当上干部。他悄悄对桑说,他已经初二了,再一年初三毕业就要考中专,考上中专就成干部了。他有信心考上中专,就算第一年考不上,他也要复读再考。他不能和卓洼村那些没名堂的男孩子一样,读书不过是走个过场,混到小学初中毕业了就跟着阿爸们下地,下川。

"下川"就是去四川卖药,是包括聚松里村和卓洼村在内的方圆几十里的藏乡,从老祖宗那儿世代继承下来的营生。藏民从高山上密林里采来珍稀的药材,从动物的犄角、尾骨、内脏提取有用的部分,晒干碾碎捣烂,或研成粉末,或和上青稞酒捏成丸,反正都是祖传藏药。桑听爸爸讲过,他小时候大人们下川那是真的,雪莲、灵芝、冬虫夏草、藏红花这一类是必备的,东西是好东西,再加上老一辈里确有懂一点古法土法治病的人,所以他们去四川当"曼巴（藏语，即医生）"卖藏药，渐渐打出了声名。后来，山前山后、上河下河的人看这钱挣得容易，挣得可观，便纷纷加入下川的队伍中。汉人们做上一件藏袍套上，言语举止尽力放豪爽粗莽一些，便也坐在四川的城乡接合地带，卖起了"来自雪域高原的灵丹妙药"，就算他们流利的汉语有时会帮倒忙，但也没出过什么大乱子，因为药是从深山密林里捣鼓出来的，纯天然无污染，充其量不治病罢了，断不会闹出人命的。再后来，漫山遍野都被汉藏"藏医"们掘地三尺了，原材料有限，年轻人也懒得用那些下苦的笨办法，他们开始赤手空拳单凭一张嘴下川了。就是从这里开始，聚松里人和卓洼村人的"下川"方式，出现了大的分化：聚松里最能言会道的后生还在药摊上苦苦劝诱有腰腿病的四川老太太买下用酥油包裹着一角钱两片止痛片的"藏药神丸"，卓洼村的人却直接从街上扯住人，一针扎在穴位上。被扎了针的人在极度惶乱疼痛和"藏医"剽悍医术的攻势下，只好乖乖掏光腰包里的钱。卓洼村人一张一张的大票子在聚松里人眼前晃，聚松里人是艳羡的，但馋劲过了，他们一般还是不去如法炮制。人嘛，不能心太黑胆太野，公家管着呢，菩萨佛爷也都看着呢。

晋美嘉措初中毕业时，正赶上卓洼村下川全面走进了针灸时代。零成本，高回报，眼见着一部分人家脱了贫，眼见着一部分人家势不可当地先富起来，修房盖楼，脖子上还缠上了金链子。种庄稼的人家越来越少，漫山遍野的田地都荒了，但腊月正月里吃香喝辣的热闹却如火如荼，赛过了以往任何时候。刚升初一的二表哥龙丹嘉措禁不住诱惑，率先辍学，加入了下川的队伍。刚好大表哥晋美嘉措考中专落榜,父母便要求他放弃复读,弟兄俩一起下川,好有个照应。谁知晋美嘉措根本不听话,他坚守初衷,不为发财梦所动,不被众人的冷嘲热讽击退。他躲在阁楼里开始复习,桌上、床上都是铺开的初中课本。卓洼村人来人往,讲述着繁华的县城和更喧腾的四川,但晋美嘉措安安静静,心里只有考中专当干部的目标。

悲催的是,晋美嘉措第二年又没考上。然后是第三年。屡败屡战,他竟然还要孤注一掷地再复习。大姨到城里来诉苦,老二龙丹嘉措都挣上钱盖了新房要娶媳妇了,老大晋美嘉措还说要考学!再这么下去,不是能不能当干部的问题,怕是连人都废了!他这个样子像什么,农民不像农民,学生不是学生,哪家的闺女肯跟他!桑的母亲好言劝慰姐姐,鸟的好在羽毛,人的好在心底。晋美嘉措这孩子做事心眼实,打小会看远,又长得一表人才,他要娶不上媳妇,那就是天下姑娘的眼都让乌云遮住了!现在家里日子比以前好过,又不差他赶紧去挣钱,你们就让他复习几年又咋啦?说不定娃明年就遂了心愿,端上铁饭碗啦!

在城里姨妈和小舅的支持下,晋美嘉措得以进入又一轮备考冲刺。说好是最后一次,大姨家也下了大决心,干脆把晋美嘉措转到县城中学来旁听复读。晋美嘉措见着桑,倏地红了脸。他说,你看我年年落榜,一路等到你这个小孩都上初三了。今年咱俩一起考,我要再考不上也就认命吧。

桑就是在这大半年和表哥晋美嘉措熟悉起来的。她认定他没有再考不上的可能,因为两个人一起复习时,她发现他确实什么内容都复习到了。他的数理化都说得过去,尤其政治,简直背题背了一箩筐。桑从来没背会过那么多政治题,不免有点沮丧,这使晋美嘉措很得意,更大声地在她跟前背诵,都有点卖弄的意思了。他明显的问题是桑几年前就发现的拼音问题,语文考试但凡涉及音形义辨析的,他多半失分。桑一个字一个词教给他,他学得很认真,但一到做题时,还是颇费踌躇。

桑喜欢唱歌,晋美嘉措说他也喜欢。桑有一个硬皮的大歌本,晋美嘉措的小一些,但也密密麻麻抄满了歌。复习累了,两人开始唱歌。原来他唱得极好。嗓子好,乐感也好,一首歌听上两遍就会了。但两个人喜好不一致,桑那时候听苏芮、邓丽君,唱台湾校园歌曲,跟着磁带咿呀学语山口百惠的歌。但晋美嘉措崇拜的是蒋大为,他不是唱《在那桃花盛开的地方》,就是唱"啊,牡丹,百花丛中最鲜艳,啊,牡丹,众香国里最壮观……",唱到高音处,他眯着眼抖着肩,一副陶醉到死的表情。这很让桑看不惯。于是,似乎并没有一起愉快地合唱过多少歌。

转眼间考期到了。考完试晋美嘉措回村里干活去了,临别时他的口气有一些灰心,但眼神照旧坚定、明朗,让人猜不出他考得是好是坏。桑的母亲很担忧,但桑了解情况,她想这回怎么着也没问题。

偏偏又一次落榜,离中专录取分差了7分。

为什么死盯着个中专,考不上中专就要辍学?他的分数,上高中绰绰有余了,为什么不读高中考大学!桑哇哇乱叫,替晋美嘉措打抱不平。母亲怪她不懂事,上高中你出钱供啊?你以为老家村里的娃都和你们一样？咱们聚松里多少好一点，卓洼村至今没有读过高中的人。考中专都耽误了这几年，快别再出考大学的馊主意了，你大姨受不起。

新学期，桑上了高中，晋美嘉措下了川。龙丹嘉措的媳妇生了儿子，大姨带孙子，也没空进城了。但聚松里的亲戚隔三岔五带来卓洼村的消息，说晋美嘉措天生就是下川的料，他第一次去就谙熟招徕病人、"望闻问切"的各种招数，他一出手就挣到了大钱。他一次比一次挣得好。不到两年，他的势头完全压过了卓洼村那些不可一世的老江湖。他娶了卓洼村最俊的闺女卓嘎曼。他给父母翻修了老屋，又新盖了两院房，一院给自己，一院给老三巴桑备着。他出钱供老四、老五上学，他对他们很严厉，说这个家有三个男人下川就够了，剩下的两个必须当干部。

桑上了大学的那个正月里，晋美嘉措终于进城来给亲戚们拜年。三年多没见，他壮实了一些，个儿显得更高了。他一身毛呢西服，外面套着棕色皮夹克，发型是一丝不乱的大背头。桑开口就打趣说，晋美哥，你虽然成了万元户，但也不要把自己打扮成这副油头粉面的样子嘛！晋美嘉措哧哧地笑，羞赧的样子还和过去一样。他掏出几张大票子硬塞给桑，说是他八月里听到她考上好大学就想来恭喜了。他问她大学是怎样的，眼神里闪耀着呼之欲出的向往。两个人坐在一起说话，熟悉的场景不禁使桑想起中考复习的那些日子，想起他那么执着地想要上学、当干部，她的心里有些难过，便说，晋美哥，大学也就那么回事，有没有出息还得看将来。你给我讲讲你的情况吧，对了，讲讲嫂子，听说她是个大美人！晋美嘉措微微红了脸,他伸手一挥,做出不屑的表情,一个媳妇家,讲她做什么!美不美,都是大老粗睁眼瞎。

晋美嘉措和大人们吃饭喝酒时,就不像和桑在一起那么爱害羞了,他谈笑风生,完全是一副大男人的派头,因为有钱撑腰,在城里的干部跟前也一点不畏畏缩缩。但桑看得见他的落寞。当他临回村再一次对桑说"大学生,好好读书"时,桑看到陈年未了的心愿像一片云翳,隐隐浮现在他的眼底。

再后来,仁增和尹姓保真的完成了大哥下达的硬任务,一个参军复员后被安置工作,一个考上了中专。大姨的五个儿子,两个进城当了干部,三个在村里立起了高门大院,照二舅的话说,这下子是面子里子全乎了。在卓洼村,街头巷尾发生鸡零狗碎的冲突时没人敢轻易招惹梁家人;在聚松里,老人们提起桑过世的外公,都啧啧赞叹,你看人老尹家的后人,这哗啦啦一大片,不管是儿子家的还是闺女家的,聚松里的还是卓洼的,个个出息呢!

但这只是个开始,大姨家的巅峰阶段出现在20世纪90年代末。桑在省城工作,一年回几次县城娘家,和老家山村的那些亲戚见面虽少,但彼此的消息是通畅的。大姨的五个儿子都生出了儿子,梁尹姓保在城里当上了局长,晋美嘉措在村里当上了村主任。本来当个村主任也没啥稀奇,哪个村里还没个村主任!但驴比骡子没驮头,人比人是没活头,晋美嘉措当村主任愣是把前山后寨的所有村主任都给比下去了。他给卓洼村跑来了许多扶贫的基建项目,村里安上了自来水,装上了太阳能,硬化了各家各户门前的大小道路。除了这些,他还比任何一个前任村主任都重视文化教育,村里修建了希望小学、幼儿园,还成立了文化站,定期举行一些文化技术讲座培训。正月里,他在文化站搞乡村春晚,亲自领着年轻人跳锅庄不说,还独唱《向往神鹰》。卓洼村的有些男人看不惯晋美嘉措的张狂劲,嘲笑他披着哈达美滋滋地站在台上那样子,简直是把自己当成了亚东。但晋美嘉措把整个村子弄亮豁了,成绩就摆在那儿,大家的眼睛都看得见。就连县长也去卓洼村视察,表扬晋美嘉措一手抓物质文明建设,一手抓精神文明建设,两手都很硬。聚松里人看这阵势,有点羡慕嫉妒恨,这么整下去,他们卓洼村倒成文化村了不是!心里虽不服,但碰到卓洼村人,却都要显摆说,我们聚松里那大外甥把你们村调理得不错嘛。

总之,晋美嘉措一时风头无两,美名远扬到城里,连当干部的亲戚们也都觉得长脸。但母亲高兴之余总有点不放心:做大事的人要把众人抬高,把自个儿放低,晋美嘉措不会不明白这个道理吧?树大招风,如今你大姨大小几家子人,但凡谁出点小差错,人家都会说是仗晋美嘉措和尹姓保的势呢,卓洼村人可不是省油的灯!

没想到,母亲一语成谶。

事情起因于男娃们玩耍打架。村里一个叫李才让代的,他十岁的儿子李开放把巴桑七岁的儿子索南加,从断崖上推下去,差点摔断腿。龙丹嘉措十二岁的儿子梁光祖替堂弟出头,打掉了李才让代儿子的一颗门牙,据说耳朵上也有瘀青。

虽说熊孩子们出手没把住轻重,各自受了伤,但在村庄里男孩打架的事时不时发生,平常得很,大人没空理这茬。最多也就是拿上些吃的喝的,互相登门慰问一下,道个歉。若有谁因为自己的孩子吃了亏,便要不依不饶,那是要遭人耻笑的。既然玩不起,那么村里的孩子们从此以后便记着大人的叮嘱,不跟他家孩子玩了。所以,不到万不得已,大人一般不参与小孩的事。在聚松卓洼,在方圆一带的藏寨村落,几乎从来没发生过因为小孩打架,父母结为仇家的事。

偏偏,事情落到大姨家就不一样了。

巴桑见儿子的腿受了伤,先是抹了点药膏糊弄一下,第二天看肿得厉害,便背到乡卫生院,才知道脚踝骨折了。打了石膏输了液回到村里时,发现满村的人都挤在二哥龙丹嘉措家的院门外看热闹。他忙问啥事,才看到李才让代的婆娘横在院子里,唱歌一样,一咏三叹地咒骂着、哭诉着,你们当你们的局长,你们当你们的村主任,你们为啥要把我们老百姓往绝路上逼!你们把我儿子牙打掉了,耳朵打聋了,你们活活把我儿子弄成残废了!我们没权没势拿你们没办法,老天爷也拿你们没办法吗!天下的神佛都在闭着眼睛睡觉吗!你们不怕天打五雷轰吗!

巴桑气炸了,他抱着儿子咚咚咚冲进去,你看看是谁不怕天打五雷轰!我儿子的腿让你儿子打骨折了,我根本没想过怪罪一句,结果你们家倒恶人先告状,骂到我二哥家门上了。我侄子帮我儿子打架,也不过是小孩子们常干的事,你一个大人掺和进来说这么毒的话,是李才让代指使你的,还是你最近欠他的揍,嘴把不住门了?

眼看着李才让代婆娘像个愤怒的火球射向巴桑,龙丹嘉措从厅房里一声吼,老三你滚回你家去,我这儿没你说话的份儿!二嫂珠姆把巴桑连推带搡送出门,嘴里低低地求着,老三啊,忍住,忍住!忍一忍就过去了。

为啥要忍?大姨家的儿子们,在村里从没给任何人低过头,受气挨骂还要忍的日子,这是破天荒头一遭。难道跑乡卫生院一趟这点工夫,卓洼村换了天?次仁揩摁住气得呼哧呼哧的巴桑,细语劝慰,人家的儿子是儿子,也是老子,人家自己舍不得动一根指头,你侄儿把人家打得鼻青脸肿不说,还偏偏打掉了牙!你说人家能不生气吗?大哥在村里掌事,咱们不要给他添乱,能忍就忍。巴桑经老婆这一提醒,也是又气又笑,梁光祖这浑小子,你打李开放打啥不成,非要打牙!

这里牵涉一个有关生死轮回的极其严肃极其重大的问题。桑听到耳朵里觉得很魔幻的事,山村里的亲戚们讲起来却好像那都是他们生活中的日常情节。据说,早先村里只要有了新生儿,都会传出是谁的转世这种说法,有些是活佛算出来的,有些是家长根据某些异兆揣测的,有些是孩子自己"发声"的。村里经常发生前生后世纠结不清的事。这些年来,出去见过世面的人渐渐对此将信将疑,都不上心了,就算弄清了自己孩子的"前生",家长们也不会大肆张扬,心里有数,该留心的多留心就行了,尤其是牵涉仇家投胎到自家,或者聚松里、卓洼串村转世的复杂情况。话说李开放快满三岁的时候,话还说不整齐,有一天正在家门口尿尿和泥巴,看见李才让代深一脚浅一脚地回家来,突然断喝一声,才让代,你又去郭瞎子家喝酒了吗?你只认酒不认人,我一烟锅敲死你!

据李才让代自己说,他听到儿子的话,喝下去的酒全部变成冷汗嗖地从头上冒出来。他一下子明白了,眼前的儿子是自己死了四年的阿爸,爷爷转世投胎变成孙子又回到了这个家!李才让代悲喜交加,当即就跪在儿子跟前,泣不成声:阿爸,你回来了!

后来,李才让代和他婆娘以及众多好奇的人,都进一步试探过李开放。但孩子一脸蒙,根本不知道郭瞎子是谁。现在男人们都抽纸烟,三岁的娃也不认得烟锅子这种老家什。这就对了,转世的人破口"发声"最好就一次,说多了就不叫"显灵"了。李开放就这样被认定为他爷爷的转世,从此,他就骑在他爸爸的脖子上长大。无论怎么调皮,在外面闯什么祸,李才让代都不舍得打他一下。他的三个姑姑家做了好吃的,也先端来给他。郭瞎子有次喝醉了酒,冒着大雪跑到李才让代家,抓住李开放就哭,阿哥,我对不起你!我把你害死了,我自己也不好过啊!

李开放看见郭瞎子这样子,一头扑到阿爸怀里,哇地吓哭了。他当然不知道他被郭瞎子"害死"的生前史:那天晚上,李才让代的阿爸不顾老婆阻拦,硬是去村子最西边的郭瞎子家喝酒,他喝醉了,外面也下雨了,郭瞎子却硬是没送他一下,结果李才让代的阿爸就在回家路上摔到了背水台的大石头上,死了。他全身上下干干净净的,脸上头上都不见伤,只是磕掉了一颗大门牙。醉汉磕掉牙是隔三岔五发生的事,别说一颗,两三颗也常见。但李才让代的阿爸偏偏就因为一颗大门牙,死了。这是儿女们最伤心的事。

所以,李开放这个小孩,是不能随便打的,尤其不能打他的牙。

李才让代婆娘到龙丹嘉措家闹过之后,大家都以为这事也就结了,本来小孩打架大人掺和已经破例了,还要怎样?谁知,隔了一天,李才让代的妹妹又去龙丹嘉措家门口耍泼叫骂,言语间夹枪带棒,说的是梁光祖打李开放的事,指控的却是晋美嘉措兄弟们在卓洼村称王称霸,横行乡里。这次,珠姆忍不住了,跳出去对骂。龙丹嘉措在屋里观察着女人们愈骂愈烈的阵势,他明白过来了,村里竖着耳朵听热闹的许多人也明白过来了:李才让代家这么闹,并不是因为李开放是他们转世的老子,打不得。他们敢和梁家撕破脸叫骂,显然是受人指使,冲着晋美嘉措来的。

夜里,龙丹嘉措和巴桑两兄弟家都有人来串门,闲聊。原来,就他们蒙在鼓里,别的人家都知道村里发生着什么:李才让代大姐的二女婿旺堆要把晋美嘉措推下台,自己取而代之。他四处笼络人心,发动群众,已有些日子了。这次孩子打架婆娘骂架是第一步棋,就是要把梁家人在卓洼村的权威打倒,骂臭,然后墙倒众人推。

龙丹嘉措和巴桑震惊之余,都埋怨自己的阿爸,眼不瞎耳不聋的,天天在村里胡乱转悠,聊天晒太阳,怎么一点风声都没听到?偏这阵子晋美嘉措领着卓嘎曼一起下川去了。他向来是村政事务和下川两不误。他下川四十天,就把一些人大半年挣不到的钱挣回来了。龙丹嘉措和巴桑决定先不让出门在外的人忧心,打探一下旺堆的底细再说。隔天,巴桑揣着两千块钱去找李才让代,女人们骂也骂了,哭也哭了,能顶啥用?咱们汉子不做娘们事,高处的让风刮走,低处的让水漂走,娃们捅下的一点娄子,今天咱俩结了就是了。我儿子腿骨折了,我自己看病。我侄儿把你儿子打伤了,这点钱给你,算赔个不是。

巴桑没想到平时看见钱就两眼冒光跑去买酒的李才让代,竟然把他的钱撒了一地。他对巴桑的态度就像换了个人,卓洼村谁不知道你们家有钱,但这次的事情是钱摆不平的!我儿子的情况你知道,现在就是我答应你,我的几个姐姐妹妹也不答应!

巴桑把撒出去的钱又一张张收回来,他的脸变得铁青,好吧,那你和你的姐姐妹妹想怎么做就怎么做吧,子债父还,我和我二哥奉陪到底。李才让代冷笑起来,你干吗不说你大哥?你怕晋美嘉措的大名把我的胆吓破吗?

龙丹嘉措打电话给城里的仁增,仁增火暴脾气,一听就说,咱们家怎么了?到了跟李才让代那种醉汉烂人磕头下跪的地步了?背后挑事的不是旺堆吗?我单位上请个假回来,我和三哥直接去把他放翻了!龙丹嘉措指责弟弟,你还是个干部呢,连我们农民的觉悟都不如!遇事就想打架,打架能解决问题吗?村里头我和老三先稳着,你和老五要做的事就是联系咱们乡上的领导和负责换届选举的干部。这几年大哥做的工作县上乡上都是看见的,咱们再把左右的关系疏通好,我就不信旺堆靠给村里人请酒发烟能翻个天!

没想到,接下来村里的形势急转直下,根本不是龙丹嘉措和巴桑能稳住的。这对大姨家来说,意味着一次短暂的盛极而衰的转折。而对于旺堆,却是厄运的开始。这个小伙子,终究是吃了心黑胆大的亏。用聚松里喜欢讲政治的人的话说,就是他本来或许也有机会,但犯了激进主义的错误。

后来的事情是这样的:龙丹嘉措和仁增通话的第二天,李才让代大姐的大女儿的婆婆,也就是旺堆的连襟许扎巴的阿妈,突然无疾而终了。老人去世是大事,全村的男人女人都要去帮忙,女人不光要帮忙干活,还要帮忙去哭,尤其是知道死讯后的第一次哭丧。那天,珠姆去哭丧,她在院里煨桑,进厅房把几色吃食供在棺轿前的桌子上,然后开始扯着嗓子哭起来。按规矩,这时候主人家的女人就要过来好言劝停,拉客人入座,让一下酒菜表示感谢。哭丧的女人来来去去,许扎巴的老婆和女儿一直应酬着,但独独不理珠姆,眼里根本没她这个人。珠姆看清了她们的态度,臊得哭也不是,停也不是。最后,是院里晒太阳的格拉阿婆看不下去了,进去劝住了珠姆。珠姆停下了假的哭,真的泪才滚出来。她几乎是落荒而逃。

同一天里,梁家妯娌遭到了同样的待遇。而且,是变本加厉了。次仁措连哭都没来得及,许扎巴的女儿把她的供品从桌子上一巴掌扫下去,俩人当即就撕起来。

这就严重了,这就说不过去了。在乡村,婚丧嫁娶是头等大事,自有祖宗传下来的一套礼法仪轨管制着人,容不得谁家耍性子胡乱改章程。自古以来,从没有把哭丧的人扫地出门的道理。许扎巴这一次,为了连襟旺堆,简直是要把村俗族规,把世世代代的传统踩在脚下,不管不顾触犯众怒了。

巴桑去聚松里找二舅。大姨家在卓洼村但凡遇到难事,都要回娘家商量。外公不在了,外甥们的主心骨便是二舅。晋美嘉措这些年混出来了,但关键时候二舅的话还是必须要参考的。二舅细细听了巴桑的汇报,对卓洼的村风人情表示了愤慨和鄙夷后,给了三点建议:一、不能瞒着晋美嘉措,得让他赶紧从四川回来。旺堆既然敢公开叫板,村里既然有人跟着他走,那就说明晋美嘉措的工作不是无懈可击的,他肯定恃权而骄,得罪过人。当然,给众人办事不可能不得罪个别人,关键是要团结大部分人。现在要积极面对,想出对策,不能让这大部分人对晋美嘉措有二心。二、许扎巴家丧事期间,要以忍为原则,该尽的礼数照尽不误,不能给人落任何话柄。要闹让他们闹,闹得越过分越好,不是有"多行不义必自毙"吗?三、目前就你们弟兄仨应对,不要让仁增和尹姓保明着参与,干部们出面容易引起村里人的抵触心理。

二舅的话亮堂得镜子一般,但卓洼村的水彻底被搅浑了。旺堆眼窝子浅,认定了连襟许扎巴家的丧礼是扳倒晋美嘉措的绝好机会,他不想步步为营,而是心急火燎想看到结果,再加上身边又有几个人挑唆,于是挑衅飞跃升级,脱离了伦常轨道:那天,火葬结束后,丧事主家开始给村里各家各户派发回礼,但分到晋美嘉措家的礼少了一份儿。

卓嘎曼悄悄去问负责发放回礼的许顿珠,许顿珠尴尬得额头冒出了汗。他说,没搞错,这么要紧的事,我怎么会粗心弄错!是人家主家特意盼咐的,你们家就两份。卓嘎曼黑着脸问,既然如此,两份是给谁的?你们说,我公公、我男人、我儿子,哪个算不得人?许顿珠回答,是给你公公和儿子的。村主任,他……他没去拾柴。年轻人说章程得改,以后人在村里的,就一定得亲自去拾柴,别人替他的,不算!

事关重大,晋美嘉措又去乡上开会去了,卓嘎曼不敢贸然行事,便和公公商量。公公一听直接气晕,当即起身就去找许扎巴。许扎巴早有准备,连襟旺堆又正在他家陪客人喝酒,于是连老辈的面子也一点都不顾忌,口气强硬地回答,从我们家开始,以后不拾柴的,就不能把他当儿子娃还礼。背不动柴的老汉,上学的娃,外面当干部的人,还有下川去了的,别人可以替。只要人在村上,管他是村主任还是天王老子,都得亲自来交柴。你儿子晋美嘉措,给死人都摆架子呢!今天早上他的柴是巴桑背来的,过后我们扔了,没要!

大姨夫虽上了年纪,原也不是个弱人,人家连日来得寸进尺,气焰嚣张,他已经忍很久了。他一个耳光打过去,又揪住许扎巴的衣领。众人轰地围上来,场面大乱。许扎巴的女婿一脚踹在大姨夫的肋骨上,大姨夫当即就倒在地上,起不来了。龙丹嘉措家离许扎巴家近,他闻讯赶来,结果刚进院门就被几个人乱棒迎上来。这一次,旺堆亲自上阵了。反正连老人都打了,反正已经说不清了,他们也就豁出来不管不顾了。

龙丹嘉措被严重打伤了。当晚,他和阿爸一起被抬到县医院。

晋美嘉措彻底被整蒙了。从四川回来时,他想到了旺堆可能采取的行动,也细细准备了对策。但不管怎么样,亡人为大,总得等许扎巴家的丧事过去了再说吧。甚至,他去乡上开会之前,还到许扎巴家走了一趟,给帮忙做事的村人和邻村赶丧来的客人们敬酒递烟,尽了村主任的礼数。他万没料到,自己还没来得及回村,老父和弟弟就伤痕累累躺在医院了。他们,竟然对阿爸都能下手。无数个冲动的念头烧灼着他的胸口,此仇不报非君子!但医院里需要他照应,城里的亲戚们劝导着他,二舅从聚松里急急打来电话,反复告诫他,既然阿爸和龙丹嘉措没有致命伤,他就该从长计议,冒失不得。长是什么?向来踌躇满志的他,也迷糊了。但他清楚自己不会为了一顶村主任的帽子,让父亲、兄弟替他受过,咽下这奇耻大辱。

夜里十点,当尹姓保从外县赶来时,晋美嘉措这才惊觉到在本城上班的仁增不在。卓嘎曼说,老三、老四刚等到阿爸从CT室出来,就一起走了,没说去哪里。

晋美嘉措的脑袋轰地炸了,他只觉事情不好。仁增是个一触即发的暴脾气,巴桑这些天受够了欺负,两个人见着今天这场面,断不会再忍下去了,他们一定是要捅出大娄子来了。

晋美嘉措把医院的事托付给尹姓保和女人们,自己抬脚就走。凌晨两点,他赶回村里。他终于回到了村里。

阴天的夜里,山村像是一个黑暗得醒不过来的梦。一切就那样发生了。天亮时,卓洼村所有的人都知道许扎巴和旺堆半夜里让晋美嘉措打了。也有人说可能不是晋美嘉措打的,旺堆邻居家的女人好像听到的是他哪个弟弟的声音。还有人说可能不是一个人打的,但摸黑干的事情,谁都没见着,又怎么能说得清楚呢?反正是晋美嘉措喊醒了村里跑车的年轻人,让他们把许扎巴和旺堆送县医院去了。他说人是他打的,他会听候处置。睡眼惺忪的年轻人看到了晋美嘉措身上的血迹,他掏出一沓钱给他们时手簌簌地抖着。

晋美嘉措一个人在院里坐到天亮。天亮后,他去村委会拿回了自己的东西,然后换好衣服去了聚松里。他在二舅家吃了饭,喝了酒,好像很悠闲的样子。他和二舅说了什么,连舅妈都没有听见。晌午后二舅一直把他送到聚松里和卓洼村的分界路口,他摆摆手大踏步走了几步,又转头回望,二舅还站在老地方,却莫名地驼了背,转眼间真成了一个老汉。

医院的检查结果出来了。许扎巴和龙丹嘉措一样,虽然被打得不轻,但还构不成刑事意义上的伤害。旺堆就不一样了,旺堆的膝盖骨被打断,落下残疾几乎是肯定的。

晋美嘉措给四个弟弟和弟媳开了家庭会议。当了多年村主任,他习惯用"会议"这个词。他说,我要走了,今天开会就一个意思,从此以后,父母的事,各房娃娃们的事,亲戚娘舅的事,你们大嫂的事,不管发生什么事,你们弟兄妯娌几个人要齐心协力办好。总之,梁家人不能在人前短了精神。

大家都尽力平静着,陪晋美嘉措喝着酥油茶。但是当警车一路呼啸着驶进卓洼村时,从小到大从不轻易流泪的仁增捏着拳头哭成了泪人,卓嘎曼的喊叫声尖厉得压过了刺耳的鸣笛声。

之后的事情,听上去好像山重水复,但经过了一道道熬人的程序之后,终究尘埃落定了。晋美嘉措的三个弟弟虽然都有作案的动机,但仁增和尹姓保那天晚上根本就没回过村,与案子无涉。巴桑本来也没事,中间却又被抓起来,再后来又查清那天晚上他虽然在场,却是去劝架的,中间只拉扯了两把旺堆和大哥,除此什么都没做,所以在拘留所待了十几天出来了。事情因晋美嘉措而起,最终还是由他自己了结。旺堆腿废了,站不起来了,卓洼村结束了鸡飞狗跳的一段日子,顺利选了新村主任,是和大姨家、旺堆家都相安无事的杨扎西。杨扎西上任后,村务方面也进行了许多改革,但有关古老的丧礼还是沿用旧制:拾柴可以让人替,回礼还是按人头,但凡男丁都有一份。

晋美嘉措因故意伤害罪获刑七年。

七年里,四个弟弟恪守晋美嘉措的嘱托,谨慎做人,共同侍奉父母,互相帮衬。晋美嘉措的儿子考上大学,顺利毕业后在外省找到了工作。女儿也风风光光嫁了人。这都是叔叔们的功劳。梁家虽然再没人当村主任,但新的一茬人个个争气,考学的考学,挣钱的挣钱,在卓洼村照样活人活到了人前面。在聚松里,街头巷尾发生口角冲撞时,从来没人给舅舅大姨家揭短,说他们的外甥里出了坐班房的人。二舅说,聚松里人是讲道理讲脸面的,谁都知道,丧礼不还礼,还打人老子,那是要遭天谴的。

尽管这样,大姨还是天天哭,几年时间都快把眼睛哭瞎了。她和大姨夫被仁增接到了城里,所以桑每次回老家都能见到她。她每天拜佛,念嘛呢,心里只装着晋美嘉措一个人,他吃喝如何,会不会生病,有没有人欺负他,诸如此类。她一会儿担心自己等不到晋美嘉措出狱,一会儿又担心聚松里的大舅、二舅,还有桑的母亲,会不会在晋美嘉措服刑时死掉。他们去世不要紧,要紧的是抬最后的棺轿时,大外甥得站在最前面压轿。当然其他外甥也可以,但最体面的是晋美嘉措。桑听着大姨的这些话,基本上茫然得插不上嘴。

晋美嘉措服刑的第三年,桑探过一次监。临行时她百般忐忑,她知道表哥不想在那样的地方见她,但又拗不过母亲。但见了也就见了,并没有想象中的惊心动魄。人变瘦了,低着头进来时也好像有点矮了,但坐定后,他看着桑不好意思地咧嘴一笑,还是那个熟悉的晋美嘉措。他说,大学生,你不该来这种地方。桑的孩子都上小学了,他还叫她大学生。他说里面啥都好,不用担心,他会好好表现争取减刑,让家里的老人们保重身体,等他出来。他说他现在学了好些技术,那都是过硬的真本事,以后他要以此为生,再不下川卖狗皮膏药了。说了这些,他突然问桑会不会唱《为了谁》,他说他正在负责监狱里的新年歌咏比赛,除了集体节目,他还有男女声二重唱《为了谁》。和他合唱的不是女犯人,而是他们的狱警。他压低了声音,语气不屑地说,人是神气得很,可声音根本就赶不上你,每次唱到高音,她的声音就找不到了,就只剩下我的了。

　　桑本来也故作淡定着,但听到唱歌的事,她一下子伤心了。她说,晋美哥,我不信你会砸断人的膝盖,就算他们打了大姨夫和龙丹哥,我也不信你做了这事!晋美嘉措怅然地看着桑,有点答非所问,终究是因为没考上学,迟早要吃亏。桑问,值得吗,这样做?旺堆为了抢你的村主任,搭上了一条腿;你为了一个馒头,落个这样的结果!听这话,晋美嘉措的神色一下凝重起来,怎么是一个馒头!那是一个馒头的事吗?大学生,你念书念糊涂了!那不是馒头,那是脸面,那是儿子娃的身份,那是几辈子人活人的规程,不争馒头争口气,你懂不懂!

　　感觉到自己太严厉了,晋美嘉措搓搓后脑勺,抱歉地说,瞧我这脾气,还是没改造好!你是城里长大的人,不知道这些也很正常嘛。少顷,他笑了起来,其实,我们小时候也以为那就是馒头,天天吃黑面馍,实在吃不动了,娃们就都盼着村里死个人。哈哈,那时候!

谢天谢地,大姨最担心的事到底没有发生。那一年腊月,大舅去世,恰好之前两个月,表哥晋美嘉措提前一年出狱了。大姨领着五个儿子,五个儿子又领着六个儿子一起回娘舅村。孙辈们都长起来了,连最小的尹姓保的儿子万玛才旦都上大学了。他们从卓洼开来三辆越野车,锃光发亮地停在聚松里新修的停车场上。儿子孙子们前呼后拥着大姨,一个个相貌堂堂,虎虎生威。他们穿过满村人的目光齐刷刷走向舅家,越发像一支队伍。二舅眉目含笑训斥大姨,女人家就知道个哭!人生自古谁无死?大哥有这么多外甥来送他,有我大外甥在前面压轿子,也就功德圆满了,没什么伤心的!

大舅的丧事,桑也回聚松里参加了。她看到了之前只是听说过的许多事,譬如同姓族人对丧礼的统一实施,譬如全村人长达七天的守灵,集体诵嘛呢为亡人超度,等等。聚松里人的团结仗义和能侃会道,她都领略了。她越来越深地体会到绿叶对根的情意,一种血浓于水的眷恋。使她为难的是,那每天固定的哭的程序。时辰一到,供品一摆,女人们便开哭了。各种声调的哭,各种音色的哭,各种说辞的哭,汇成了气势磅礴的哭的海洋。这个时候,桑便不知道怎么办。她哭不出来。她想不通前一分钟还谈笑风生的人为什么会突然大放悲声,而且真的哭出了泪。其实,她是常常哭的。一看见大姨、小姨哭她就开始抹泪,一看见没了阿爸的表妹哭,她根本止不住自己的哭声。但她的哭总是掐不准该哭的点儿,而且,她不会扯她们那样的哭腔,哭时嘴里也念叨不出一个词儿。这样的哭,在聚松里讲礼数的看客心里大概是不作数的,哭也白哭。

人是伤心了才哭,像这样唱歌一般的哭,有意思吗?咱们这种习惯,也该改一改了。桑和表姐聊起这事,表姐说,其实用不着改,慢慢已经淡了。你不知道,过去是全村女人都要雷打不动每天来哭,就算互相有过节儿的,平日里根本不来往的,只要谁家没了人,也要来帮忙干活帮忙哭,事情结束了又恢复原样不理不睬。现在,别说有仇有怨的,一般人也不怎么来哭了,来的多半是沾亲带故的。祖宗的规程也在变着呢。

是啊,世界日新月异,聚松里也不是父亲母亲讲给桑的那个样子了。但有些仪轨依然坚若磐石。大舅出殡的那天,桑看着全村的男人们成群结队去林子里拾火葬用的柴。一个男人一捆柴,一个人头一捆柴,刚出生的男婴,八九十岁的老爷爷,都一视同仁。背不动柴的老人和娃,外面当干部的人,上学的人,下川去了的人,别人可以替他去拾,但绝不能以任何理由不交柴。拾柴是男人的义务,是权利,更是身份的象征。自古以来,男人给主家拾柴,主家给男人还礼,天经地义。女人们再眼馋也没用,沾都沾不到这个事。

桑看到了晋美嘉措,他的脸上多了一些皱纹,但气色红润,精神头十足。他穿着时兴的黑呢大衣,皮鞋锃亮,时不时掏出手机大声讲话,派头一点不比他的两个当干部的弟弟小,似乎更端着点架子。他现在真的不下川了,他要在镇上开一家汽车修理铺,据说手下雇两个人,自己是不用干活的。他和聚松里熟识的同龄人聊天谈笑,互相打趣各自村庄的窘事。有个人突然大声说,你现在还可以竞选村主任,东山再起,卷土再来嘛!其他的人听这话都讪讪的,有点怪他哪壶不开提哪壶的意思,但晋美嘉措倒是云淡风轻的样子,我竞选村主任?老实跟你们说,现在硬塞给我都不要呢!都是过五十的人了,还是挣几个养老的钱过安生日子,省心。他又嘲笑说,你们聚松里人就是改不掉这个臭毛病,书没念过几天就喜欢说个汉语成语什么的!东山再起,卷土重来。山在哪里?卷哪里的土?你们这里的穷山薄土吗?他的话引得人们群起而攻之,你小子话大得很!没有我们聚松里的山和土,你还不知道是哪里的荒魂野鬼,找不到投生的娘胎呢!一堆人你来我往,笑闹不休。

午时十二点,鞭炮齐鸣,唢呐锣鼓合奏,喇嘛诵经开道,棺轿起轿,向火葬场的方向。抬轿扶轿的是所有的亲族小辈男性,大外甥要站在轿子最前面,负责顶轿。顶的意思就是别人往前抬,而他要全力阻挡,不让轿子走得太快,以示对亡故之人的挽留、怀念。轿子走得越慢,丧礼就越显肃穆、隆重。走快了,老人们就会唏嘘感慨,唉,没个贴心的人顶轿,一炷香的工夫都不到,就离开家离开庄子了!

女人娃娃是一路哭着,磕着头,伴轿子前行的。桑挤在人潮中,磕头的起俯间看到抬轿的队伍近乎静止地挪动着。顶轿的晋美嘉措双手紧攥着抬杠,脚往前顶,身向后仰。他太用力,以至于他整个的身子仿佛要倒到后面去。正午的大太阳照在他的脸上,他的脸上之前与人戏谑的神情不见了,乡间所谓的有钱人特有的轻躁之态不见了,从村主任到囚犯再到小老板的荣辱沧桑都不见了。这个时候,他的眉目间只剩下一个表情,骄傲而神圣,悲怆而庄严。他是阿妈的长子,他是娘舅村顶天立地的大外甥,他在为身后这个逝去之人尽着最后的心意。

镏金错银的棺轿走一步退三步,跟跄在崎岖不平的村道上,缠绵在亘古的仪式中。晋美嘉措是那个掌舵的人,他一个人的力对抗着后面几十个人的力,他一个人的速度表达着所有亲人痛切的不舍。他一步步把身子向后仰去,他一次次把脸向上抬起。他的脸上,闪着点点的光,看不清是汗水,还是泪光。

桑想着大舅生前种种,又想起自己年迈的母亲,不禁泪飞如雨。有一天,这条山道上,这条往生之路上,母亲也要这样走。母亲的最后一程,送她陪她挽留她的人,离她最近的人,也将是晋美嘉措。

下午四点半,骨灰入殓下土,丧礼只剩下最后一个程序——主家还礼。一个主事的人喊名字,另一个发放回礼。桑听到自己父亲的名字,早两小时离村的哥哥的名字,和远在上海工作的侄子的名字。二堂哥和小表弟分别替他们三个领了回礼,多少年来,他们的拾柴任务也是由他们代劳的。

三份礼,三个缺席男性的在场证明。桑不由得细细端详它们,像晋美嘉措说过的那样,那真的不是馒头——尽管,它们确实是。

一份礼,一个馒头,一个用一斤面粉做成的大馒头。即便是在最困难的年代,最贫穷的人家,哪怕卖骡子盘地,也不会短斤少两、不会掺进杂粮的大白面馒头。

只是夜太黑

冬至这天刚好是周末,快下班时,陈宏凯给乔月打电话说,咱们今晚到"万家饺子"去吃饭,我中午订了个小包间。你知道他们家的饺子有多火爆,今天就更别提了,我费了老大劲才订上的呢。乔月听着他兴冲冲的口气,心里慢慢冷起来,一言不发。陈宏凯在那头喊,哎,你怎么不说话?下了班你早点去饭馆歇着,我到学校接萌萌。乔月说,你安排得倒是好,可咱们去饭馆吃饺子过节,就把我妈扔家里不管?陈宏凯听出了乔月声音中的寒气,兴奋和热络一下僵掉了,他怏怏地说,你妈晚上那顿不是不吃带荤的吗?她有时不也煮碗燕麦粥就行了吗?偏今天咱们一家人出去过个周末就非得管她?乔月说,你当然不用管,可我得管。今天是冬至,从小到大多少年,这一天我们兄弟姐妹准能吃到我妈包的饺子。现在,她包不动了,没地儿包了,我就让她喝粥,自己到外面吃去?

乔月和陈宏凯结婚十三年了。十三年里,两个人称呼乔月的妈都是"咱妈"。但从十个月前,就听不到"咱妈"了,陈宏凯说"你妈",乔月说"我妈"——十个月前,乔月的妈住进了乔月和陈宏凯的家。

本来,陈宏凯一直和岳母关系很好。这是有基础的。当年他追乔月时,乔月的爸嫌他家底太差,两个人又不在一个城市工作,死活不同意。陈宏凯寒暑假来乔月家,准岳父基本不给他好脸色。是准岳母最早承认了他,留他在家里住,吃饭时,好肉好菜尽往他碗里拣。陈宏凯爱吃岳母烙的千层饼,他每次走时,她提前两天发好面,面里和上鸡蛋、奶粉、蜂蜜,大半夜一个人在厨房里,一张一张精心地烙饼。陈宏凯每次带走的饼足够他吃一个月,乔月笑他,你就是一民工,人以为你大提包里装的是啥呢,打开来尽是干粮!陈宏凯说,谁让咱妈的饼这么好吃呢!要不是怕时间太长放坏了,我还想再装点呢。乔月笑骂,再装,就把我们一家人半年的口粮都装走了。

乔月和陈宏凯谈恋爱谈了六年。六年里的每一个假期,每一个春节,陈宏凯都是在乔月家过的,都是在准岳母无比的慈爱和准岳父越来越外强中干的冷漠中度过的。终于熬到了结婚。定下结婚日子后,乔月的妈便开始为女儿女婿缝制被褥。按照规矩,这些事怎么着也是男方家的事,但陈宏凯一句"我父母是农民"就打发了一切。乔月的姐和嫂子们有点不服,农民怎么了?农民就与儿子的婚姻大事没一点关系?农民就不活人了?妈就劝她们说,计较个啥呢?谁家条件好谁家就多操点心,咱们还不是看在宏凯这娃面上。正忙得起劲呢,陈宏凯那边却出事了,妈的好心和乔月的委曲求全都没等到一个花好月圆的好结果,准新郎突然体检查出了心脏功能有问题。

那是一段不堪回首的日子。家里炸开了锅,爸爸本来就不同意,这下更是气歪了脸。大哥说,哪怕咱兄弟姐妹一起出钱给陈宏凯看病都可以,但不能把小妹嫁给他,心脏病后患无穷。乔月肝肠寸断,那时候,陈宏凯要是死,她是毫不犹豫要跟他一起去死的。妈知道女儿的心事,说,你们这说的什么话,有病看病,别扯别的!都是要结婚的人了,人有点病有点灾的,就给撂到半路上,这还算是有良心的人吗?在妈的支持下,乔月扔下工作,拿出自己的全部积蓄,第二天就去了陈宏凯身边。她一到,就赶紧安排陈宏凯住院治疗。陈宏凯说他得了这种治不好的病,原已经做好了思想准备等她提出分手。她要是分手,他就不治病,就天天喝酒胡整,让自己死。乔月说,你瞎说什么呢?我妈说了,天底下就没有治不好的病!

乔月伺候未婚夫整整七十天,七十天后她再也不能不上班了。陈宏凯身边没人不行,但他的乡下父母那时候正忙着收庄稼,根本就顾不上来看他一眼。陈宏凯想让他未出嫁的小妹来给他做几天饭,写信发去后犹如石沉大海,杳无音信。乔月一百个放不下心,但只能忍痛回自己的城市上班。妈打来电话,说趁学校还没开学,她想赶着来看一下宏凯,要不过几天就得给孙子们做饭,一步都走不开了。乔月不让妈来,妈还是硬来了。

从陈宏凯的小城到乔月的娘家三百七十公里的路途,按说也不远,偏返程时路遇泥石流,车走回头路,又拐小道走,足足走了两天一夜。两天一夜里,妈既操心陈宏凯一个人,又担忧赶不回家里招老头子骂,急得满嘴起疱,没咽一口吃食。快到家时,路过一小村,遇到卖酸梨的,乔月买了一大把,从不能吃酸的妈口渴得拿起小酸梨就咯嘣咯嘣地啃。听着那个声音,乔月坐在后排,眼泪哗哗地流。她在心里对自己说,乔月,你记着,就冲妈这一次受的罪,你将来也要好好报答她。

这一件件,一桩桩,乔月都一一记得。她以为,陈宏凯也不会忘记。没有谁能闭着眼昧着心忘记这样的恩情。但人心是多么靠不住的东西啊!

所有的时间就那么过去了,当年挥铲舞勺给人做饭烙饼的妈变成了眼巴巴等着人给饭吃的废人,当年的怯弱者变成了强者。要不是妈,乔月怎么就能相信青天白日下,人会这样健忘?陈宏凯说,你妈对我有什么特殊贡献,轮着我伺候她?你妈一辈子贪图享受,只管自个儿,她操过谁的心?她抱大过一个孙子吗?

要是在过去,陈宏凯这样说话,乔月哪会和他有完?打死陈宏凯都不敢这样说!当然,陈宏凯也不会这样说。可现在不是过去,现在妈住在乔月这儿。乔月身体差,单位里又忙,那日日面对的一天两顿饭的事,多半都指望陈宏凯。就凭着这点,陈宏凯成了一个肆意篡改历史、用嘴胡说发泄内心不满的人。刚开始,乔月还和他吵,说起那些往事,她有多么伤心就要多么愤怒,她难以置信眼前这个人就是当年妈对他那么好、自己那么拼命要跟的陈宏凯,现在她觉得自己有时根本不认识他,又每天重新认识着他。渐渐地,她麻木了,她不再跟他计较,细数过去。算了,任他说去,日子过成了这样子,就像一本已取空了钱的旧存折,再抖搂那上面曾有过的数目有多少多少,于今又有何益?只要他在她忙不过来时好好做饭就行,只要他不太给妈脸子看就行。

这是多么奇怪的事啊,别说陈宏凯,眼睁睁看着,这么多血脉相连的人突然间就成了别人,彻头彻尾的别人。乔月接受不了这样的现实。她是大家一路宠惯过来的妈妈的老闺女,哥姐们的小妹,娘家于她永远是鸡叫狗跳的热腾腾的记忆,是葡萄紫石榴红的葱茏的记忆。这样的记忆使她虽然离开娘家十多年了,但心还时时流连在那儿时的大院里。妈妈鼎盛时期的娘家大院啊,有着怎样幸福的忙乱和嘈杂。大哥大姐都在外地,大哥的儿子小军和大姐的女儿蝌蝌生下后,他们自己拉扯了不到两岁,先后都送到妈这儿来。那时候,乔月还刚上小学四年级。那时候的小学生没有后来那么多的作业,乔月放了学多半时间就是带侄儿和外甥女玩,那两个小不点是她的跟屁虫,成天黏着她。她目睹了、参与了妈妈带大两个孩子的艰辛过程。紧接着大姐又送来了老二,然后是在同一个城市的二姐相继生下一儿一女,几年后二嫂也有了两个孩子,妈妈或集中或零散地帮助几个儿女带孩子,几乎每一天,妈妈身边吃饭的孩子绝不少于四个。这样的情形一直延续到乔月参加工作,谈对象。陈宏凯第一次来乔月家,就被乔月家的壮观景象感动得不行,一院子活蹦乱跳的小孩,吃饭时齐刷刷坐在饭桌前等着妈妈舀饭,这个要干,那个要稀,这个不吃青菜,那个吵着要鸡蛋。最大的阿平爱吃饺子,天天盼奶奶包饺子。二姐的阿宝最淘气,他不爱吃饭,吃饭跟小麻雀似的,一转身却一个接一个地吃刚蒸出来的馒头,量大惊人。陈宏凯感慨地说,不容易啊不容易。那时候,他大概做梦都没想到,二十年后,他会说,你妈只顾自己贪图享受,一辈子没抱大过一个孙子。

当然,这话也不全是陈宏凯说的,这后半句没抱过孙子的话是从大嫂的嘴里出来的。去年爸妈在大哥家,只待了不到两个月,大嫂的脸就开始渐渐地阴起来。其实,说穿了,比大嫂更不耐烦的是大哥自己。大哥从小就出门读书、工作,长期没和父母在一起,只是逢年过节回来看看聚聚而已。一辈子自由惯了,到了退休的年龄该自己享清闲了,家里却猛地多出两个老人来,得按时作息、规律生活,种种的不适感很快就暴露出来。况且爸爸和大哥基本无话可说,有话也说不到一块儿。爸爸是老革命,一张嘴就缅怀过去的时代,都八十岁的人了,但凡体贴他,谁去跟他较那个真呢?只要倾听就行了,老人需要的无非是个说话的对象。但大哥偏不,偏要和爸爸辩论,说他的话这也不对,那也错误,从气势上就要压倒爸爸。乔月每次听大哥和爸爸说话,虽说的是不相干的什么国家形势之类的话题,但心里还是隐隐地疼,替爸爸凄惶得不行。大哥为什么就那么慷慨激昂,不让着一点爸爸呢?这样一想,心里更疼了,爸爸这一辈子何曾需要人让他?什么时候,他变成了不服老不服输也得服老服输,需要人让着他的弱势角色?

　　大哥有什么话只跟妈说,有怨气也冲着妈发,他和爸爸交流得越来越少了。爸爸在餐桌上,他就端着碗去客厅茶几上吃。吃面倒也罢了,吃米饭炒菜时,大嫂就扯开嗓门冲大哥喊,我难道还要把几样菜单独给你盛过去?你觉得我还不够累不够烦是不是!这样几次下来,爸爸就把餐桌让出来,自己端着碗去卧室里吃了。爸妈的卧室里摆着个小电视机,爸爸一边吃饭一边看电视,爸爸最爱看的是新闻联播,每天雷打不动要看。当荧屏上出现国家领导人访问视察的镜头时,爸爸脸上就绽开了笑容,好像他看见了老熟人。他这样已经好多年了,大家其实早已熟视无睹,但现在大哥只要看见爸爸这表情,就会摇头撇嘴地嘲笑。

二哥对乔月说,大哥对爸简直是精神虐待嘛。咱爸英雄好汉一辈子,到老了虽然寄人篱下,但也不能受这气!小妹,你去跟大哥说,不能让他这样!乔月问,凭啥我去说?二哥说,你说,他会听。我一说就撞枪口上了,他正恨我不养父母,把负担推给他了,我哪还敢再去给他提意见?乔月想想也是。星期天再去大哥家,刚好爸妈出去遛弯了,乔月就委婉地说,大哥,爸老了,老了就和孩子一样,你不要计较他说得对不对,你多听听他,哄着他。大哥听了,倒像是小孩一样得意地笑着说,我就不让他,不哄他,他只要胡说,我就和他针锋相对,哈哈!乔月说,这又何必呢?爸爱面子,你不要让他活得那么局促嘛!大哥收回笑,正色说,小妹,你要这么说,那我也可以明说,我可不像你们做女儿的那么心软。他爱面子,谁不爱面子?我都快六十岁的人了,他这七八年当着我的面对妈那样,他给过我面子吗?还有谁,能像他一样,那么不给儿子面子?

乔月一时语塞。是的,大哥说得对,这七八年来,和妈的关系上,爸爸确实不给儿女们面子。可是,他那样,大哥就非得这样吗?大哥对爸不好就单是因为爸对妈不好?如果是这样,在大哥家这两个月,妈的脸为什么也越来越黑瘦了?

爸妈在大哥家生活了三个月。只等过完年,爸就坚决地回了自己的老家老屋。妈不肯跟他走,妈说,我都八十岁的人了,儿女们不收留我,我就是死在马路上也不再跟着他去受气。话说到这个份儿上,大家都同意妈留下来不走,只有二姐对妈不满意,说,生活了一辈子,到头来为啥就不能同甘共苦?大哥、二哥和乔月都是向着妈妈的,都指责二姐说,为啥要和他同甘共苦?你不能因为心疼爸就这么无原则地袒护他。再说了,共苦什么?有苦也是自找的!如果性格好,能有苦吗?

妈留是留下了,但留到谁家却成了问题。大哥家显然不能留了,大哥、大嫂这三个月本来已是无法忍受的痛苦表情,谁知妈又私下里对二哥说了一句"你爸在你哥家不太吃得饱",二哥想让大哥以后多注意点,就把这话传给了大哥,毕竟是亲兄弟,他少了点防备。他其实应该知道,大哥、大嫂那是铁打的一条心,谁对大嫂有点不满,首先得罪的就是大哥。大哥听了这话,满肚子怒火,以为是妈在别的儿女面前散播大嫂的不是。他根本藏不住话,不到两天,大嫂就开始闹,公开对二哥、二姐、乔月说,受累伺候人的反而遭人编派,享清闲的倒可以指手画脚充好人!哪家有孝心哪家细致周到哪家养,反正我是坚决不养了。再这么下去,搞不好我们自己都是做爷爷奶奶的人了,还要因为你们家老人闹离婚呢。

大嫂最让人反感的就是这一点,她明明有大哥撑腰才如此有恃无恐,却偏偏要做出一副受气小媳妇的模样。她和大哥明明是骨子里本来就不想承担赡养父母的责任,只是碍于家中老大的位置勉为其难,现在好了,抓住妈这句话这点把柄大做文章。他们万般委屈的样子,让二哥、二姐、乔月不敢说一句话,但不管他们三个人怎么想大事化小,怎么委曲求全化解尴尬,大嫂铁板上钉钉就那句话,我是不敢再养了,再养下去就把老人给饿死了,把自己养臭了!我是不好,你们的父母在我这儿吃不饱、住不好,谁心细谁人好谁养去。大嫂还说,我们当年最穷最苦时做老人的没帮过我们一次忙,没抱过一天孙子,现在凭啥要我们把这么大累赘绑在自己身上?实在不成,各家轮着养!

她说的话,她说话的态度,大哥默许她支持她的样子,就像一把重重的盐,抹在另外三个人的伤口上。大哥的大儿子小军,是在爷爷奶奶身边养到上初三才被接走的,这叫没帮过一次忙,没抱过一天孙子?小军小时候淘气,为他的淘气当年妈受的气遭的罪,爸操的那些个心,一一浮现在乔月他们的脑海里。但他们不好和她争辩,她好像随时准备翻脸吵架的样子。虽到这一步,乔家兄妹也敬她是大嫂,都磨不开面子和她吵,但那么多话生生地卡在嗓子眼里,心里堵得不行,二姐在大哥家的客厅沙发上放声大哭起来。

这些谈话都是避开父母进行的。但过完年,爸爸还是毅然决然地回老家了。

大哥、二哥、二姐、乔月四个人商量妈妈的事。大哥说找个茶楼喝着茶说去,都说行。临走时,大哥叫大嫂一起去。大嫂说,你们家的事我不去掺和。大哥还使劲叫。二哥忍不住说了句,你能做得了主的事情,她也可以不参加,没必要事事请示她。大哥铁青了脸,说,你这啥意思?二哥回答,就这意思,没啥意思。乔月和二姐怕兄弟俩吵起来,求这个哄那个,折腾好半天,四个人才坐到了茶楼里,气氛里有着按捺不住的火。

其实,乔月心里知道,妈既然不能在大哥家过,那就只能跟她过了。二姐家两个城里都有房子,平时二姐夫上班紧了就在那边住,闲了两个人又跑到另一处去住一段时间。他们自己都没有准地儿,又怎么安置老人?况且他们的儿媳马上要生孩子,女儿紧赶着要结婚,正是忙得焦头烂额的时候。二哥呢,更是指不上,他身体差,做过好几次手术,说是在职,其实一年四季基本在家赋闲,只给自己操心一天三顿饭。二嫂工作忙,成日价不是加班就是下乡,不是开会就是应酬。二哥对乔月说,你嫂子根本顾不着家,我连自己都顾不过来,难道还能伺候老人?其实,这都不是理由,这怎么能是理由?找个保姆连他带妈一起照顾上不更好吗?真正的理由就是不想被拖累、被牵制,他要自由、要放松,要舒心地过。妈三天两头生病,好几种药数着时间吃,夜里睡不安稳,又咳嗽又捶腿,平日里不是唠叨就是长吁短叹,二哥哪能受得了这个?二哥最是光说不练的人,从小兄弟姐妹五个里,他最自私。他比谁都知道规矩,知道礼数,他心里也疼父母,但要让他牺牲自己的利益,他做不到。

这么着,照顾妈的事就明白无疑地落到乔月的头上了。乔月和陈宏凯目前最稳定,因为孩子才读小学,他们不能随便离家,一日三餐是按时按点,这符合老人的生活规律。最大的便利是乔月虽忙点,但不至于忙到像二嫂那份儿上,身体也差,但也不比二哥更差。她的经济条件赶不上哥姐们,奋斗了十几年就一处房子,却也是三室两厅的紧凑户型,妈来刚好够住。另外,乔家兄妹们还放心一点,就是陈宏凯和妈一直关系好。他现在一家特清闲的事业单位,每月领那么点基本工资,没油水,但也用不着卡点上下班。他人勤快,照顾乔月和萌萌井井有条,再多个妈,估计也乱不到哪儿去。

这是商量时大哥、二哥、二姐搬出的几条理由,这些理由都是成立的,于是妈就摊到乔月家里。大哥提议他们三个人给乔月交妈的生活费,二姐说是啊,总不能让小妹一个人又出力又出钱。乔月说不要钱,哥姐们斥她,这事你就不要说话了。他们三个人开始商量钱的具体数字。刚开始说每家每月300元,后来不知怎么就说到了800元。最后乔月说,500吧。大家都欣然同意。哥姐们都不是穷人,都不缺钱,缺的是力。只要让他们眼不见心不烦而且心安理得,出多少钱他们也是愿意的。但是,乔月知道,从此以后,在大嫂他们的嘴里,小妹最适合养妈的几个理由里,或许就多了一个理由,那就是陈宏凯工资不高,而他们给乔月家每月增加了1500元的收入。就算妈吃饭、买药花得不少,至少也能落个一半吧。乔月知道大哥、二哥都会这么想,二姐就更直截了当地说,做饭的事儿多半得靠陈宏凯,就算给他的辛苦费吧。

　　乔月不想说太多话,这段日子无论说什么话,但凡牵涉爸妈,泪水就堵住了眼睛。她不想老哭。她神色平静地把妈从大哥家接到自己家里,她没有把心里唯一的理由向哥姐们表白,那就是她三十九岁了,但依然像小时候一样怕妈死。也许他们不怕,但她怕,怕得要命。只是为了这个怕,她得让自己守着妈,不能再让妈在她看不见的地方度过最后的日子。

　　陈宏凯曾经是懂她的,或者说是愿意懂她的。仅仅是在一年半前,他对她说,生老病死是自然规律,人要想开才是。父母总不能一辈子陪着儿女,儿女长大又有了儿女,人总是往下看的。比如你,将来咱妈的事,你就不能太伤心,你自己也是当妈的人了,所以得坚强。顿了顿,他又说,我就担心你呢,你和人家不一样。

那天他说这话是因为小区死了个老人,正对着乔月家南窗的花园旁搭起了灵棚,守灵的亲戚朋友们喝酒猜拳,迎宾送客,搞得跟过节一样热闹。黄昏时,突然听到一声哭声,那哭声那么凄厉,那么悲怆,它横空而来,压过了一切喧嚣。乔月和萌萌扑到窗户上看,见一个女人跪在灵棚前哭,头磕到了水泥地上,看不清她的脸,一头长波浪烫发垂到了地上,撕心裂肺的哭声只持续了那么一小会儿,便见她整个人瘫软下来,几个人连扯带抱架起了她。陈宏凯说,那是老太太的独生女,听说事业上很不错,忙得顾不上妈,就在这边家里雇了保姆,自己住在市中心的另一处房子里。老太太病了有好几天了,恰巧她去外地谈生意,赶不回来,就这么着愣是没见上最后一面。乔月问,你怎么知道得这么清楚?陈宏凯说,今天下午没事,站院子里看热闹听几个老头子在那儿说。乔月说,你以后别去看热闹听是非好不好?你瞧瞧你自己,你干点什么不好?你还不到这年龄吧?说着,她突然哭出来,泪水一串一串汹涌地流出来。萌萌说,妈,你太莫名其妙了吧?爸听人家几句闲聊你至于这么悲痛欲绝啊?陈宏凯叫女儿去写作业,自己默默地站在乔月身边,看她哭够了,不哭了,才说,你想起咱妈了,又在心里胡思乱想了是不是?你放心,咱妈还健朗得很呢。不过,再怎么说,也都是七老八十的人了,我一直想给你说,有些事你也要有思想准备,你对妈和哥哥姐姐们不一样。

那时候,陈宏凯知道她,知道她心里有着怎样的怕,怎样的疼,知道她和别人不一样。那时候的陈宏凯,她觉得近,觉得亲。可只是过了一年,短短的一年里,事情起了变化,人就成了另一副面孔。

其实,妈住进了乔月家,旁人从表面上看,陈宏凯还是一样地洗衣做饭,任劳任怨。乔月的哥姐们常对乔月说,陈宏凯够好了,你不要要求太高。乔月也时时告诫自己,算了,大面子上过得去就行了,一些鸡毛蒜皮别往心里去。但越是这样自律,这样让着陈宏凯,心里就越和他疏远了。以前的乔月,单位的事、朋友的事,没一样是不愿意对陈宏凯说的。去任何地方,她都要拽着陈宏凯,饿了渴了,对陈宏凯撒娇,恼了怒了,对陈宏凯张口就骂、伸手就打。陈宏凯和乔月好得就像一个人似的。正因为这样,乔月应承养妈的事时虽然知道陈宏凯和其他人一样,肯定心里也不乐意,但她还是一点都没想到会遭遇后来的这许多事,一点都没想到,妈一天三小碗饭会破坏得她和陈宏凯几乎没法在一个锅里吃饭。

当年大学里的高才生陈宏凯,在赡养老人的事儿上,其表现和家庭妇女大嫂并无二致。妈搬来的当天晚上,他睡下后长吁短叹,辗转反侧。他还没说什么,那样子就等于什么都说了。乔月的心凉了。乔月的心凉了,身子也冷了,僵了。她躺在黑暗中,忍受着这意想不到的痛楚。终于,陈宏凯开口说,有两个儿子的家,老人怎么就摊到女儿女婿头上了?这是什么道理!乔月使劲闭着眼,用大枕头压着自己的头,但满脑子满耳朵还是陈宏凯的表情和声音。陈宏凯并不因为乔月的沉默而见好就收,他过了阵儿又气呼呼地说,他们是不是瞧不起我,认为我在单位里没啥干头就应该在家做饭伺候人?乔月,你哥哥姐姐是不是这么想的?乔月咬着牙一声不吭。陈宏凯猛地转过来,乔月,你们家有兄弟二人,为什么自己的妈要让女婿养？乔月实在听不下去了，她坐起来，慢慢说，陈宏凯，这是我的家。女儿养妈妈，没有犯国法吧？你现在儿子、女婿分得这么清，你以前多少年在我们家吃喝，你怎么没觉着自己是女婿？听她这么说，陈宏凯勃然大怒，我吃了多少喝了多少？我吃多少喝多少，总比不过你妈把你大哥、二哥养大成人吧？我吃了多少喝了多少，这几年尽的孝心也算还清了吧？

他的声音不低，在静夜里分外嚣张。乔月觉得血直往脑门上涌，正待还口，却听见妈在那边卧室咳嗽了一声，又是一声。乔月一下子清醒过来，不能让妈听到她和陈宏凯在吵架。任何时候，都不能再让妈听到孩子们为她吵架。乔月不再发出一点声气，她呆呆地坐着，被子从身上滑落下去。乍暖还寒的三月天，阴沉的夜里有着最难将息的寒。

一直以来，乔月以为自己在陈宏凯面前是一个不需要掩饰、不需要小心压抑的妻子。一直以来，乔月以为自己所拥有的幸福虽然平平淡淡，但固若金汤，现在，她才知道，那不过是一个自以为是的大气球，只需用针尖轻轻戳一下，所有的圆满和炫耀便荡然无存。

自从妈来，陈宏凯动不动就不高兴，动不动就对乔月高声大嗓地说话。乔月忙时他做饭再也不问她想吃什么，想做什么就做什么。他好像突然间就拥有了一家之主的身份感，获得了某种敞开了做人的特权。晚上，他再也不像过去那样死乞白赖地缠她，他明明看她洗了上床了，自己却去看电视，一看就是大半宿，反正不用早起。然后他又为这事攻击她，他说，乔月，你就是一石头，你还是女人吗？你现在眼里心里除了你妈,哪还会有我？你哪里把我当成你的男人？你纯粹把我当保姆使唤!

刚开始,陈宏凯确实表现出了乔月难以面对的坏。但她只有咬着牙忍着,她不能和他闹,她如果跟他闹,那妈是一天也待不下去的。妈妈胆小,极端地爱面子。现在,妈妈就是陈宏凯手里的"人质",乔月不敢轻举妄动,她只能忍气吞声,装得跟没事人似的。有一天夜里闹过后,第二天妈说,月儿,我怎么听着昨晚好像宏凯对你凶呢！乔月说,妈,你耳背,你听三不听四,对我凶？他敢！妈就又劝,月儿,你现在也老大不小了,不要和以前一样霸道,宏凯是好孩子,你不要老惹他生气。过了一阵,妈低着头拨着手里的念珠说,现在不比从前了,现在妈在你这儿,你的心得大点。月儿,全指望你了。

宏凯是好孩子,这是妈自打见了陈宏凯后就一路说下来的话。可现在妈的话里多了一句:现在不比从前了——妈不糊涂,妈心里什么都亮堂着。妈常说,人穷不如人,人老不如人。妈知道她现在老了,知道她比老更不如人的是她没有可以守在一起的老伴儿,也没有一个放心去依靠的儿子。

春深了,附近公园里的花开得热闹无比,萌萌说,明天星期六,咱一家人去公园玩好不好？乔月说好。第二天早饭吃毕,乔月对陈宏凯说,咱们今天去公园走走,喝会儿茶。陈宏凯说那好啊,放下手里的报纸就开始换衣裳。乔月对萌萌说,你先和外婆下楼,外婆走得慢。听这话,陈宏凯的手停下来,又躺回床上去。萌萌喊,爸你怎么回事？陈宏凯说,你们去,我不去了,没意思！乔月赶紧开门让孩子和妈先走,说,你们慢,先走两步,我俩马上出来。回身她又去拉陈宏凯,陈宏凯甩开她的手说,我不去!你是陪你妈逛公园散心,我跟着干吗?乔月忍无可忍,大喊,陈宏凯,你总不会吃一个八十岁老太太的醋吧?她是我妈!陈宏凯冷笑着说,知道!知道她是你妈,要不你眼里心里怎么只有她一个人呢?乔月说,那我怎么证明我眼里心里也有你?把我妈一人扔家里,就咱一家三口去玩?陈宏凯,你有没有良心?!我妈腿风湿,入春以来天一阴就痛,都十多天没下过楼了。昨天开始太阳这么好,我平时忙,今儿是礼拜六,咱带她出去晒晒太阳,你就这么容不下她?她到底怎么你了?

  吵到最后,还是两个人一起下了楼,妈和萌萌在院子里巴巴地等着。到了公园,满眼都是情侣和呼朋引伴打牌下棋的热闹人,也有不少带孩子的老人。妈出神地望着那些老人,眼里是看得见的艳羡。她对乔月说,你看人家,还都年轻,能带孙子。乔月斥道,你还没带够啊?带孙子干什么?长大了,一个个都是白眼狼!妈不再言语。他们找了个湖上的茶楼,萌萌玩水上滚筒去了,大人们喝茶。妈不要茶里的冰糖,说,宏凯我这糖给你吧,你爱吃甜。陈宏凯说,行,给我。妈赶紧把糖递过来,满脸的皱纹里是巴结的、感激的笑。乔月扭过头,望向远处,湖水绿得那么好看,四处是红红白白的花,空气里弥散着迷人的香。这么好的太阳天,每个人看上去都那么惬意、满足,为什么偏偏她就这么累?

  现在乔月越来越不爱跟陈宏凯说话了,什么心事她只闷在肚子里。除了关于萌萌,关于油盐酱醋必须要说的话,她从不跟陈宏凯主动搭腔。风平浪静心情好的时候,陈宏凯做出亲热的表情和动作,乔月就觉得身上起鸡皮疙瘩,就觉得假假的。她反倒觉得明里暗里给她点气受,一张嘴就没好声气的陈宏凯更让人习惯。乔月知道自己的心态不好,也想改善和陈宏凯的关系,但心里始终委屈得不行,主动不起来。乔月和女友晓曼见面时把这些都告诉了她,晓曼骂她,你委屈啥?你委屈,陈宏凯就不委屈了?人家本来生活得天马行空的,娇妻爱女,想逛商场就逛商场,想去公园就去公园,三天两头去外面吃饭,吃高档的也行,吃大排档小吃摊也行,怎么着都是热热乎乎一家人。现在硬是插进来一个丈母娘,啥时候都得惦记着回家做饭,一日三餐都得按时吃,都得正经八百地吃,日子长了可不腻歪?不说这吧,单就家里多个人出来,空间就逼仄了,就没以前那么放松了。你和萌萌围着你妈亲亲热热,陈宏凯就会觉得自己受冷落,这方方面面的,你都要理解他。乔月知道晓曼是让她宽心,她说,晓曼,你说得都对,可我怎么就这么灰心呢?我就不明白人为什么就这么自私呢?这么不记情呢?说着,不禁流下泪来。晓曼见状,也很黯然,叹着气说,想想真没劲啊,我们这么辛苦到底为啥?一转眼也就老了,老了就这么一个下场,猪嫌狗不爱的。咱们父母这一辈吧,好歹还有几个儿女互相帮衬着,这个不行还有那个,总归有个给力的。你瞧瞧咱们,咱们有个啥?呕心沥血养这么一个,将来能指望他给你端茶倒水,你病了能指望他守在你床前?想都别想!出息了,远走高飞了,你见都见不上一面;没出息的,还想着法儿剥你的老皮,啃你那点退休金呢。咱们呀,将来趁自己还能走,还能拿主意,麻利地去养老院住下是正理儿。

乔月想着爸爸那倔强孤单的背影,想着妈凄凉的笑容,又想起大嫂脸上那嫌恶的表情,想起陈宏凯的牢骚,想起二哥永远穿得干干净净、体体面面的样子,她恨恨地说,说古代社会这不好那不好,但至少人老了还是有脸面有尊严的,有权利坐炕上吃儿女们端来的一碗饭。现在呢?人心真是烂透了!晓曼说,可不!现在的老人,你打听打听去,自己手里有钱的多少还行,纯粹要靠儿女养着的,那就惨了去了!

末了,晓曼又告诫乔月说,所以呀,你不要太生陈宏凯的气,他也就那样了,没有比一般人强多少,也没比一般人更坏。你要调整心态,别老想着他应该这样应该那样,你换一种角度看他,也就不会这么难过了。什么事都有个适应接受的过程,你妈住久了,陈宏凯也就习惯成自然了,关键是这刚开始的磨合期。你怎么就不能多点宽容,多点积极的态度呢?说到底,你也是自私,光考虑自己的感受。

两人各自回家后,晓曼不放心,又发来短信说,乔月,你和陈宏凯以前么么好,如果现在因为你妈出了问题,那你妈还会让你养吗?那才是对她的伤害,才是大不孝!记住,你要建设,不要破坏。

也许是乔月听了晓曼的劝,细碎处改变了对陈宏凯的态度。也许是陈宏凯如晓曼所说,渐渐习惯成自然,适应了家里有岳母一起生活。总之,慢慢地,最初的敌意和疏远淡了好多,大家相安无事,再也没闹出更大的动静。妈也安定下来了,脸色好了不少。只是入秋以来的天气渐冷,腿痛又开始犯,药不断顿地吃着。

今儿是冬至,乔月中午上班走时,就把冰箱里的肉和菜都拿出来收拾。妈说,这么着急准备晚上的干吗呀?乔月说,晚上包饺子过节,早点准备。妈一脸迷糊,什么节?乔月大声回答,冬至!妈听了,直拍脑门,说,你看我现在成什么人了,纯粹废物啊!连个日子都记不住!这都冬至了,迷迷瞪瞪一点都不知道。以前咱们家可看重这个日子了,你们兄弟姐妹都爱吃饺子,跟着你大侄儿小军也最爱吃饺子。我可是从来都像过年一样地给你们过冬至呢,现如今成了吃闲饭的,不操心了也就给忘了啊!妈跟前跟后,嘴里絮絮叨叨地说着,脸上满是孩子般的兴奋,她的样子让乔月觉得冬至还真是一个不该忽略敷衍的大日子。

谁知,陈宏凯偏偏打来这么一个电话。他的那个打算,让乔月一听就堵心,他不想回家包饺子,他想把妈扔家里,自己领着老婆孩子在外面高兴。这饺子的影儿还没有看到,人先给气饱了。

乔月提着买的饺子皮回到家时,陈宏凯已到了。他拉着脸坐在沙发上看电视,妈躲在自己的卧室里。乔月不言不语地走进厨房,开始切菜拌馅,一派忙碌,陈宏凯还是毫无反应。乔月在单位里忙了一天了,低头剁肉时感觉胳臂有点虚晃,额头两侧起着钝钝的痛。她停下来,却见对面的厨房里,那对小夫妻也在包饺子。男的在擀皮,女的在包。男的擀得很快,女的包得很慢。男的停下来说了句什么,女的娇笑着亲了一下男的,男的也回亲了一下,两人的脸上都沾了面粉。乔月赶紧低下头,心里突然想起她结婚后第一次在自己的小家和陈宏凯包饺子的情景,隐隐的泪意酸酸地涌上来。她甩甩头,走到陈宏凯身边说,我弄好馅儿了,咱俩一起包吧。陈宏凯一听啪地关掉电视,走进卧室,哐地关上了门。

妈怯怯地走出来,悄声问,宏凯怎么了?乔月不说话,低头包着饺子。妈坐在对面,嘴里不停嘀咕着,这怎么又怄气了?这可怎么办呢?乔月说,妈,你别瞎操心,没事儿。妈还是坐立不安的样子,乔月耐不住性子,冲妈喊了一句,你管什么闲事?你知道什么呀!他是在单位受气了,你问得着吗?

饺子快煮出来时,妈就打发萌萌去叫陈宏凯,萌萌出来说爸爸不吃,乔月心里腾腾地冒火,但嘴上淡淡地说,他爱吃不吃,咱们开吃了。妈说,这哪能行!就自己去敲陈宏凯卧室的门,一遍一遍地喊,宏凯出来吃饭,今儿是冬至,你出来吃点饺子!陈宏凯纹丝不动,连个声都不回。妈坐回到饭桌上,一边观察乔月的脸色,一边慢慢地吃起来,只吃了不到五个就说饱了。乔月黑着脸,把十个饺子倒进她的碗里,硬逼着让她吃了。

乔月上床时快十一点了,陈宏凯还闷头大睡着。乔月看着他的样子,心里的愤懑都成了倦怠,她没有一点要和他吵的心力。她觉得累,觉得无趣,觉得心灰灰的、木木的。躺下好半天,她在黑暗中努力说服着自己。终于,她说,你起来吃点饺子吧,给你留着呢,饿着肚子怎么睡得着?陈宏凯果然起来了,不一会儿,厨房里传来撕塑料纸的窸窸窣窣的声音,在静夜里显得分外地刺耳。乔月披了衣服去看,却见陈宏凯在泡"康师傅"。

冬至过后不几天就是元旦新年,家里骤然地热闹起来,今天二哥领着孩子来看妈,明天又是大哥、大嫂。二姐给妈买了棉衣,拿来一试嫌紧了又跑去换。家里人不断,陈宏凯倒是阳光灿烂的,一点烦的表情都没有。人家提着牛奶、水果登门,你总不能让人空肚子回吧?陈宏凯一顿一顿地做饭,和乔月哥姐们聊得亲密无间。乔月在旁边看着他,觉得有点陌生,又觉得他还是过去的那个人。

陈宏凯和哥姐们聊得高兴,但乔月每每走神,融不进谈话中。这些人,不是同事,不是朋友,坐在一起却像同事、像朋友一样谈着天气、旅游、各自的单位、暴涨的房价、台海局势、中美关系。他们谈得越热闹,他们的心里就越空落落的。他们是一母同胞的兄弟姐妹,他们曾经是彼此最疼的人。他们每个人都有缺点,都有弱点,但他们不是坏人,他们孤单而软弱,他们依旧放不下彼此,一些无法言表的愁和恨在看不见的深处紧紧地把他们联结在一起,因为这样,他们以看妈的名义频频出入妹妹的家,在无关紧要的话题中亲热地挤在一起,但他们离去时,每个人的孤独分明更多了一层。

这半年他们在一起时,很少谈到自己家的事。还能说什么呢?八十岁的老母亲已交给了小妹,他们出钱让她养着,就算不心安理得,也只好心安理得。还能说什么呢?他们的爸爸,一个人生活在遥远的老家,他是他们无法触碰的疼。他们总是在说话中小心地避开他,但他像无处不在的阴影笼罩着他们。乔月知道,没有谁会忘记他。他们和她一样,有多么恨他就有多么爱他。

他已经八十三岁了,他们拿他如何是好?他们拿他没有任何办法。他折磨他们已经足足八年了。足足八年,他和妈妈形同陌路——岂止是陌路?简直是仇人。

八年前,乔月的大姐,父亲母亲的大女儿,他们的第一个孩子离开了人世。她的遽然离世,使乔月的娘家整个地坍塌了。

大姐死于一场车祸。但从事发的第一时间到八年后的今天,爸爸一直不可理喻地坚持着自己的观点,那就是大姐是妈害死的。

大姐是去看邻县生病的二姨去的。二姨因生急病住院,妈着急上火得不行,但自己腿痛动不了,就打发大姐替她去看。大姐答应去,但不想那天去,因为第三天就是爸爸的七十五岁生日,弟弟妹妹都要从外地回来给爸做寿,她偏得出门,心里不乐意。但妈的面子不能违,二姨也是那么亲的一个人,她只好动身。临出门时,她给妈说,我不在,谁给爸擀长寿面呢?妹妹的手艺不行,爸不爱吃机器面。妈骂她,眼看着你也是要抱孙子的人了,还改不掉这贪玩图热闹的臭脾性,舍不下过生日这档子事是不是?这生日也不是头一回过了,还不是那老一套!你但凡有孝心,哪天不能给你爸擀面?大姐说,那不一样,平时吃和生日这天吃不一样。妈说,行,那你明年再给你爸擀长寿面,今年这情,算我欠你的好不好?

这一走,大姐再也没有机会给爸擀长寿面了,妈欠她的,也永远还不上了。乔家几个儿女,那时候都在路上,他们从不同地方往家赶着,他们本来是来给父亲做寿的,却变成了为大姐奔丧。

噩耗传来后,妈当即长号一声就昏了过去,爸则变成了泥塑的人。他坐在沙发上,一动不动,双目圆睁,一滴泪都没有。乔家兄妹们围着他,一声声地哭喊,爸,你哭一声,哭一声好不好!爸还是端坐着,连个姿势都不变。大哥、二姐夫想把他抱到床上去,但根本搬不动他,他的十个手指头好像长进了沙发扶手里。就那么不吃不喝、不哭不闹坐了九个小时,一直到他看见妈。看见妈,他突然醒过来,以令人难以置信的速度和力量冲上去,对着妈当胸就是一脚,妈在他面前倒下去,他还要踹,大姐夫哭着跪在他面前,他这才哭喊出了一句,你还我的女儿!……

那踢在妈心口的一脚,踢碎了乔月的心。乔月不恨爸,恨不起来。但那一脚留下的疼,一直在那儿,八年来从来没好过。

那是乔家兄妹们最难熬的一段日子,他们五个人突然间就变成了四个人,他们不仅要承受自己的痛失手足,还要担忧难过父母的白发哭黑发,更煎熬的是,要眼睁睁看着恩爱一生的父母因此反目成仇,生不如死。而他们却一点办法都没有。

乔月的娘家,就是那么败的。转瞬之间,呼啦啦似大厦倾。

所有的人给了爸足够的耐心和宽容。大家相信爸能走出来。爸这一辈子什么风雨没经过,什么事没做成?爸是最男人的男人。虽然已经七十五岁了,但他从来没有服过老,腰背还是挺得笔直,大哥、二哥无论在外面怎样风光,见了爸还是像小时候一样怵。这样的一个爸,是不会被眼前这道坎儿绊倒的。

果然,两个月过去了,妈还躺在床上以泪洗面,爸却看似已经基本恢复了。他能吃能喝,晚上十点上床,早上五点起床去河边跑步,又开始了自打退休以来雷打不动的规律生活。他对儿女、孙子们也恢复了以前的老面孔,该威严时威严,该慈祥时慈祥得要滴出水来,让大家恍然觉得他还是那个爸——虽然,他确乎不是了。

爸已经彻底容不下妈了,爸已经彻底把妈当成了仇人。他骂她、诋毁她、羞辱她,一日三餐时时找她碴儿,动辄作势要打她。容不下就分开吧,眼不见心不烦,他坚决不,儿女们执意要把妈领走,他说,谁敢把我俩分开,我就立马死在谁面前。他是说到做到的硬汉,斗到底最后让步的还是做儿女的。他一阵儿看不见妈都不行,他以折磨她为自己的乐事。八年来,乔月和二姐流过的泪如果攒起来能成一条小河。不要说她俩,那时候,连大嫂、二嫂都常常为了苦命的妈气得吃不下饭。她们和爸吵,把妈藏到爸找不到的亲戚朋友家,但一切办法都只是加深了妈的担惊受怕、妈的耻辱。最后,妈还是被爸叫回家,像个罪犯一样接受他的审问、他的斥责、他的即兴而来的耳光。

那样的灾难永远无法对任何外人提及:爸把妈打伤在床上,家里一片哭声,妈的几个孙子已是血气方刚的大小伙子,他们气得用拳头打破了客厅的玻璃窗,却无力把愤怒甩到爷爷脸上去。最严重的一次,是在大年初五的晚餐桌上,爸又一次不留丝毫余地地伤了妈的面子,伤了其他所有人的面子。大哥泣不成声地跪倒在地上,说,爸,我都是五十几岁的人了,请你看在我的面子上,不要这样对待我妈,她是我的亲妈!他一跪一哭,乔月、二姐、大嫂都哭起来,孩子们也都哭了。二哥说,都哭什么?今天豁出去了!他抄起椅子就朝爸头上砸去,大姐夫一跃而起,推开了爸爸,椅子砸在沙发扶手上,散开了花。

也去过法院,小城人不多,互相熟,法院的人对妈说,都是七八十岁的人了,离什么婚!你们怎么过不下去,也要看儿女的面子,你们的儿女都是有头有脸的人,别让人笑话他们。大妈,以后别再来法院了,你这事我们不受理。也去过医院,大夫说老人精神上确实受了刺激,吃点安神静心的药或许有用,但主要还是心理疏导。

要多理解老人,包容老人,老年人的心理疾患是一个大问题,只能慢慢调整。这也不是一家两家的事,两口子到老了闹矛盾的其实很常见。

这一调整,调整了整整八年。八年里,爸对妈的态度并无大改变,只是慢慢地不再动手了。其他方面,他也还是老样子,勤俭、克己,能不麻烦儿女尽量不麻烦儿女。八十岁了,一件新衣服照样要省着穿,但孙子们的事,该拿钱的就痛痛快快地拿钱。他一样关心时局,关心社会上发生的大事。他最开心的事就是和人聊伟大的中共党史,他最担忧的是物价照这么走下去,会不会出现通货膨胀。

因为爸执意不从,他一直和妈单独生活着,不跟任何儿女过。家里雇了保姆,但因为他对妈的态度,保姆也换了好几个。父母一直是乔家兄妹们最揪心不已的事。但去年不知怎的,一直倔强不服老的爸爸突然松了口,表示愿意和儿子一起生活,女儿是不考虑的。大哥、二哥一起商量,二哥表示自己目前没有能力,大哥就把父母接到了自己家里。

但后面就是那样的情况。爸爸只待了三个月,就离开了儿子家。让大家吃惊不已的是,妈不跟他去,他竟然也就那么轻易地撒开了手。快十年了,他第一次允许了妈妈的自由,他放了她。

快十年了,爸第一次让儿女们感觉到他是一个老人了。八十三岁的爸,一辈子"顽抗到底"的爸,现在他"缴械"投降了,他承认他是一个老人了,老得像一个小小的孩子。但谁是牵着他的手把他领回家的那个人呢?

大姐去世后,大姐夫一直不再娶。他曾几次酒后吐真言,说爸一辈子含辛茹苦为儿女,到老了为了大姐落得个猪嫌狗不爱的境地,他反正也是单身,他愿意后半生为爸洗衣做饭,养老送终。但酒醒了,这话他就怯于出口了。爸是老一代人,儿子、女儿的界限分得还是很清的,女婿本是外人,况且女儿都不在了,老人还让女婿养着,这样名不正言不顺的事爸绝不会答应,就算爸答应,大哥、二哥怎么会答应?外人会怎么说他们?他们的脸往哪儿搁?别说大姐夫,就连二姐和乔月,眼睁睁看着爸一个人去生活,也都不敢豪气说一句"爸归我了"的话,因为,爸手里拿着家里全部的存款以及房产。

人老了,就这么难,没有钱不行,有钱也不行。

爸的事,就这么悬而不决,搁置着。好在爸虽是八十三岁的人了,却健康硬朗,耳不聋眼不花,饮食起居简单规律,态度和蔼,说话风趣。孩子们说,只要奶奶不在面前,爷爷就是最可亲可敬的一个老人。可乔月不知道,那样的一个爸,他的心里是怎样的一个世界。乔月永远忘不掉爸从大哥家离开回老家时的眼神,所有的暴戾、倔强和骄傲,所有的孤独、隐忍和悲凉,都在那对眼睛里,爸用漫不经心的笑意和尽力平和坦然的表情掩盖着它们。爸用他的纸包着他的火。

其实,爸在回老家之前半个月里,趁乔月不在两次来她家找陈宏凯商量事。过后陈宏凯说,爸想在这儿找一家养老院,自己省事不麻烦人,离儿女们近,有事随时可以照看,但他知道儿子们肯定不同意,肯定会说这是故意丢他们的人。他想找陈宏凯选一家条件好的,帮他把这事办了。陈宏凯问乔月怎么办,乔月想了又想还是说,住养老院也得大家商量,你可不能帮爸偷偷办这事。后来爸打电话来,陈宏凯就说,还是和大哥、二哥一起商量一下吧。爸一听这话就挂了电话。

现在,乔月想起这些,心里就又痛又悔。为什么自己就不能帮爸?为什么不让陈宏凯帮爸?说来说去,还不是怕另外三家说自己的不是,怕和哥姐们起龃龉?说来说去,总是考虑自己比考虑爸多。若非迫不得已,爸不会做那样的决定,但最终还是无法实现。为什么为了兄弟姐妹之间的一团和气就可以安然地忽视父母的心愿?为什么儿女的脸面一定就比父母的意愿重要?

元旦后,天气一天比一天冷了,越是滴水成冰的阴天,乔月心里就越是惦记着爸。离年关越近,这种惦记就越焦灼越焚心。现在,妈是好了,虽说也有寄人篱下的感觉,没有十全地好,但毕竟有乔月贴心贴肺地照应着,好茶好饭地伺候着。每天看着妈像个孩子似的依恋着自己,乔月就想谁是爸知疼知热的人。在过去的八年里,她曾暗地里发誓这一辈子都不忘记爸对妈做的那些,但现在,爸不在眼前了,爸的坏也都不在了,时时浮现在眼前的是爸的老、爸的好。那些好已天荒地老,都以为后来这么多的不堪早就覆盖了它,埋没了它,原来它虽然变得面容斑驳,却还是在那儿,一直就在那儿。它已融进了这一路走来的日子,成了岁月的底色。

妈生乔月时,已四十岁了。之前拉扯两儿两女已耗尽了她的体力,乔月落地时像个小猫咪,而妈从月子里就开始犯各种病,曾经养活了四个孩子的蓬勃的奶水一天天枯竭,乔月是乔家兄弟姐妹中唯一一个吃奶粉长大的孩子。

因为妈的身体,乔月从小就是一个与众不同的孩子。她孤僻,不爱说话,本该无忧无虑的儿时,她却日日夜夜地担心,担心妈病倒,担心妈病死——在妈住院期间,五岁的她不止一次地见到过那些不久前还吃饭说话的病人突然就成了死人,身上脸上蒙上了白被单,从病房里、急救室里、手术室里推出来,推到过道里,后面跟着恸哭的亲人。那时候,小小的她就挤过人群赶紧回病房看妈妈,她不敢靠近妈妈,她靠在墙上,远远地看着妈妈手上扎着的针和高高的吊瓶。黄色的药液一滴一滴无声地滴下来,像重锤一下一下钝击着她的胸膛。她痴痴地看着那药滴,它每砸在她心上一下,她就幸福地战栗一下。她听人说过,人死了,这药滴就流不进去了,就不滴了。有一次,她眼睁睁地看着妈手上药管里的药滴不滴了,而且有红色的血液泛上来,她放声大哭,五脏俱焚,妈欠起身子骂,你哭什么?快去叫护士来重扎,滚针了。

最可怕的是在许多个夜里,在熟睡中被吵闹声惊醒——妈的病又犯了。她被人紧围着靠在床头,有人在掐她,有人往她的嘴里灌水,有人张罗着送医院。那时候,乔月总是不敢哭、不敢喊、不敢去摇妈的胳臂。她靠在墙角,牙齿打战,全身发抖,心跳得好像要震裂她的身体。屋里很暗,昏黄的灯光将许多忙乱的身影投射在墙上,那些无限放大的黑影以一种铺天盖地的狰狞张牙舞爪地扑向乔月,她惊恐地看着那一切,她心头的恐惧也在放大着。在人生的童年之夜,经历了一次又一次那样的惊惧和绝望之后,乔月从此再没有过安稳的睡眠。

乔月的哥哥姐姐们也许羡慕过她是父母最小的孩子,享受了父母更多的宠爱,但他们不知道一个孩子心里最深的怕和疼。她从来没把那些不堪回首的恐怖之夜讲给她的哥哥姐姐们听过。乔月和哥姐们不一样,乔月是在随时都会成为孤儿的噩梦中长大的。她记得有一次不小心弄坏了大姐的什么心爱的物件,大姐很凶地骂她,妈的病都是你害的,妈要是死了,你就完蛋了,你高兴不了几天了!乔月忘不了大她九岁的二哥常常把她背在背上,用那么严肃的口气对她说,你不要害怕。妈要是不在了,我就养活你,一辈子都养活你。是的,事情就是这样,好像他们都可以没有妈,就她不行。她如果没有了妈,就再也不会有高兴的日子了,就要受罪,就没人养活了,长不大了。

那时候,哥姐们都不在身边。乔月生得太晚,哥姐们都已长大。大姐已嫁人,大哥去农村插队,二哥、二姐都在外地读书。而爸在远离她们的地方忙着自己的事业。妈的身边,只有学龄前的乔月。在那些生离死别的病痛之夜,只有小小的乔月守着妈,守着哭不出声的自己。

终于有一天,妈什么都做不动了,大夫说妈需要全面病休,爸把妈和乔月接到了他工作的地方,一家三口得以团聚。那时候的爸对妈多好啊,好得多年以后熟悉他们的人还都说妈的健康是从爸的口里一点一点省出来的,是从爸的身上一点一点匀出来的。那是一个忙乱狂热的时代,也是物资极其匮乏的时代,而妈的病需要安神静心,需要营养。爸包揽了家里家外所有事情,他工作很忙,形势紧张时一连几天几夜都在外面开会回不了家,又常常去农村下乡蹲点。爸走时,总给妈和乔月备齐一段时间内用的、吃的,让妈能少操一点心就少操一点心,能少动一次手就少动一次手。只要在家,爸便乐呵呵地承担了所有家务。爸对乔月说,咱家里所有的活都是咱俩的,不能让你妈干,所有的好吃的都是你妈养病的,咱俩不能馋。咱俩的任务就是让你妈快快地好起来。乔月多爱爸啊,跟着这样一个爸,她心里开始变得稳稳的,她相信妈一定能好起来。她乐颠颠地和爸抢活干,每天去倒药渣的任务是她的,她的小衣服上总是弥漫着中草药的味道。妈说,看药把我的香月儿都给熏臭了。

那时候的爸从不让妈受一点气,但吵架还是时不时要发生,而且只要一吵架,乔月是坚定不移地站在爸这边的,那是因为妈总想办法要让爸和她吃点好的,但好的东西是给妈养病的,爸坚决不吃,乔月也坚决不吃。晚饭做一锅子面,爸总是先把自己和乔月的舀出来,然后往剩下的面里打个鸡蛋给妈吃,妈常常趁爸和乔月不注意,抢先给大家的面里打鸡蛋。这时候,爸就会吹胡子瞪眼,发脾气说要把一锅面全倒掉,然后就不吃饭躺床上生气,乔月也不吃饭坐桌前生气。妈一会儿求大的,一会儿求小的,最后哭着说,我再也不敢了,我求你们了还不行吗?爸这才起来,自己去舀面,他小心地把锅里的鸡蛋都挑出来舀到妈妈碗里,然后才给乔月和自己舀。如果吃米饭,爸和乔月的菜常常是土豆丝、清炒大白菜,妈的菜是菠菜油豆腐、西红柿炒鸡蛋、萝卜炖排骨。妈可以吃他俩的,他俩绝不吃妈的。

爸每隔一段时间就要给妈杀一只鸡。那时候没有冰箱,不能存着慢慢吃,既然杀了就只能一次性烧好。一只鸡妈要吃好几天,那几天是妈备受煎熬的日子。妈常常抹着泪骂爸,你以为你这是为我好?你成日价操心,人一天比一天瘦,月儿这么小,从小没奶水,身子骨弱,我就看着你俩这样子自己天天吃肉喝汤,我咽得下去吗?你以为这样子吃下去能补人?白糟蹋东西呢!不管妈怎么说,爸还是按他的想法做。有一次,妈求爸和乔月就吃一点点肉,他俩同仇敌忾地反对妈。妈那次发了狠,也撂下碗罢吃了。一直到第二天,妈都沉着脸不碰一下那砂锅里的鸡。这下子轮着爸和乔月求她,最后爸发脾气了,乔月哭了,妈还是理都不理。没辙了,爸给自己捞了一只鸡爪子,又塞给乔月一截鸡脖子,说,行,咱俩陪着你妈吃!爪子和脖子可是鸡身上最好吃的肉,咱们吃就吃好的,其他的我们不爱吃。

从此以后,宰了鸡,爪子是爸的,脖子是乔月的,他们没吃过其他部位的鸡肉。乔月相信爸的话,认定鸡脖子是最好吃的鸡肉。以至于在后来,妈身体大好生活也大好后,鸡肉一点也不稀奇了,爸也开始爱吃鸡爪子之外的任何一种肉了,但乔月还是只爱吃鸡脖子,一直到现在,吃鸡她只吃脖子。

爸为了妈,还干过很丢人的事。单位开"三干会"聚餐吃清汤羊肉,他把汤喝干,背着人把碗里的几块羊肉用纸包好装到衣兜里,到夜里才带回家来。第二天早上,妈炝了葱花放上香菜重新熬了那几块羊肉,她刚拿起乔月的碗,乔月一个箭步冲上去就挡,大喊,我不吃!这一次,倒是爸拦下了乔月,说,你妈吃,你也吃,我的宝贝小女儿也吃点羊肉喝点羊肉汤。乔月说,爸不吃我就不吃。

爸笑了,你傻呀,我在单位吃过才带回来的,我昨天吃得可美了!妈不说话,她低头一口一口地喝着羊肉汤,碗里冒着咝咝的热气,湿润了她的眼睛。

就是这样的爸和妈,在更应该相濡以沫的人生的尽头,却一步一步地相忘于江湖了。就是这样的一个父亲,却在垂暮之年,突然地就被绊倒在一个坎儿上。那样的一个黑洞,他自己跌进去了,再也出不来。没人能拉他出来。别人看不见那里面的黑,别人只知道夕阳应该无限红。

再过半个月就要过年了,乔月却胆结石急性发作,住院动了手术。出院当天,陈宏凯接他弟弟电话,说他父母得知乔月生病,已从老家启程来探视了。陈宏凯当即在电话里对他弟弟说,那你看好家,不要有什么闪失,爹娘就在我这儿过年了。挂了电话,陈宏凯对乔月说,还是你面子大啊,我爹娘一听说你住院了就来看你了。乔月在心里想,我确实面子大,当年陈宏凯得心脏病住进了医院,那时候乡村没有电话,他们根本不知道儿子的具体情况,按说急也急死了,但就是没来一个人看。几年后乔月生萌萌,他们既没来看做了剖宫产术的儿媳,也没来迎接孙女降生,帮儿子伺候一下月子,因为这两次都是夏天农忙时节。但现在乔月做了这么个微创手术,而且电话信息时时通着,他们却紧赶着来看了。现在是腊月,腊月、正月正是农村不生产只消费的时段。

乔月很羞愧自己这样想,但嘴上又忍不住说,他们要来,你也应该提前给我说一声。陈宏凯辩解,我说什么?我哪知道他们要来?我也是这会儿弟弟打电话才知道的。乔月说,那你也应该和我商量一下。陈宏凯一听这话马上就不高兴,说,商量什么?商量过年?这都腊月底了,难道还让他们回去过年?你的意思是让我父母来了就走?

乔月的意思当然不是让公婆来了就走,都这个时节了,她不会让他们再回去过年。乔月绝不是那样的人。但她心里不舒服,她觉得陈宏凯瞒着她安排了这一切。陈宏凯不信任她,他把一个结果直接放到她面前,她不接受也得接受。不接受没理由,接受了也是人家逼你接受,领不了一点情。其实是一件极其自然平常的事情,乔月以前也不是没想过接公婆来城里过年。但这次陈宏凯玩了个小小的阴谋,这让乔月觉得特被动。

更气人的是,陈宏凯只说让自己的父母在这儿过年,他一句都不提乔月的妈。但问题的症结就在这儿。公婆来了,妈就没屋没床了。妈就又得临时住到哥姐那儿去。陈宏凯至少也应该给乔月一两天时间,先把妈安顿了再说。现在自己刚出院,公婆就要到,这么仓皇地送妈走,乔月情绪紧张,烦躁得伤口一阵阵疼起来。

二姐来接走了妈。妈走时千叮咛万嘱咐,让乔月对公婆好点。二姐嫌妈唠叨,说,用得着你这么教?妹妹是知书达理的人,什么礼数不懂?妈说,你们当然不是不懂礼数的人,可光有礼数哪行?得有心!谁家的父母都是父母,都一把屎一把尿拉扯大儿女,你们做晚辈的要从心里对老人好才是。

乔月后来经常想起妈的话,光有礼数哪行?得有心!可悲的是,许多时候,儿女们连礼数都谈不上,还谈什么心不心的?哥嫂们对父母是这样,陈宏凯对岳母是这样,自己对公婆,从别人的角度看大概也是这样吧。

妈前脚刚走,陈宏凯后脚就冲进妈的屋,把被套床单统统换了,又把褥子抱到阳台上去晒。他的脚步、神色里有着喷薄而出的兴奋。乔月说,这么热的暖气屋,至于吗?陈宏凯说,我爹娘睡惯热炕的,当然得这样。然后又检查电褥子,完了匆匆出门,过一阵从超市买回来两双棉拖鞋、两套洗漱用具和睡衣睡裤。他对乔月说,我参加工作后还没让父母好好享过几天我的福,这次刚好碰上了,是个机会。乔月说,是啊,刚好碰上了,是个机会。

乔月和公婆基本不熟,因为当年陈宏凯生病的事,以及后来结婚生孩子的事,陈家父母都是没管过没问过,她和天下几乎所有的儿媳一样,对公婆心存芥蒂,结婚后很少去公婆家。后来仅去过几次,就打消了心里的不满。农村太穷了,条件相差太过悬殊,对比太过强烈,让她从心里恨不起来。她面软,心更软,有时也在陈宏凯面前数落他们家的不是,但一见公婆,一见那些乡下的亲戚,她就想要尽其所能帮助他们。她不是一个小气的女人,结婚十三年了,陈宏凯的乡下老家就像永远也填不满的黑洞,她从没因为这些和他吵过架。她看重的、生气的是另一些事。

公婆来后,陈宏凯的生活骤然紧张起来,他每天像陀螺一样地转着。早上八点,先是给婆婆冲杯蜂蜜水送到手里,然后安排洗漱,倒水放壶全得他。吃早点时给婆婆热牛奶,给公公熬茶。好不容易打发了早餐,又该做午饭了。老人们好不容易来一趟,每天的饭得有鱼有肉,但乔月刚做完手术不能吃油腻,要做小灶。紧锣密鼓地做完两套饭,大中午他还领他们出去逛逛。晚饭后,他陪公公小喝两盅酒,拉些家常。婆婆要烫脚,他又去倒水。然后安顿老人们睡了,他也就睡了。乔月认识他快二十年了,近二十年里,他第一次放弃了看电视。陈宏凯从来都是吊儿郎当的闲散之人,乔月知道,这样的日子他大概是累得要死了。

比他的身子更累的是他的心。公婆一进门,陈宏凯就搅乱了气氛,隐隐中破坏了关系。最初是因为萌萌,萌萌和爷爷奶奶见面少,没什么记忆,又正是十一二岁一个特殊的阶段,变得特别不爱说话,很腼腆又很逆反,不是早几年那样见人就黏上去的乖样了。陈宏凯平时不留心萌萌的生长变化,现在猛地来了他父母,他以另一种心态观察女儿,发现女儿对爷爷奶奶不够亲热,就一下来了气,当晚就和女儿起了摩擦,很凶地骂她,扬言要打死她。第二天,他在饭桌上又说,你坐一边去,你对大人这态度,你有什么资格坐这儿?现在的孩子哪里受得了这个?萌萌当即就端着碗坐到沙发上去,此后多少天,她怎么也不坐回到餐桌上吃饭了。她自尊心受损的伤害再也没缓过来。就是在这个年,萌萌和爸爸的关系变得很糟。

乔月其实是理解陈宏凯的,谁不希望自己的孩子对自己的父母甜甜蜜蜜,孝敬有加?另外,他骂萌萌的话看似粗暴,其实也没多少实际的含义。他是在农村长大的,他小时候但凡淘气,大人顺手就拿棍子敲、脱鞋子抽,这样的教育方式根深蒂固地在他的潜意识里,他没觉得自己对女儿做错了什么,他不明白女儿的委屈从何而来。乔月当然是明白的,但她不能鼓励孩子对抗大人,她对萌萌说,你要理解爸爸,爸爸希望你对爷爷奶奶更好一点,他们当年拉扯爸爸很不容易,我们现在要报答。可他性子太急,忘了咱萌萌和爷爷奶奶没什么感情基础,可这感情是可以培养的,妈相信萌萌又有爱心又懂礼貌……萌萌打断乔月,用很伤心的语调问,妈妈,为什么爷爷奶奶一来,爸爸就不要咱俩了?乔月惊道,你这孩子说的什么,他怎么就不要咱俩了?萌萌的眼泪扑簌簌地流下来,爸爸现在看都不看我一眼,他整天不是陪爷爷奶奶说话、逛街,就是给爷爷奶奶弄吃的。你病着,他陪你坐过一会儿吗?你俩聊过天吗?一个假期都快要过去了,他根本没问过我的作业,也没带我出去玩过一次。以前咱们家多好啊,一放假你俩就带我出去。今年你病了,不能带我玩,爸爸也不要我了。

孩子的眼泪里有着尖锐的痛,乔月被它刺伤,说不出话来。是的,陈宏凯爱父母没错,他要抓紧这次机会好好孝敬父母也没错,但他完全可以避免这样的状况。家里气氛如此沉闷寡淡,是谁的错?他为什么非要把父母置于老婆孩子的对立面?为什么在父母面前他对老婆孩子就像对待外人?但乔月不愿孩子这样想,她故作轻松地说,这个就是你的不对了,你想想,你爸爸一年四季陪着咱俩,可陪爷爷奶奶只有这么些日子,所以他得全力以赴,他不是不要咱俩了,他只是精力不够。

她这么说,萌萌的眼泪一下止住了,她用更伤心更气愤的口气说,妈,你还护着他!你俩平常老教育我说要尊老爱幼,说谁家的老人都是老人,可爸爸为什么对爷爷奶奶这么好,对外婆却那么差?你看不见吗?简直一个在天上,一个在地下!

乔月被噎得说不出话来,她的脸上心上都起了火,她无法安置自己胸口铅一般的沉重。她斥责萌萌,你小孩子家家的拨弄什么是非?你懂什么?你有这心干吗不用到学习上?萌萌用一双大大的眼睛盯着她,一字一句地说,我讨厌爸爸!从现在开始,我也不相信你了,妈妈!我什么都不和你说了。她倒说到做到,之后的许多天,关于家里的事,她没再和乔月提过一句。她和姨妈亲,二姐对乔月说,别看萌萌才十一岁,心里能装事呢。咱们以为孩子小,其实她什么都知道,什么都看得清。乔月问,她对你说什么了?二姐说,也没什么,不过有时候,孩子也挺压抑的。大人做事,会伤着孩子,会影响她以后的做人呢。

乔月不知道怎么和二姐说,她既不能为了替陈宏凯掩饰,就说萌萌胡说,但也不好在她面前承认陈宏凯对妈确实不好。她觉得特别没面子,心里难过得不行。其实,这段时间她养病养得一点不好,别说萌萌,只要长眼睛连外人都能看得清清楚楚,陈宏凯的心全在他父母身上,但她羞于在娘家人面前承认这一点。她每天看着忙碌的陈宏凯,觉得他离自己越来越远。结婚之后,她从来没见过陈宏凯如此细心、体贴、周到的样子,从早上他给娘倒第一杯蜂蜜水到晚上倒洗脚水,嘴里不停地说"多烫烫脚多烫烫",陈宏凯对父母的照顾堪称楷模。要不是公公婆婆来了,乔月是想不到陈宏凯会对人这样好的。像恋爱时对她好过的那样。

乔月感到一阵阵失落,同时,又为失落感到一阵阵不安。人为什么是这样?自己的哥哥们对父母不够好,自己伤心,看人家陈宏凯对父母好得不行,自己也有点伤心。这要命的私心啊!可为什么陈宏凯就不能把他对自己父母的那海一样澎湃的好分一点点给曾经在他最需要的时候给了他爱和温暖的岳母呢?

这样想着,日子一天天更变得有盐没醋起来。陈宏凯出去买菜什么的,乔月和公婆也说说聊聊,他在,她便不想掺和。往往是,乔月在卧室里,萌萌在自己的小屋里,陈宏凯陪着爹娘在客厅沙发上说话。其实陪爹娘说话,也只是陪他娘说话,他爹是说不上话的。陈宏凯父母非常有意思,但凡他爹开口,无论说什么,他娘必定高声大嗓子地加以否定、指责和嘲讽,然后他爹就好脾气地笑笑,不再言语了,一点气都不生。乔月想,陈宏凯为什么就没赶上他爹的这绅士风度呢?

陈宏凯和他娘说的都是老家的事,东家长西家短的。他娘说得最多的是她婆婆也就是陈宏凯奶奶的不好。她刚嫁过去时婆婆怎么给她气受,生下陈宏凯兄妹后又怎么不心疼孙子只偏爱外孙子们,分家时怎么欺负她,现如今又怎么到处说她的坏话,等等。总之,血泪家史,仇恨滔天。陈宏凯娘嘴里的陈宏凯奶奶是一个十恶不赦的坏女人。

乔月常常隔着墙听着他们母子的谈话。乔月不知道婆婆的那些伤心往事是真是假,不知道现已迫近九十高龄的太婆婆过去是怎样一个人,她们生活的环境离她太过遥远。她知道的只是太婆婆的现在。太爷去世后,房子出售了,她搬到了儿子家左侧的一个小土棚子里,阴暗潮湿,冬不保暖,夏不遮暑。那一年,乔月去陈宏凯家,大年初三,全村的人都在吃肉喝酒过节,太婆婆却去山坡上捡拾柴火了,她没有柴烧火取暖做饭。乔月当时就掉着泪骂陈宏凯,为什么你们家楼上楼下这么多房间,就不能给你奶奶住一间?

你们家的柴就连大过年都不能给你奶奶烧一回？陈宏凯也看不过去，对他爹说，你应该给我奶奶背点柴过去。结果他爹听了非常生气，他娘又历数以往的种种是非纠结。现在，七年过去了，太婆婆还活着，不知道她现在身子骨怎样，又一个年，这么冷的冬天，她还捡得动柴火给自己取暖吗？

正月一出头，陈宏凯父母就待不住了，一年的庄稼活儿又该起头了。最后几天的气氛总算是很快乐融洽的。乔月给萌萌做工作，让她打消对爸爸的不满，又亲自上街给公婆买衣服，婆婆过意不去，说，你还没好利索呢。然后订了酒店，让公婆感受一下城里人吃饭的气派。乔月给公婆夹菜，笑着说，你们这趟来，吃的全是你们儿子做的饭，这吃饭馆就算我赔不是了。婆婆赶紧说，看你说的什么话，这都太麻烦你们了。她又悄悄给乔月一个人说，这一个多月我吃得好喝得好，养了不少呢，昨天我照镜子发现，眼角、额头的褶子都平展了。说完，她笑了，神情里有一份羞涩和天真。乔月看着她，心里涌上复杂的情感。这个女人，她不是一个太好的女人。十多年前，她就有了酗酒的毛病，平常喝得迷迷瞪瞪的，什么都做不了，公公干完地里的活儿回到家，一口热饭还得自己动手。她和亲戚处得都不好，她对婆婆不好在整个沟里传出了坏名声。她太过精明、吝啬、爱算计，好吃好喝的总舍不得给别人。然而，她已经六十岁了，她已经苦了一辈子、累了一辈子，缝缝补补了一辈子，拉扯四个孩子她耗了多少心血，寄予了多少期望。如今，孩子们大了，又有了孩子，她却还得到地里刨食。虽然大儿子成了吃公家饭的人，虽然他孝顺，但没有谁是真正可以放心去依靠的。照她自己的话说,她年轻时受够了婆婆的气,但等到她十年媳妇熬成婆了,世事却变得不能给媳妇气受了。不但不能,反而还要受媳妇的气。乡下老二的媳妇那是三句不对上房揭瓦的角色,谁敢碰?谁敢使唤?城里的媳妇虽说大体过得去,但乔月知道从婆婆的眼睛看过来,自己其实也是让她一百个不满意。然而不满意又能怎样?还得对媳妇小心赔笑脸。吃的是自己儿子的饭,拿的是自己儿子的钱,明里暗里看的却是媳妇的脸。就是这样。

公婆走后,家里一下清静下来。陈宏凯又开始了晚上看电视、早上睡懒觉的闲散、放松的日子。只要乔月提起接妈回来住的话,他就小心避开,顾左右而言他。一个多星期过去了,乔月实在憋不住说,陈宏凯,那你的意思是咱拿着哥姐们给我妈的生活费,实际上我妈赖着让别人养?陈宏凯很恼火,大声地吼,你以为我稀罕他们给的那点钱?谁愿意养谁拿去!

两人吵了一顿,最后还是去二姐家接回了妈。妈不知道陈宏凯背后的态度,还追着他一个劲儿地问他父母的情况,他爱搭不理的。妈悄悄地骂乔月,让你对公婆好一点好一点,你大概也没好到哪儿去!亏得你还是读书人呢!乔月不耐烦,怎么是好?怎么是不好?我比那些戏文里的贤良儿媳妇可能差点,但比我婆婆对我太婆婆要好天上去了。妈生气了,你看你,你这样编派你婆婆就是不好!

乔月在心里说的是,凭我和婆婆的感情基础,我对她要比陈宏凯对我妈好一千倍。他这么不念旧不记情的一个人,我为什么要对他的父母好?为什么要对他好?

日子一天一天地过着,陈宏凯对岳母的态度因有了之前与他对爹娘态度的对比,显得更加不堪。三个月后,乔月提出离婚,陈宏凯坚决不同意。他痛心疾首地说,乔月,你原来是这样狠心的女人,你为了你妈就要抛弃我,拆散咱们这个家!乔月说,你错了,离婚不是为了我妈,是因为有了我妈,才知道咱们的感情是经不起考验的,是不能到头的。她趁妈不在的时候和陈宏凯谈,希望协议离婚,好合好散,不要惊着老人和孩子。但陈宏凯不干,大吵大闹,最终没能瞒住大家。妈一听乔月要离婚,当即就血压升高,头晕目眩,差点死过去。她叫来二哥、二姐,当即就要搬出去,一分钟都不留。她说,乔月,我活着,你不能见我,我死了,你不能来哭我。我的魂儿都不能原谅你。

闹了个天翻地覆,最终就像是一场哭笑不得的闹剧。乔月夜夜失眠,胃功能紊乱,整个人瘦了一圈。陈宏凯陪她看医生,给她熬汤药,看着她喝下一碗一碗苦苦的药。他说,给你开药的大夫看着挺不错的,他开的方子肯定能让你好起来。乔月不知道能不能好起来,那些最疼的疼、最伤的伤,也许在汤药到不了的最深处、最黑处。

慢慢地,两人的关系好似一天天恢复起来,乔月又开始给陈宏凯说这说那。国庆长假,他们去外地旅游。惬意的游玩带来了好心情,陈宏凯说,乔月,说实话,你既然有这么大的决心养你妈,我作为你丈夫,难道就不能帮你完成这个心愿?我在心里也早就下决心了,一定支持你。乔月听这话,她低下头静静地依到陈宏凯的肩膀上。这是她的男人,她和他相识相恋已快二十个年头了。在惊天动地的恋爱时代,他曾给过她许多次感动。那时候的感动是浓烈的醇香的美酒,而今天,感动是一杯带着淡淡苦涩的清茶。

陈宏凯虽然在大方向上定了心,但小毛病还是常犯不断,他的表现并没有好到哪儿去。但乔月不再死认真,人心隔肚皮,由他去吧。她累了,许多事她不愿再往深里想,她懒得再打离婚的主意。

又一个冬天,又是一天胜过一天的一场场冷。乔月的爸爸还在老家,乔月的哥姐们压力大得不得了,他们要爸爸来,爸爸不听。爸爸去年从大哥家离开时就说过绝不再来儿女家的话。可是,爸爸不来,这年怎么好过?四个儿女都在城里,都在暖气房里暖暖和和地过着冬,八十四岁的老父亲在老家生着煤炉自己一个人看春晚?就算自己家人觉得没什么,左邻右舍还不用唾沫星子淹死你?乔家兄妹们商量了很多个方案,但没有一个方案是行得通的,因为爸不配合。

晓曼的父亲突然心脏病复发去世了。乔月知道消息后赶过去,看晓曼哀痛欲绝,一边心疼她,一边触景生情想起自己家的事,也跟着哭成了泪人。好多天之后,她把晓曼约出来,想陪她散散心。两人见了面在滨河路上默默地走,走了好久,累了,才进了路旁的茶楼。晓曼一口气喝了三杯茶,嘴唇还是干干的,要起裂似的。乔月握着晓曼的手说,你看你都上火了,都已经这样了,你就想开点,别老想着这些伤心事。生老病死,这是没法子的事。

晓曼又喝了两杯茶,这才开口说,当然,生老病死是没有法子的事,可还有一些事,我们明明有办法,明明可以做得更好,也没有替父母做。她盯着乔月,眼里迸出泪水,乔月,你知道我爸咽气前最后一句话说的什么吗？他说,我不想死在医院里,也不想回二丫头的家,我想死在自己的家里。

我爸那一阵儿糊涂了,他忘了,他早就没有自己的家了。从我妈去世那年,他就没有自己的家了。已经六年了。

多年的好友,晓曼家的情况乔月是知道的。晓曼妈六年前去世后,三个儿女商议不能再让老父亲一个人生活,就把他分给了晓曼的妹妹养,同时,晓曼的哥和晓曼放弃了父母名下的房产继承权。晓曼的妹妹特别能干,做事雷厉风行,几个月之后就把父母的家卖了,另买了一处大房子,领着父亲搬进去了。

晓曼说,当时就觉得妹妹办事太快了,心里隐隐有点不舒服,好像妈一走,我们那个家就连根拔除了,没影儿了。但也不好说什么,既然爸同意了,我和哥也同意了,那妹妹卖不卖、什么时候卖就是她自个儿的事了。可现在,爸没了,爸闭眼前说的那句话,就像刺扎在人胸口。爸想死在自己的家里,可他辛辛苦苦一辈子,到头来他为什么就没有自己的家了？他为什么就不能死在自己的家里？

乔月不知道说什么,她呆呆地盯着悲愤的晓曼,心里压抑不住地难过。晓曼停了一会儿,又说,我现在才算明白了,六年前,我们兄妹三人对爸做了什么,我们剥夺了他的家,撤掉了他的退路,我们不允许他有任何可能的选择。想想,整整六年,如果老房子还在,爸在妹家过得不舒心了他或许还会回去。或者,六年里,爸不是没有可能再给自己找个伴儿,妈走时他也才六十九岁。但我们把他塞给妹妹,妹妹还没等爸反应过来就卖掉了他的房子。爸就这么一下子成了无家可归的人。

晓曼的手颤抖着,她举起茶杯,好半天放不到嘴边。乔月隔着桌子握住了她,轻轻安慰她,你别太难过,你们当时也是好心,老人自己待着更叫人放心不下,你看我爸!晓曼说,是的,当时以为是为他好,怕他受不了我妈走,怕他孤独。但现在回头想想,再没有更好的办法了吗?我们真的设身处地地想过爸爸的感受吗?或者说,我们有什么权利替爸爸决定他剩下的日子该怎么过,在哪儿过?

我们说怕爸爸这样那样,其实说穿了,我们真正怕的可能还是爸爸不住到谁家去,每个人也就放不下心,也得分心、操心。只有责任到人了,这才脱下包袱了。我们当时为爸想来想去,其实想得最多的或许只是自己。

晓曼说,乔月,还有一件小事一直梗在我心口,我没对任何人提起过。今年夏天,天气最热的那几天,有天中午我把妹妹一家叫出来吃饭,妹夫和外甥女喝果汁时加了冰,爸看人家喝得爽,嘴馋了也想要冰,也就给他要了份冰。妹妹把冰放进爸的杯子里,就起身去洗手间了。爸喝了一口,我看他凉得倒吸了一口气,就劝他说,爸你别跟着人家年轻人学,你一个老人哪能喝这么凉的东西?爸看着我,挺不好意思地笑了,说,大丫头说得对,太凉了,胃受刺激,真不敢喝。我叫来服务员,要给爸重新点一杯果汁,这时妹妹回来了,她说,爸你咋回事啊?这冰不是你自己要的吗?她就这么一句话,爸立马变了脸色,死活不肯再要新的,端着那杯冰果汁就一口接一口地喝起来,说,不冰,我能喝。妹妹说,这就对了,又不是小孩,自己能吃什么、不能吃什么,还不清楚?

晓曼说,乔月,你能理解我那时的心情吗?我不能硬夺下他的杯子,说不能让爸这么喝。我没有权利,养他的是妹妹,天天伺候他吃喝的是妹妹,不是我。我就那么看着我爸把一大杯冰水一口一口喝完了,那些冰好像都喝到我肚子里去了,我全身都冰透了。我知道那算不了什么事,喝一杯冰水也不至于喝坏他,可为什么他那么害怕妹妹?他凭什么那么害怕妹妹?那天吃饭,我爸后来再没看过我,他像个做错了事的孩子,怯怯的,不敢看人的眼睛。

乔月不说话,她想起自己的爸妈在大哥家吃饭的情景,泪一滴一滴地滴进手中的茶杯里。

两人一直待到黄昏,在分手的十字路口,晓曼最后对乔月说,待父母更好一点吧,趁他们还在。

事儿一件接一件,乔月的婆婆又在老家得病住院了。陈宏凯急忙把钱打过去,又张罗着回家去看。他问乔月,你不回去看看我妈?乔月心里急躁,说出话来也没个好口气,我倒想去看呢,别到头来也落个坏名声。可你闭着眼都知道,我走得开吗?萌萌马上要期末考试了,我妈多少天腿痛身子痛下不了楼,我能离开家吗?我要是走得开,别说你妈了,我爸还在老家呢,能不回去看一趟?

这一天,大哥、大嫂来,说他们家老二媳妇也快坐月子了,过了年,大嫂就要去广州儿子家抱孙子了。乔月心里恨恨的,想,你不是说我妈没抱过孙子吗?好啊,现在轮着你了,抱完老大的抱老二的,但愿你到八十岁的时候,别跟我妈一样!但愿儿子、媳妇、孙子们都铭记着你的贡献。但这样的怨怼很快就消散了,她听着大嫂说那边太热不知自己能不能适应,说儿子住房也不是太宽敞,又淡淡地提起二媳妇的脾气也不是太了解,她听出了大嫂话里隐隐的担心,突然就对她生出了一种莫可名状的怜惜。她看着大嫂,仿若看着二十多年前的妈。大嫂这半年,眉目间沉沉地显出了年龄,头发好像也白了不少了。

时间中的人,就这么后脚踩前脚地殊途同归了。

二姐发短信来说爸的情况,乔月气得不行,又不知要生谁的气,正憋闷得慌,偏妈不会看脸色,又凑到跟前说起爸这么多年来对她的种种不是。乔月突然就发了火,她冲妈喊,够了,你别再说了,你就知道我爸对你的不好,你怎么就不回想一下早年你生病时我爸对你的好!要不是他,你换个男人试试看,你还能有今天?你天天说我爸不好有意思吗!他罪有应得,他活该孤家寡人,他都八九十岁的人了,身边连个儿女的影子都没有,不像你,有人给你出钱,有人给你出力,你还要怎样?

乔月从没对妈这么凶过。乔家兄妹中,乔月是最不冲撞妈的一个人。平时,稍微重点的话,她都舍不得说。今天这是怎么了?话一句一句连珠炮似的射出去,先伤了自己的心。乔月胸口一阵刺痛,胃又痉挛起来。妈好像也被吓住了,坐在沙发上一动不动,一声不吭。乔月不忍看妈的表情,她抓起棉衣,胡乱套到身上就走。她从家里令人窒息的空气中逃到外面的寒风里。

不知去哪儿,不知要干什么,她在马路上走了很久,刺骨的北风刮着她的脸。实在冷得不行,她拐到路旁的书店里,在那儿翻看一本本杂志,狂躁的心绪慢慢平静下来。不知过了多久,她从衣兜里掏出手机,呀,这么快,都六点四十了,妈在干什么?萌萌放学到家了吗?该给她们做晚饭了呀,自己却在外面闲逛。她赶紧拨家里的座机,嘟——只一下,电话就接通了,是妈,是妈的声音。妈说,月儿,你怎么还不回家?天黑了,天都黑透了,你在哪儿呀?萌萌也没回来,怎么还不回来?你赶紧回来,好吗?

　　妈的声音,妈弱弱的带着哭腔的声音一声一声地切割着乔月的耳膜。恍惚间,它变成了三十年前一个小女孩的声音,妈,你在哪儿呀?天黑了,我怕啊,你怎么还不回家!

　　乔月抓着手机,从书店里冲出来,寒风裹挟着黑夜哗地一下包围了她。马路上车一辆接一辆,密不透风地驶过,她心急如焚,但红灯总也不亮,她呆呆地站着,走不到那一边去。五彩斑斓的霓虹映亮了城市的天幕,又一个不夜天刚刚开始。然而,乔月知道,天黑了,夜来了。而她渡不到夜的那边去,渡不到黑的那边去……

芳菲歇

一

乔纳家的门铃在晚上九点二十七分的时候突然欢唱起来。

之所以说如此确切的时间,是因为门铃乍鸣的第一刻,乔纳习惯性地抬起手腕看了时间。虽然现下早已全面进入了手机时代,但乔纳还是一直保留着戴手表的习惯。当然,成熟优雅又有生活规律的男士一般都是这样。他甩掉睡衣,抓起一件 T 恤套上,希望铃声就此止住。不早不晚的,谁这时候来找他?物业?

还是去开了门。然而,竟是魏锦素。她微微地笑着站在门口。她不是空手,她右手提着一只篮子。一只常见的编织篮。

她穿着一袭长及脚踝的白袍。乔纳对女人的服饰素无研究,尽管如此,他还是确定她身上那东西应该叫袍子,而不是裙子。

他说,哦,魏教授……开口的同时,他听到自己的声音喃喃的,有一丝恍惚,不知道再说些什么。他感觉自己在对一幅油画说话。就是这样,一个女人提着一只普通的菜篮子叩开了你的门,但她分明不属于眼前,不属于你和她正在共同经历的现在时,她是某类油画里那些吹着洞箫和长笛的女子。

这是第几次了,她让他有这种感觉?

他努力恢复了声调,欢迎啊,请进!但魏锦素不动,她说,我就不进去打扰你了,乔院长,我是来给你送点桑葚的。她递过篮子,你进去倒了桑葚,把篮子给我,我就在这儿等着。

什么桑葚?你买的,还是谁送你的?或者,是你们家乡的特产?乔纳接过篮子,一迭声地说道。感觉到自己的兴奋,他不好意思地笑了。过道灯有些昏暗,看不清篮子里的颜色。现实感慢慢回来,他说,好吧,谢谢魏教授!不过,还是请进来吧,站在门口等,你就成送外卖的了。

似乎是为了配合乔纳小小的幽默,魏锦素跟着他笑起来,又跟着他进了屋。

乔纳知道自己的家应该是说得过去的,虽然算不上十分整洁,但也是合乎情理的潦草,能忍受的凌乱,绝不会像一般单身汉的住所那么不堪。但此刻,借着魏锦素的眼睛一看,他十分羞惭。茶几上的咖啡盘上一圈硬渍,看上去多日未洗的样子,而一盒龙井茶干脆就倒在纷乱的报纸和碟片间。要命的是,他竟然闻到了一股咖喱牛肉饭的味道。怎么会这样?他这两日都是在外用餐,叫快餐那已是三天前的事了。

他说,魏教授,请坐,请坐。你是喝点咖啡、茶,还是果汁?我这儿有鲜榨的柠檬汁。但他站着不动,想不起去拿杯子和水。魏锦素看他一眼,摆手道,乔院长,你别客气,你去把桑葚倒出来。停一下,她又说,你先吃点,不用洗的,纯天然。剩下的搁冰箱里,这桑葚可甜了。

桑葚一颗一颗从魏锦素的篮子里滚到了乔纳的菜筐里,它们熟得太透,汁液流溢的紫在灯光下是炫目的黑。乔纳以前从没发现过有这样让人赏心悦目的黑色。他顺手拿起几枚放进嘴里。一种陌生的甜,包裹着新鲜的翅羽般轻颤的悸动。

乔纳拿着篮子,从厨房出来,见魏锦素正站着打量沙发旁的盆景。你这幸福树长得真好,她说。乔纳一怔,这叫幸福树啊?魏锦素笑了,敢情你不知道它的名字?还养得这么油绿厚实的!乔纳说,还真不知道,这是几个老同学送的。去年搬这儿来时,他们在电话里说要给我买什么花,我说养花咱可没那手气,就换成那种不娇气耐活的阔叶植物吧。嘿,那帮人哪,一进门就瞎闹腾,压根儿就没顾上交代他们抬来的这树叫个什么名字。

魏锦素不再说什么,两人的目光交汇在那株高大的幸福树上。幸福树静静地散发着一种蓬勃又遥远的气息。乔纳说,魏教授,你坐会儿吧。魏锦素坐下,哦,这么多光碟,乔院长,你喜欢看电影?乔纳说,人家早就在网上看电影了,我还淘碟呢,过时了。魏锦素拿起茶几上的一张碟,念,*The Double Life of Veronique*,这个好看吗?乔纳说,文艺片,还行吧,要不你拿去看看?魏锦素放下碟片,又拿起另一张看了看,然后拎起篮子起身,说,我走了,乔院长。电影就不看了,我是艺术上的门外汉,看也是瞎看。乔纳说,瞧你说的,电影谁不会看?你搞的那些大学问,我们再活两辈子也整不明白呢。走到门口时,他又说,魏教授,真的非常感谢你给我送桑葚,我都有多少年没吃过这东西了。听了这话,魏锦素转过头来,谢我什么呀?这桑葚本来就是咱们大家的。

这次,她微微地提高了音调,但她的声音还是和平日一样细软,好像怕把那些话说疼了似的,你不知道啊,咱们楼下花园里那么一大棵桑树,早两周前桑葚就熟了,我天天去吃呢。这几天熟透了,我想着今天下午又刚下了一点雨,肯定是越发地甜了,所以刚刚又去树上摘了些。自己摘的,才觉得有意思,才来分一点给大家吃的。

怎么摘?挺容易啊,够着的就爬树上摘,高处够不着的,在树下铺一张塑料布,然后爬到树上去摇。不用费多大劲的,轻轻摇一摇树枝,桑葚就噼里啪啦掉一地。

这么大桑树,结了满树的果,怎么就人来人往谁都不注意呢?人都去超市买,可自己院子里这么好的桑葚,为什么偏没人理?就我一个人吃,多可惜啊!

已经十二点四十了,乔纳从床上起来,推开了阳台门。楼下的花园在浓黑的夜色中迷茫茫一片,看不清远近高低的颜色和姿态。那棵桑树,它藏在这一片静谧中的哪个方向呢?其实,就是在白天,他也一样看不见有一棵桑树立在那里。搬这里来一年多了,他几时注意过楼下的花草树木?几乎每一天,出去进来都是行色匆匆的。他从来不知道,咫尺之遥竟然有这样的风景:一个女人在草丛花径里,一颗一颗地拾起地上的桑葚,一颗一颗地放进嘴里。她吃得那么认真,好像除了桑葚,再不需要吃别的食物了似的。而桑葚是吃不完的,更多的桑葚从那棵高大葱茏的树上密密地落下来,像缤纷的紫色雨。

乔纳深深地扩了几下胸,夜露的气息沁人心脾。他望向远远的天幕,无数颗星星在那里明灭闪烁着。他有多久没凝望过星空了？望星空这样的事，似乎从来不曾发生在他如今的生活中。但今夜，星空自己跳进了乔纳的眼睛里，让他猝不及防地捧住了满怀迷乱的陶醉。他想，天上到底有多少星星呢？但他很快又想到桑葚。天上有多少星星，地上就有多少桑葚？这话像什么？诗？他笑了。

叹息在魏锦素心底浮起，这么大的桑树，这么好的桑葚，就我一个人吃，多可惜啊！乔纳一时无法抑制自己加入她的冲动，他想象着明天的花园里，他在轻轻摇那棵大树，是他，蹲在地上把散落的桑葚一颗颗放进嘴里，放进篮里——可是，哪怕只是单单想一想，他就觉出了那场景的滑稽和矫情、做作和不和谐。他望着黑漆漆的花园自嘲地笑了。

那是属于魏锦素的，那样的情景，那样的动作，那样的事。只有魏锦素去经历，一切才成了画。乔纳又一次想到油画。是的，魏锦素采桑葚不是一幅绝妙的油画吗？这画里，没有一处错误的安排，每一抹线条，每一丛颜色，都是水乳交融，浑然天成，就像桑葚就要在这个季节熟成汹涌澎湃的紫，就像这世上必得有一个女子懂得那阳光雨露的味道，那随着日子远逝了的果实们的味道。

可她竟然是能爬树的！乔纳想。她穿着那样的白袍子，留着那样的长发，但她却会爬树。

二

秦陌从云南丽江买回来长长短短好多套衣裙，都极富特色。卢翩翩直叫好。秦陌说，你挑顶喜欢的拿去穿吧。卢翩翩摇头，这回我就不夺人所爱了。想想,你哪次满载而归,我不抢个一件两件的?总得忍痛割爱成全你一回吧!秦陌笑出来,好,好,反倒让你悲壮得不行了。卢翩翩感慨,秦陌啊秦陌,我就是怎么想做个好人,可一看见你买的东西,就又动邪念了,这不赖我,谁让你品位那么高呢!秦陌笑骂,就会拍马屁!卢翩翩喊,不是吗?不是吗?你从不丹买的那藏式挂件,我戴了多少年了,谁看了眼睛不冒绿光?那些女生上课时,只盯着我的胸看,恨不得把我生吞了。为了让她们安心听课,为了教书育人之大业,从今年开始我就基本不戴那挂件了。还有,你从泰国清迈买的那项圈,我的天,看见它,谁不想玩物丧志!

秦陌只是笑。和卢翩翩在一起,永远这么多笑。卢翩翩当年分到这所大学的艺术学院——哦,那时候还叫艺术系,第一次见面时,大家就感受到了卢翩翩生猛的活泼、不节制的夸张。然而那并不令人讨厌,在她身上,一切看上去竟是适宜的。一晃七八年过去了,也是有些年龄的人了,但她还是老样子,不见改。爱笑,爱闹,爱打扮,永远春暖花开的架势。她不停地买衣服,不停地后悔。她看上的衣服,美丽往往止步于商场塑料模特和别的女人身上,但她从不气馁,她说,关键是自己还没形成风格。她整天趴在电脑上淘衣服,自打有了网上购物这回事,她一天收不到快递,就失落得不行。

当然,在艺术系,女学生、女老师,都是极注重穿着打扮的。若不注重,反倒成了另类了。只不过大家呈现出的效果各有不同:有些是忠实的品牌追随者,专走精致路线;有些是引领时尚潮流者,怎么时髦怎么整;有些是像把大画布披到了身上,或者像捡了一件乞丐装的感觉,反正你不知道她穿的啥,但你知道她是艺术家;有些是复古风、民族风,可以直接穿着上舞台演民国戏,跳《五十六个民族五十六朵花》的那种。卢翩翩闲来没事,最爱对自己学院女同事的穿衣戴帽评头论足。她说,看来看去,还是秦老师你最养眼。怎么说呢,你是博采众长,说不好你走的是什么路线,但永远好看,既高端大气上档次,又低调奢华有内涵啊!

卢翩翩的溢美之词,秦陌向来不往心里去。她知道自己没那么好。而且,她在被卢翩翩视为头等大事的买衣服这些事上用心很少。她只是遇见喜欢的舒服的就买下来。她习惯穿长裙子,棉的,麻的。她戴的饰物也是朴拙的。她天生对全身亮闪闪的那种女人敬而远之,但对卢翩翩例外。

卢翩翩,在秦陌的生活中,始终是个例外。

先是成了好朋友。秦陌本来以为自己是不会和这种大呼小叫的女孩有共同话题的,尤其是她们还相差四岁。她们也不同专业,卢翩翩弹钢琴,秦陌教西方美术史,成立学院后,她们分属两个系。几乎不知道事情是怎么开的头,反正同事不到半学期,卢翩翩就单单黏在秦陌身边了。她时而叫秦陌老师,时而叫秦陌姐姐,她在人前人后从不避讳对秦陌的倾慕和讨好。她说,咱们艺术系美女如云,可我对你一见钟情。这是命里注定的,你逃不开我。乍听她这口气,不了解的人准保会对她的性取向产生误会。

秦陌确实逃不开她。再倒退五六年,就是当学生的时候,秦陌也未遭遇过如此热辣的友谊。她是个沉静的人,但对方却是一团滚动的火球。秦陌起先认为卢翩翩这种女孩语出惊人有口无心,待人做事没长性,所以并不把她的嘘寒问暖当回事。谁知人家铁了心要对她好,要一直好下去。秦老师,要是谁敢欺负你,我就灭了他!卢翩翩这话很让秦陌哭笑不得,她想,谁敢欺负我?要真有人欺负我,你一个丫头片子,一个见习助教,敢跟人说一个"不"字?

偏偏让卢翩翩说着了,那年年终考核,秦陌真让人欺负了。按照工作成绩的量化,按照得分,她怎么着也该得个优秀,但结果被别人莫名其妙抢去了。她气得不行。卢翩翩拉她去吃火锅,说了很多逗乐的话,中间只问了一句,年终考核得不上优,真的影响将来评职称啊?秦陌答,可不是嘛!要不是为明后年的评副高做准备,我要那个破优干什么!

结果第二天,卢翩翩就直奔主任办公室拍桌子。她怒斥主任,秦陌的学生打分那么高,她工作量那么重,科研也突出,为什么不能得优?你给我说清楚,她的优哪里去了?你说不清楚,就必须给她补上!

优秀自然是不会补上的,但事情传得沸沸扬扬。秦陌觉得很丢人,出了丑,她怪卢翩翩多管闲事帮倒忙。卢翩翩委屈得直跺脚,怎么就是我们丢人了呢?你秦陌看上去挺明白一个人,说话咋就黑白颠倒呢?要说出丑丢人,也是主任啊,他徇私枉法,办事不公,被全系都知道了。我告诉你,坏领导都是胆小鬼下属们给惯出来的,你逆来顺受,他就为所欲为,大家都监督,都抗争,他还敢做坏事?敢给人穿小鞋?

秦陌无语。她常常在卢翩翩面前无语。卢翩翩快意恩仇,她对人对事的看法做派就像涂答题卡一样,非A即B,简洁明了。秦陌知道她的对,但也知道她这种对的不合时宜。她们天生不是一类人,更何况中间有四岁的鸿沟。但她开始渐渐地接纳了卢翩翩,渐渐地珍惜起卢翩翩对她的好来。她看着卢翩翩咋咋呼呼的样子,心里就有一种怜爱,这个冰雪聪明的傻大姐啊,这么一副天不怕地不怕的样子能走多远呢?

后来就有了那件事。那件事让所有知情人都断定这二人联盟定然解体,想想看,卢翩翩动辄说,谁敢欺负秦陌她就灭了谁,可这回,是她自己欺负到秦陌头上了,这事还能好吗?

事情其实很简单。原先那个被卢翩翩指着鼻子骂了的艺术系主任第二年调走了,新来的不是个一般人,而是一名斩获过国际大奖的舞蹈家,为了舞蹈艺术,年过四十,尚未婚配。得知这一消息,整个艺术系的人在新主任还未赴任时就叫苦连天,军心大乱,我的个天哪!让这样一个人来当系主任,那还不得把人往死里整吗?

结果,事情完全与人们的既往经验背道而驰。新主任名叫兰铃子,无一丝一毫古板、变态,她就像她的名字一样健康、阳光,是一个百分之百的时尚大美女。她见过大世面,工作上有实力,有热情,而且有人脉,就是在她的手里,不到两年,艺术系发展成了艺术学院,各专业蒸蒸日上。她有一种奇怪的既能发号施令又能与大家打成一片的能力。总之,艺术学院的人很以自己的院长为荣。

兰院长工作之余,非常关心大家的生活。她时时告诫自己花红柳绿的女下属们,工作家庭两不误,那才叫本事呢,千万别以为自己学了艺术这个行当,就跟别的女人不一样了。她从不占用教工们的节假日和下班时间开会加班。她吓唬那些只恋爱不结婚的年轻姑娘,小心点哦,别让对象跑了,像你们这样骄傲的漂亮女孩最容易沦为剩女了！她的口气,像是一个儿女成群的操心大妈。

秦陌二十九了,在学院在学校都属大龄女了。兰院长几次三番找她去,有一次竟然很撒娇地说,秦老师,你要是明年再不结婚,我就再也不理你了。不,光不理还不行,我扣你一年奖金！秦陌那一刻在院长脸上看到了卢翩翩的表情,她哈哈大笑。院长嗔怒道,都嫁不出去了,还笑！秦陌说,院长,为什么一定要嫁人？像你,不是挺好吗？院长目光直直地盯过来,秦老师,别学我。我不嫁是为了舞蹈,也为了一个人,为了一个值得为他终身孤独的人。你有这样的人吗？你经历过像我一样的大伤心吗？如果有,那你就守着吧。

男朋友秦陌当然也有过,就是为了他,她从大三等到研究生毕业,等到她来到这个大学工作。她的好时光就是被他耽误了。可他是值得她继续孤独下去甚至孤独终身的人吗？别开玩笑了！

秦陌去见了几个亲戚朋友介绍的人,都是感觉行也不行的那种。院长说这事急归急,但绝对凑合不得,行也不行那就是不行。她又通过什么人给秦陌介绍了一个,男方三十二岁,无婚史,海归,纪录片导演,有房有车,不穷不富,听上去蛮般配的。卢翩翩说,这回我得亲自上阵,为你把关去。你别看我比你小,谈过一大把男朋友呢,男人方面我有经验！秦陌笑,你这没羞没臊的！

谁能料到,卢翩翩亲自上阵陪秦陌去相亲的结果是,她自己看上了那男的。而且,她毫不避讳地当场就表明了。她对那男的说,我是来陪秦姐姐相亲的,我不知道你俩相上了没有,但我可以负责任地告诉你,我喜欢你。事情很简单,我和秦姐,你喜欢谁就追谁,想联系谁就联系谁,要是想同时了解一下我俩再做选择,我也配合你。

就是这样,石破天惊的事到卢翩翩这里也就是个风吹草动,天经地义。秦陌仓皇地望着面红耳赤的男方,她能做的只有让自己逃走。当晚那男的打来电话,她没接。隔一天,她还是没接。她不想知道他要说的任何内容。事情既然这样开头,在她就已是结束。

兰院长说她的肺都被气炸了,但卢翩翩更气,她不认为自己做错了什么。你们为什么就不能接受我明人不做暗事?是不是我像那些狗血剧里演绎的一样,对闺密玩阴的,步步为营撬走她男友,你们才觉得好?是不是我假装纯洁无邪,精心设计让那男人主动来勾引我,你们才觉得好?你们为什么就不让人光明磊落?院长回说,卢翩翩,你比狗血剧还狗血!关键问题不在于你玩阴的还是玩阳的,而是你根本就不应该玩,这不是你玩的时候!你玩就是搞破坏!卢翩翩嘣地跳起来,怎么就不是我玩的时候了?怎么就是我搞破坏了?他俩第一次见面,我也是第一次,谁规定他只能相秦陌不能相我?

根本没法与她对话,院长对秦陌说,我是20世纪60年代人,人家是80后,价值观差异太大,再说下去也是各说各话,没意思啊。秦陌说,这不光是年龄问题,卢翩翩就是那性格,院长,这事你就别往心里去了,他俩要真成了也挺好,你这儿的待嫁女就少了一个了。院长笑了,瞧你说的,好像咱这儿真成了困难户了,我堂堂艺术学院,会集了这所大学乃至这个城市最漂亮最有气质的女孩,有女不愁嫁,像你这样的优质女更不愁嫁!秦陌,我们就等着缘分来敲门吧。

卢翩翩和那男的真就谈成了。卢翩翩还是和过去一样对秦陌死缠烂打地好。她说,你要是记我仇,我死不瞑目!秦陌答,我不记仇,没仇。她说,那你就把我和他都当成你的朋友。没有你的祝福,我们一辈子都不结婚!秦陌喊,卢翩翩,求你放过我,我受够了!卢翩翩说,不,绝不!

果真得到了秦陌的原谅和祝福。学院有人打趣说,卢老师,秦老师对你真好啊,连男朋友都舍得让给你。卢翩翩一点不恼,她把头仰得高高的,那是!秦老师连裙子披巾都舍得给我,何况个把男朋友乎?

后来,都到置办家具照婚纱照的时候了,卢翩翩的婚事却告吹了。是她提出的,谁劝也没用,九头牛都拉不回来。

她只对秦陌和兰院长两个人坦白了原因。前阵子吵了一次架,那男的说,卢翩翩,你根本就不像一个弹钢琴的女人,你尤其不像一个当老师的女人!

这话严重吗?这话严重到可以成为悔婚的理由吗?秦陌和院长面面相觑,难以做出准确的判断。卢翩翩说,你们傻呀,这还不严重?他骂我什么都行,就是不能说这两句话!我要不像弹钢琴的,不像当老师的,那我像什么?我还剩下什么?我安身立命的东西,他竟然全给否定了。

不是这样的,你想得太复杂了。秦陌劝,他那话的意思不过就是说你不够文静、不太淑女罢了。卢翩翩抹着泪说,甭劝,用不着!他那话一出口,我心里咯噔一下,就知道,完了,他这个人,我得放下了。

秦陌第一次看卢翩翩这么委屈地哭,第一次知道,那么漫山遍野的没心没肺,那么百无禁忌的装傻卖嗲,其实深藏着不能触碰的底线。这也是第一次,秦陌突然对卢翩翩生出一种敬意。放下,并不是容易的事,而懂得什么时候一定得放下,不仅需要勇气,更需要智慧。

第二年,卢翩翩热热闹闹地嫁给了她的高中同学,小伙子长相好,工作上进,交通厅的公务员,旱涝保收。关键是他一直是她的忠实粉丝,张牙舞爪的她,在他眼里整个一女神。他出差机会多,每次从外地回来都要给老婆带礼物,而且是双份。他记着老婆的话:给我买什么都不能落下秦陌的,她可是我的偶像,我要源源不断让她分享我的幸福。

秦陌依旧单身着。她没法让别人分享她的幸福,只能回报她的审美眼光。她知道卢翩翩最喜欢她挑的衣服,所以总慷慨地让给她。就像这次,从丽江古城买来的裙子、靴子,卢翩翩说不要了不要了,这回真的不抢你的了,但最终还是挑走了爱不释手的两样。

秦陌把一件手绣挂毯钉到了墙上,最初发现它时的狂喜,换成了云淡风轻的相对。那花团锦簇的华美在她细细的打量里,是一针一线的寂寞。她喜欢旅行,喜欢用远方的风情装扮屋子,她小小的家是美的,却美得冷。打开衣柜,一排排衣裙,眼里装不下的漂亮颜色。在卢翩翩眼里,在同事、学生眼里,在所有人眼里,它们就是秦陌的肌肤,美丽、飘逸、高雅、别致。可他们知道这披挂包裹下的她真正的肌肤的温热吗?他们知道她最好的、最滋润的、最丰美的部分正在这些漂亮颜色的遮盖中一寸寸流逝吗?

她把脸埋进衣柜,她想用这些棉麻丝绸焐热自己。

电话爆响,是兰院长。兰院长劈头就问,秦老师,你认识文学院的乔纳院长吗,去年调到咱们学校的?秦陌答,听文学院熟人说起过,也在图书馆碰到一两回,算不上认识,怎么了?院长说,他老婆在加拿大,我昨天突然得知他们半年前就办离婚了,目前他也没来往对象,所以,我想让你们认识一下。

三

魏锦素是学校当年申报"985"大学时斥巨资引进来的人才。核物理学博士,教高能物理课。在办公条件极为困难的情况下,理工学院专门为她配备了独立实验室,屋里大盆小盆,摆满了绿色植物。猛一进实验室,还以为闯进了花房。徐院长经常安排院办主任给魏锦素更换花盆,根据时令添花树新品种。而他自己的办公桌上常年是一盆绿萝。没办法,谁让魏锦素是理工学院的招牌教授,是无可替代的学科带头人呢?有了她,理工学院才有了物理学博士点。

共事多年了,院长、主任一帮人不知道除了喜爱花草,魏锦素还有什么业余爱好。或许,一个女人,从事了这样的行业,也就不该有什么针头线脑的兴趣了吧。本来理工学院就安静,女学生少,女老师更少,男士们来去匆匆,脸色平淡,教研室里的高谈阔论只是偶尔发生的事。但魏锦素比他们更安静,她说话轻,走路轻,上完课常常一头扎进实验室里不出来。没人知道她是否吃了午饭。黄昏时她锁门离开,与人微笑点头,她的脚步依旧轻盈,她整个身姿精神而灵动。徐院长心里常犯嘀咕,这个女人,她怎么和早晨来时一样清爽,她不累?

魏锦素不开车,她是理工学院也是整个学校屈指可数的不买车主义者之一。她步行上下班,好在她就住在校内,校园东边的专家楼上。那里是学校最美丽的一角,楼前是一个偌大的花园,楼后是著名的青湖。

就是在青湖边,乔纳第一次见到魏锦素。

他不是去逛湖看风景的。晚上一个饭局,约好六点,但他忙完手里的活已是快七点了。他从青湖边抄近路直奔西门,边走边接手机,是啊,在车上呢,坐到这车里都半个多小时了,堵得死死的,一步都走不动。抱歉,让你们等!

堵车,永远是迟到时可以大声喊出来的理由,好在中国的城市没有一个不堵车的。他早已习惯撒这种理论上完全成立的真实的谎言了。但那天,他迎面撞上了一对眼睛。

一个一身玄色衣裙的女子站在距他五六步远的假山旁,那一阵,四周清幽,她显然听到了他的话,她朝他投来倏忽一瞥,便侧身低下了头。乔纳快步走过她,快步绕过假山群,然后,他的步子越来越慢,越来越慢。他终于回头,林木成荫阻断了视线,再看不见那女子。快到西门时,他忍不住又回头,这一次他看见了她。青湖柳堤上来来往往的人影中,他一眼认出了她的背影。她的头发、裙裾和长柳一起向后翻飞着。那是一个不会认错的背影。他回想着刚才她扫过他的那一眼,突然就懊悔无比,脸从耳根处发起热来。从幼儿时就开始不断接受的教育在耳边响起:撒谎不是好孩子。是的,撒谎是可耻的,即使在今天,即使接下来他必然地面对堵车——但堵车时段竟也是可以不让人烦躁的,当一个身影以油画的质感在他的心头走来走去时。

那个女子,他不知道是谁。当她侧立在苍石嶙峋的假山旁时,当她漫步于垂柳拂面的青湖边时,她确乎是一幅画。

乔纳没有想到,他很快就又见到了她。他来这个学校的第一个教师节,学校组织了高规格的茶话会,据说部委领导要来出席,但最后另有要事,以一封热情洋溢的贺信代替。就是在学校一位副校长代读那封贺信的时候,乔纳在他那一桌上倏然发现了那个女子。她不是那天在青湖边的样子了,但他还是立马认出了她。他按捺着突发的心跳,用一种随意的口气问身边的人,坐在校长那桌上的女士是谁?也是校领导?人答,不是领导,是理工学院的魏锦素老师,学校最著名的名师之一,一级教授。

知道她是自己一个学校的同事,知道她不是校领导,乔纳一下生出踏实的感觉。他隔着攒动的人头,远远地注视着她。坐在她两侧的学校领导不时与她说着什么,她微微地笑着。她穿着黑色中式的立领衫,很典雅,衬得肤色极为细白。她身上没有任何的披挂装饰,头发在脑后绾成了一个简单的髻。

但乔纳是见过它们的,那一头汹涌飞扬的黑发。他记得晚风中它们那柔柳的姿态,记得那本色的黑在夕阳下微微地闪耀着金光的样子。

开始表演节目了,场面越来越热闹。笑语喧哗中,乔纳看到她依旧是安静的,依旧是微微笑着的。显然,她已不年轻了,但她有着极其清澈的眼神。那天在青湖边擦肩而过,只那么亮亮的一瞥,乔纳便记住了那对眼睛的不同流俗。现在,他整个地沐浴在它们的照耀中,就好像她沉静和煦的笑只是为着他的。

乔纳不得不承认爱情的即兴生成。现在,他知道她是谁了,但他对她依旧一无所知,可这竟然一点不妨碍他爱上了她。他突然就爱上了一个没说过一句话的陌生女人,就像多年以来的孤独中他始终无法让自己爱上任何一个女人一样。他经历过爱情,领略过它全部的诱惑,那些因爱成伤的美,烟花般璀璨的绝色之痛。然而,他最后目睹了爱的熄灭,像最平常的事件的落幕,难逃俗套的不堪的收场。既然一切只能是从糟走向更糟,那么,他也不惧让自己成为一个尴尬的破坏者。他没有预料到在自己看似光鲜成功实则自弃黯败的生活里,还会遭遇爱情,充满准备迎接又一轮打击的新的勇气。

乔纳啜着茶,又一次貌似漫不经心地开口,这个魏教授,看上去挺德高望重的哦,她老公也在咱学校吗?同桌的人说,没老公,还没结婚呢。旁边有几个人一起补充,女科学家,不结婚很正常的。

茶话会的当晚,失眠的乔纳很意外地接到了加拿大的妻子打来的电话,她向来都是用邮件和传真联系他的。乔纳,你试试,你试一试会发现,原谅他人并没有你想象的那么难。乔纳,你原谅我,放过我吧!她的口气温和而真挚,充满耐心,与其说她在恳求他的原谅,倒不如说她在引导他走出迷途。乔纳觉得这一切很陌生,就连听着她的声音隐隐而生的一种疼痛也是陌生的,没有了切肤之感。他全部答应了她。妻子为成为前妻泣涕涟涟地感激了他。挂了电话,他想象着大洋彼岸的欢欣鼓舞,也想笑一笑,但突然鼻子一酸,泪水无声地涌出。一场离婚苦役,终于以两滴清泪宣告结束。

也许,如果没有魏锦素,乔纳还要付出多少错误才能承认时光的不可挽回?

然而,魏锦素,始终是远的。

现在,他知道了她确乎是单身的,他还费心知道了她的更多。但知道得越多,他越不敢靠前。好长一段日子,除了费尽心机让她认识了他,他一无所获。他时时责骂自己功利,你爱上一个女人,为什么要顾忌她的身份?她是博导,是一级教授,是权威的学科带头人,是国家杰出青年基金获得者,这一切本该让你自豪欣的东西,为什么恰恰成了你的障碍?你的爱慕与这些头衔称谓到底有什么关系?但这样的鼓励往往收效甚微,他在想明白想通透之后,却还是付出不了哪怕小小的一次行动。他感觉只要他朝着她的方向走一小步,全校的人就会把目光唰地集中到他身上。他从不知道自己是一个如此怯懦的男人,在错失了白昼的许多机会之后,深深的夜里,他一次比一次更沉重地陷入愧悔交加的情绪里。似乎就连她的专业,也是一道樊篱。一个女人,一个这样的女人,为什么偏偏会从事那样的一个学科？乔纳忍不住比较,如果她在文学院呢？在新闻学院呢？哪怕她是教经营管理的,一切也会顺畅得多。她为什么不是艺术学院的教授,虽然她天生一身艺术气韵？

就连她的房子,就连她那开满鲜花的大阳台……原来,她和他是住同一栋楼的。他去年调来时,学校以引进人才优惠政策的内部价卖给他这套七十八平方米的二居室。那时候,他不知道,高他三层的侧对面,在学校免费赠送的一百九十平方米的产权房里,住着一位就要改变他的生活的女子。现在,他每次进出单元门时,必定会下意识地朝着那个方向张望一下———一切,都是阻挡的理由,而不是相反。

他从来没有在楼下、在电梯里碰见过她,相识前后都没有。魏锦素,她什么时候上下课？她从来不买菜？

他做梦也没有想到她会来他的家。深夜里那如心花般怒放的桑葚,美丽得真像是一场梦。他从各个方面、各个角度反复缜密地解析了这个梦潜藏的寓意、暗伏的信号、可能的预示。他一遍遍回放自己在梦里的表现。他觉得他像是在做一道无解的数学题,又像是在写一篇失去中心控制的论文,论据是不变的,可供解析的文本是固定的,但结论太阴晴不定,忽而让他斗志昂扬,忽而使他沮丧灰心。

但不管怎样,这个梦是真实存在过的,这使他有一千个理由战胜自己的患得患失。他决定周末去回访她。

经过再三斟酌,乔纳认为还是以水果为礼最佳,随意、亲切,不至于使对方觉得太隆重。杧果、樱桃、草莓,都是好吃又好看的东西,女人应该喜欢,关键是送这些好开口,不至于让自己局促。哈,魏教授,你送我一篮桑葚,我回送你一兜樱桃吧,来而不往非礼也。或者,到时视现场气氛而定,台词还可以设计为,魏教授,你亲手摘的桑葚,我不敢东施效颦,只能亲自买一点草莓送你,等等,反正临场发挥余地大。

乔纳采购回来时,在楼下看到好几个同楼的人在花园边谈笑着,平时大家也就点头微笑而已,但今天却远远地打招呼,过来,过来,一起吃桑葚啊!

吃桑葚?乔纳一怔,不由得走过去,站到了他们中间。他看到了那棵高大的披挂着万千果实的桑树。这时他才发现林木掩映的花园里,还有好几个人在快乐地忙碌着。他们拿塑料布铺在树下,然后用一根木棍去敲那桑树的枝干。果然,熟透了的果子以想象中的姿势离开树枝,噼里啪啦砸下来,汁液四溅,空气中开始弥散一种甜醇的味道。

乔纳说,你们真是有生活情趣啊,知道这么玩!人们七嘴八舌地答,有趣的是人家魏锦素老师,要不是她挨个给大家送,我们哪里知道自家花园里免费的桑葚最好吃呢?

原来如此。原来,她的桑葚是送给所有人的。原来,他的梦确乎是一场梦。想起连日来对此做过的种种甜蜜的臆测,乔纳羞愧得不敢面对自己。那晚的情景不请自来,又在脑海里盘旋。是的,这次,他清楚地回忆起她的话:自己摘的,才觉得有意思,才来分一点给大家吃的。没错,人家从一开始说的就是大家,他为什么充耳不闻自作多情呢?

一嘟噜桑葚塞到了他的手里,还有人大呼小叫地要往他的兜里放。魏锦素的桑葚好像突然唤起了人们久泯的童心。乔纳离开热情的邻居,三五步的回家之路,腿脚却分外滞重起来。一进门,他颓然倒进沙发里,手里的水果袋胡乱地摞在茶几上。那些樱桃、草莓,原本有着最润泽诱人的颜色,此刻看去,却莫名地老了。

他,还去不去造访她的家?去?不去?

纠结到下午,到了黄昏,还在纠结。接到艺术学院兰院长打来的电话,她约请他第二天吃饭。她说,早就想请您一起坐坐了,乔院长,我们两个学院有很多可以合作的课题项目,明天我们算是谈工作,也是几个朋友小聚一下,请务必赏光。

四

秦陌在兰院长安排饭局之前上网搜索了一些乔纳的信息,文章、照片都有。再加上她远远见过他一两次,初步的印象还是满意的。她坚持不以相亲的形式见面,兰院长理解她,说,也好,我就不挑破介绍对象这层意思了,你们若有心有缘,自然会有下一步的接触。同事之间,进退都留一点空间,应该的。时间定下来后,兰院长又打来电话叮嘱,就咱俩约他不合适,我带音乐系李主任来,你那边千万别让卢翩翩知道,不然你根本挡不住她。秦陌笑,院长,你那么怕她?院长说,你不怕她?你忘了她搞的破坏了!秦陌说,那是过去的事了,她现在都是马上要做妈妈的人了。院长你不知道她怀孕了吗?她最近连化妆品都不用了,说里面含铅,对胎儿发育有影响。吃饭更是小心,很少拉我出去乱吃,顿顿都是老公伺候着呢。兰院长说,怎么会不知道?她那张嘴,怀孕这么大的事还能不传得地动山摇的?这种女人啊,天生就是孩子心态,她生了孩子也还是孩子,不会有大改变的。

吃饭就在"青湖味道"。这也是秦陌和兰院长特意商定的,不出学校,不显得私密,就是谈工作的样子。同时,"青湖味道"又是个较高档的大餐馆,一般情况下学生不会到那里去,环境安静、幽雅,三面环湖。

秦陌来时,兰院长和李主任已到。她们看见她,都投以赞许的眼神,秦陌就知道自己穿对了。但她没法高兴,随之而起的是一种很灰心的情绪。已经出现过多少次了,打扮得好好地来见人,然后,一个人黯然地去卸妆,面对那些一地凌乱的衣饰。今天,能是例外?

或许,今天确是例外?约好的时间,乔纳准点到了。只一眼,秦陌便觉得他正是自己欣赏的那种类型。他的外形,他的言谈举止,他的整体气质,都吻合她多年来坚持的期许。当他向她点头微笑时,她的心,暗暗地揪疼了。

秦陌再次领略了兰院长做事的滴水不漏。她和乔纳谈起关于艺术学院的学科规划,有诸多领域是可以和文学院强强联手共同发展的。她甚至谈到了合作的步骤细节。她一点都没有强力推荐秦陌的意思,但谈笑间她一次次让乔纳的目光落到了秦陌身上。乔纳对兰院长的合作蓝图表现出了十分谦逊的兴趣,他说,我来这儿时间不长,以前的工作环境和学校不太一样,还请兰院长多指点。他给李主任和秦陌敬酒,您二位是兰院长的两员主任大将吧?

兰院长轻笑,替她们作答,李主任和我一样劳碌命,管着音乐系一大摊子烦心事呢;秦老师,人家是国画大师才女出身,当下最有实力的美术理论家,哪敢以区区系主任之位叨扰她?就我这样顾念她,不压担子,她还没顾得上解决个人问题呢。都三十一了,确实不小了,是不是?可人家就一点都不着急!乔院长,你说咱们高校女教师是不是普遍有这情况?

秦陌感觉自己的脸红了,但她还是没事似的啜一口红酒,笑着说,院长,打住!您扯远了。乔纳淡淡笑着,不做议论。但他的目光收回之际,在空中与她的目光撞了一下。她突然就明白,他是明白的。看穿了他的看穿,秦陌再也无法加入兰院长精心酿就的氛围中了。她从对面乔纳身后的玻璃屏风上,隐隐地看到自己的身影。这件高领无袖衫,配绳结的绿幽灵,是不是有点随意得刻意?头发,或许披下来更好,这样两侧束起来一缕,有故作年轻的嫌疑。

就是在最寄情于青春相伴的年代,也不曾有哪一个异性让秦陌如此挑剔地打量过自己;就是在越来越沦为剩女的近几年,她也从未感觉过某一个男子是优越于自己的。事实上,越到后面,这种概率越小。一路走来,骄傲是孤独的锦上花。可今天,一个在同一个校园里从事同一种平淡职业的男人,却让她凌乱了自己。秦陌想,真的是缘分来敲门了?或者,只是命运安排让她收获一次惨淡的动心,仅此而已?

她打起精神朗声笑语,不让他们洞晓她的心情。一杯菊花茶,慢慢喝到了寡淡的苦。

乔纳微笑时,嘴角向左边稍稍咧起,露出细白的牙齿。那神情里,倏忽闪过与年龄不相称的羞怯,一种干净而单纯的迷茫。而他的双眼,始终是沉稳的,沉稳到使秦陌认定他的心是不在场的。

散场后,兰院长说,我觉得你俩挺般配的,年龄也相差不太多,他刚四十。秦老师,你自己认为怎么样?今天这见面,我发现你有点消沉哦。线我已牵了,如果是对的人,你不要错过。

秦陌感激院长的关心,但她只能说,没什么,走着看吧。

走着看,也许就走失了,看丢了。这时代,早就如卢翩翩所说,不是女人矜持的时代了。可如果他是那个对的人,他又怎么会相忘于比邻而居?他怎么会把自己藏起来等着让一个女孩发出下一步讯号?

快一个月了,秦陌上下课总是匆匆避开兰院长。她怕兰院长问,你们有约过吗?他联系你了吗?快一个月了,秦陌让自己见到了两次文学院的熟人,在他们的闲聊中她并没有捕捉到任何关于乔纳的新消息。是的,文学院的理论学习例会和教研室活动都按期进行着,院长并未外出。他们说他是一个很务实很低调的人,上任以来,并不搞花里胡哨博学校领导眼球的那一套,却一步一个脚印,正在让文学院恢复曾经的风采。

秦陌对自己说,学校马上要评估了,各学院都忙得焦头烂额的,乔纳调这儿来时间短,不熟悉情况,他肯定比其他院长都忙。他哪里顾得上别的事?

如果可以相信自己的话,该多么好。

黄昏时,秦陌慢慢踱进"青湖味道"。服务员问,请问您几位?她答,一位。服务员说,那就坐西窗边的小桌吧。秦陌跟过去,突然,她的脚步像被绊到了地上,眼睛想躲开却来不及了。

乔纳就坐在距秦陌几步的小方桌前,显然他也是刚到,服务员正在摆餐具。他是一个人。秦陌一眼发现正摆的餐具也只是一套。她想,老天有眼,怎么会这么巧?她又想,不对,不对,赶紧走到那边去,假装没认出来。这当儿,乔纳却抬头看到了她,他愣了一下,马上站起来,热情地招呼,你好啊秦老师,今晚有活动?

秦陌走近他的桌边,说,哪有什么活动?是我一个人路过这儿,就进来随便吃点什么混个晚饭呗。乔院长你有饭局?乔纳说,哪里哪里,我和你一个情况,也是来填个肚子。秦陌说,难得啊,你大院长没有饭局,一个人孤单单完成吃饭的任务。乔纳笑,秦老师,别取笑我了。既如此,你坐这儿和我一起吃吧。他起身为秦陌拉开椅子,又让服务员加餐具。秦老师,你喝什么?他的神情很认真、很自然。

秦陌暗暗平息着自己的情绪。这期盼太久的场面毫无预兆地横空出现,让她全身的神经猛地绷紧了。她觉得累。虚浮的兴奋一波一波地裹上来,她不知道自己应该有怎样的表情,才是正确的。

乔纳又问,秦老师,你喜欢什么菜?拣平时觉得可口的点,一定别客气,今天我请你。

他真诚的样子触到了秦陌心底的委屈,她负气地冲口而出,无功不受禄,我凭什么吃你请的?咱们AA制,自个儿请吧。

奇怪的是,乔纳竟对秦陌这样的口气没表现出丝毫讶异,他呵呵笑着说,秦老师怎么这么见外?一顿饭而已。其实,我最近还真是想请你们一起聚聚呢,上回你们兰院长那么热情。

秦陌回,那是你们院长之间的事。

自然聊起学校学院的有关人与事,两人共知的一些话题。乔纳的话不多不少、不紧不慢,渐渐地让秦陌放松下来。电光石火交汇从意念里走过,眼前的人疏朗的谈笑却越来越使她生出平实的熟识感。她想,或许,这邂逅,真的比任何其他的形式更适宜于她和他的第二次见面?

乔纳说,你怎么吃这么少呢,秦老师?秦陌笑,我还吃得少啊?你没见我们学院搞音乐舞蹈那帮人,一天两根黄瓜过日子呢。乔纳摇头,你别这样,饭还是要好好吃的,我看你就比咱们上回见时瘦些了。

听了这话,秦陌一下子僵住了。她不敢去搜寻他的眼睛,怕发现那里只是寒暄的无心。他的语气是亲切而随意的,可是,他为什么这么顺口就说出重重地砸在她胸口的话?她握住茶杯,嘴唇却不知是因为激动还是恼怒,一下子干得说不出话来。乔纳说,秦老师你怎么了?不高兴啊,哈哈,美女们就是**敏感**!今天你确实看起来比上次瘦些,甚至有一点点憔悴,但这绝对无损于你的美丽照人啊!秦陌回过神来,一口口喝完杯里的水,才说,哪里就不高兴了呢?谢谢你的关心啊。乔院长,你平时总这么赞美女人的吧?乔纳说,这年头,夸女人漂亮也是礼节嘛!不过,秦老师,你可是真正的气质大美女,我说你美丽照人那可是<u>一丝丝水分</u>都没有的。秦陌不再说什么,沉默像一种有意味的空气,无声无形地在他们中间流动。

分手的林荫小道上,当秦陌说乔院长谢谢你请我吃饭时,乔纳轻轻回,别客气,以后就是朋友了,有事你打招呼。

果真就成了朋友。秦陌邀请乔纳到艺术学院看过一次画展,听过一次音乐会,平时也打打电话聊几句,微信传个心情图片什么的。乔纳后来又请过秦陌吃饭,第一次是秦陌到文学院办事正好遇见他,第二次是七八个人的饭局。那天刚开始,秦陌心里禁不住想,他为什么要把我领到他的朋友圈子里?可很快她就明白,事情并没有任何变化,是她想多了。他把她介绍给一家出版社的总编,谈笑间,搞妥了她那本书稿的出版事宜。她这才想起,前几天自己为这事诉过苦。他在帮她,她说过的话他总是放在心上。秦陌想感激他,但无可名状的恨却暗暗噬咬着她的心。

他喜欢说,你有事就告诉我,朋友之间嘛。听他这样说,秦陌就觉得他离自己很近,甚至有一种依靠感。但错觉过后,她知道他离自己更远了。

卢翩翩又张罗了三次相亲,秦陌二话不说都拒绝了。卢翩翩气得直跳,秦陌好言相劝送她离开,别动了胎气啊。卢翩翩说,好,好!你欺负我自顾不暇,等我生了孩子腾出工夫,我全力以赴对付你!这天,兰院长也喊秦陌去,劈头就问,你和乔纳到底怎么样啊?我前几天开会遇见他,婉转地提起你,谁知他倒兴高采烈的,好像跟你很熟,对你很欣赏,你怎么反而一点消息都不给我?秦陌说,院长,我给你什么消息呢?你这不都已经知道了吗?我和他是很熟了,关系很好,成了朋友了。院长警觉地问,你这样的口气,什么意思?秦陌答,没意思。但两行泪,突然从她眼里涌出来。

兰院长轻轻地说,你爱上他了。秦陌沉默,找不出话反驳。兰院长问,那怎么会成这样?秦陌说,从一开始就这样,从来都是他掌控着局面。兰院长说,那你表白过吗?总得有人把意思挑明了,不能这样稀里糊涂。秦陌说,还用得着挑明吗?他用关心啊帮助啊这些东西步步为营拒绝着我,我懂的。我怕我一开口,就连朋友也没的做了,两下尴尬。兰院长重重地摇头,秦老师,你错了!你现在不是交朋友的时候,你和他能好就好,好不了就散,当断则断,一点牵扯都不能有的。虽说现在是开放年代了,但咱们是学校,你一个大龄单身女和一个离异中年男做朋友,老师、学生会有什么想法?对你将来找对象有没有影响?既然他这样,你要相信,那属于你的感情还没到,你得轻轻松松往前走。

秦陌自己买菜下厨做饭请乔纳过来。乔纳听是在秦陌家里吃,电话里犹豫了一下,但还是答应了。秦陌又审视了一遍自己的家,自己的家居装扮,一切都挑不出毛病了。准备的菜品是观察乔纳的喜好精心选择的。喝法国红葡萄酒的玻璃杯,昨天才专程从那家店买来。在她一遍一遍的擦拭中,它们晶莹剔透,流转着不可把握的脱俗之美。这样的工艺品,真的可以成为一个女子斟日常心情的生活容器吗?

乔纳说,秦陌,你不知道你自己有多好,多美,尤其是今天。

这话是突然说出的。这时候,秦陌刚刷完碗,解下围裙。她一脚刚跨出厨房门,另一脚就被这利剑一样的话钉到了原地。她倚在门框上闭上眼,酸涩直逼上来。她慢慢开口,乔院长,你这是礼节性的赞美,还是文明的调情?

乔纳笑了,丫头,最近你的嘴刁得很嘛!等秦陌走过来坐到他对面,他认真地说,秦老师,我是赞美,但不是礼节性的,而是发自肺腑。我一直在想,将来谁有福气一直享受这么一位美女亲手做的晚餐呢?

秦陌决意不再逃避,这次她硬硬地接口,你不是已经在享受了吗?如果你愿意,可以一直。

乔纳脸上连一丝的意想不到都没有掠过,他端起酒杯轻啜了一口,平静地回答,秦陌,我知道你的好意,可我不是,我不是那个有福之人。

就是这样。还是这样。永远是他四两拨千斤地掌控着局面,把握着情势。他料到了今天她请他来家里的孤注一掷,便主动把话题引到了这个方向,以作了断。就连节奏、气氛,就连一切微妙的分寸,都在他的捻指之间。

秦陌,你是一个特别好的女孩。可我在见到你之前,心里就有了一个人。

一个推心置腹的夜晚,她和他这才成了真正的朋友。她看到了他豁朗外表下的孤独、惶惑,那些因爱而生的卑微、忐忑,那些相思难眠的万千煎熬。所有她经历过的,他也一样样地品尝过,而且在看不见的暗处,伤得更深。她这才真正地爱上了他,因为他绝望而执拗的爱。他们是多么相像的两个人啊,他们总是爱上自己的梦想,而且不愿放手,但他们不是那种长着翅膀的人,他们自觉地臣服于一切现实,得失进退都做不到不计较。

好,好!乔纳,你就一辈子爱一幅画吧!她不再叫他乔院长,她直呼其名,把一杯酒灌进了他的嘴里。她拍着他的肩膀,像在嘲笑一个哥们儿,又像在安慰一个孩子。她在他面前,第一次收获到一种彻底的身心自由,像风吹过,晒场上空空的。

乔纳说,我离过婚,离婚之前七八年其实也是一个人。我碰到过一些事,并不是经历单纯的人。我一直以为自己的心,早老了。可我遇到了她,才发现自己还能像从未涉足爱河的人一样爱她。

秦陌看着他,他的话一句一句,都好像扎到了她胸口,落地即成荆棘,又好像羽毛轻拂过面颊,像眠歌晃晃悠悠天长地久。今夜最初感受到的那种锥心的痛,慢慢地变得恍惚、漂浮。她看见自己像一只猫咪,蜷伏在他的笼罩中。她只是沉湎于有他在身边的感觉。她想,我这是怎么了?醉了?她想,如果,也许,今夜他不走了,今夜他走不了了,明天的他,还能像从未涉足爱河的人一样踟蹰在另一个女人走过的路上吗?

但乔纳突然就站起来。乔纳抬起手腕看了下表,说,不早了,你休息吧。秦陌斜在沙发上,眼神迷离地问,你要走?乔纳说,我走了。今晚跟你说了这么多,心里舒服不少。秦陌,谢谢你。不过,你要记得为我严守秘密哦。你知道,一个年过四十的男人跌到这种遭遇中,不是悲剧,而是笑话。

门哐的一声,锁住了骤然冷却下来的夜。秦陌慢慢走过屋子的每个角落,巨大的虚空填满每个角落,几个小时前,她曾怀着那样的心情,细细地擦拭它们。虽然,她早已预知事情的结果,但就是在几小时前,她也不曾放弃过改变它的走向。她以为生活里埋藏着最大的可能和惊喜。但答案,还是这么快就来了。

一个画似的女人。一个画似的女人。秦陌喃喃着这句话,又拿起酒杯。

手机铃声响起,卢翩翩打来的。秦陌摁掉,又响,她烦得开口就喊,你干吗?这么晚打视频干什么?卢翩翩似乎被她吓住了,一贯的大嗓门变成了弱弱的撒娇,姐姐,你这么凶我干什么?你不能对我这样子的,人家是怀孕妇女!秦陌一听"怀孕妇女"四个字,扑哧乐了。她说,对啊,你是怀孕妇女,该早点休息才是,这么晚你还打扰我,不应该啊。卢翩翩还在那头装可怜,人家想睡睡不着嘛,知道吗?都是因为你!你最近神神秘秘的,肯定有啥事瞒着我,你要是再这样,不让我知道你发生了什么,我会得产前抑郁症的!

秦陌哈哈大笑,纷乱的头发披垂到了脸上,她伸手拂发,却摸到了满手的泪。她说,好吧,如果你老公允许,你这会儿过来陪我喝酒吧。当然,你不能喝。

欧买嘎(我的天)!卢翩翩原形毕露,一声惊呼刺破了秦陌满屋的清寂。秦陌,你在喝酒?你一个人在喝酒?

五

和秦陌的这段插曲使乔纳更清楚地认识到了自己对魏锦素的感情,他决心不再逃避失败,不再怕被拒绝,不再怕遭人耻笑。他后悔自己已浪费了太多时间。和一份值得追求的人生相比,他可笑的男性自尊算得了什么?

他放弃先前的水果计划,他空着手就去敲她的门。但她不在。星期六她也去实验室了?他转头直奔理工学院。太巧了,六楼电梯口,他迎面撞上了她和三个小伙子边说边走。乔纳喊,你好,魏教授！魏锦素站定,微笑作答,乔院长好！然后她扭头看了看空空的走廊,说,乔院长你来找谁啊？今天我们程院长不上班的。评估结束了,周末再不用加班了。

她永远这么轻声细语,乔纳听着她的声音如沐春风,但胸口某个地方却开始一丝丝地抽紧着,生疼。乔纳知道自己紧张,便极力平缓着声息,魏教授,我是来找你的。

哦,你找我？魏锦素的眉毛轻轻一挑。她看了一眼乔纳,略一沉吟,对那三个小伙子说,那你们先走吧。记得周末也放松一下,别太紧张。他们走了,她对乔纳说,我的三个博士生,挺不错的。乔纳答,看得出来,名师出高徒嘛。她说,那乔院长你找我有什么事？我们到办公室去谈吧。乔纳说,没什么事,不用去办公室。我是来请你吃饭的,咱们下楼吧。

请我吃饭？魏锦素眼里的笑意黯淡下来,她说,乔院长,你不知道我不太适应应酬的场合,吃饭这种事向来不怎么参加的,很抱歉啊！乔纳坚定地直视着她,说,魏教授,今天没有应酬,没有场合,就是吃饭。我请你,就我们两个人去吃饭。

为什么呀？魏锦素一脸的困惑,你为什么请我吃饭？乔纳答,因为今天是星期六,昨天又刚好发工资。他很想为自己的话笑一下,但脸上做不出幽默的表情。他的心开始怦怦地跳起来,勇气和热望在瞬间退潮,一个声音像呼呼生风的耳光左右打击着他:她一定会拒绝,她一定会拒绝！乔纳,看你现在怎么有脸从她身边逃走！

但他听到了她的回答,那我们去吃什么呢?他定下神来,确信自己听到了这句话,是的,她是说了,那我们去吃什么呢?幸福像一场太阳雨,哗地浇透了他,他的心一个趔趄,好半天扶不起来。他痴痴地站着,忘了回答她的问题。哈哈,去吃什么是问题吗?能成为问题吗?可他的女神站在他面前,一脸困惑地等着他,好像这才是顶重要顶重要的一个环节。天哪,她知道自己有多么可爱吗?

乔纳摁住心脏甜蜜的绞痛,认真地回答,你想吃什么就吃什么。百分之百由你决定。魏锦素听这话,低下头又抬起头,她抿着嘴唇慢慢转动着她黑葡萄似的眸子,脸上浮出了羞赧的神情,她几乎是怯怯地对他说,吃烧烤,可以吗?

乔纳大声回答,当然可以!他一步跨进电梯,不再看她的眼睛。逼仄的空间压迫得他喘不过气来。他几乎想哭。他恨自己不能就这样牵住她的手。她分明就是一个小女人,她分明就是一个小女孩,可为什么他不能不管不顾地去抓住她的手?他为什么偏偏要知道她的另一面?为什么偏偏耿耿于她的另一面?

他问魏锦素,你知道好的烧烤店吗?魏锦素又是不好意思地一笑,我从来没吃过烧烤,可我常听学生说他们吃,我感觉肯定好吃,所以也想尝一下。乔纳想象魏锦素在学生面前一脸端肃但心里暗暗馋着烧烤的样子,也笑了。学生吃烧烤的地方,他当然是知道的,学校周边到处都是。可他不能带她去那些地方吧。他在手机上迅速地搜寻了一下,敲定了一家市里的大烧烤店。两人走到停车处,他问,魏教授你需要去换一下衣服吗?魏锦素低头扫了一眼自己,说,也好,我去换一下,麻烦你等等。

乔纳从背后望着她。如果她的前面是蓝色的大海而不是灰色的楼群,如果她赤足而不是穿着一双细巧的高跟鞋,如果有风掠过她黑密的长发,让绿色连衣裙的下摆轻轻扬起,那么,她窈窕的背影便是一幅风景画。可是,为什么他每每面对她都会有这样的联想?为什么她总是让他的思绪飘到那些清穆而辽远的事物上去,那些适宜远眺、须仰视才见的美好?如果秦陌那晚的花围裙系在魏锦素身上,该是怎样的一种风情?

但眼里突地跳进来又一个魏锦素。她换上了白衬衫、牛仔裤、帆布平底鞋,披肩的头发辫成了一根粗粗的麻花辫。她像棵清新、挺拔的白桦树立在乔纳面前。他想,她怎么可能已经三十七岁?怎么可能?

烧烤店果然热火朝天,魏锦素的眼里装满了扑闪闪的好奇。她点了素的,又点了荤的,山呼海啸地堆在面前。她吃得恣肆烂漫。原来,她不是那种胃口细细的女人。乔纳见过太多那样的女人了。喜悦一浪一浪托举着他,他看着她,像看着人间至宝。她说,你怎么光看我吃,自己不吃?他说,烧烤是年轻人的美味,尤其是女孩,我这上了年纪的人,不是太敢吃,怕不消化。他这样说是想制造点话题,但魏锦素却认真地点点头,哦!那我先吃,吃完了去请你吃点别的。她可真是个赤子啊,乔纳反倒被逗笑了,你下周再请我吃别的吧,今天我就老夫聊发少年狂,陪你"烧烤"到底。

回家的路上,魏锦素说,谢谢你,乔院长,烧烤真的很好吃。乔纳让自己正视着她的眼睛,说,你能不能不叫我院长,直接叫我乔纳?魏锦素轻轻答,叫什么都是个称谓而已。你不也一直叫我魏教授吗？乔纳听这话，一下愣住了。是啊，他一直叫她魏教授。即使今天，她一直像邻家小妹在他的身边，但他还是叫着她魏教授。

魏锦素，锦素，锦素，这个名字，乔纳天天在心里默念的名字，当着她的面，却原来是他怎么也唤不出口的。

第二个周末，乔纳迫不及待地去请魏锦素，却遍寻不得。家、实验室，都紧锁着门，手机关机。周六、周日都这样。熬到了周一，还是打不通她的电话。没办法，他只好找到了理工学院办公室。院办主任告诉他，魏锦素去美国了，两个月。

她去国外了，她竟然一句都不跟他提起。她要离开两个月，走时也不和他打个招呼。乔纳悻悻地想。可她为什么要和他打招呼？就因为他请她吃过一次烧烤？

失落像暮色中青湖寂寞的涟漪，一圈，一圈，弥散不绝。两个月，等她归来，一个学期又快到尾声了。这么多蹉跎的日夜。

终于，两个月过去了。两个月来，乔纳用工作耗费着日益焦渴的思念。好在工作无边无际的烦琐，教学、科研、行政事务，没有一样是可以让人身心放松的。他觉得自己必须休整精神，才能迎接和魏锦素的重逢。他的心情比第一次约请她吃饭时更兴奋、忐忑。

但理工学院的程院长在乔纳见魏锦素之前先见了乔纳。程院长打电话请他过去，说必须当面谈。程院长见乔纳的第一句话是，乔院长，若是任何其他事，肯定是我去拜访你，哪敢劳你跑我这边来？但今天这事，关系到我们魏锦素老师，我想你还是给我一个解释为好。

关系到魏锦素老师？什么事？乔纳的心一下被抽紧了。

程院长面色凝重，语气愤怒，他说魏锦素前天回国，连个时差都没倒，昨天就来学院上班，谁知下午来了个大肚子孕妇来找她，出言不逊，开口伤人。今天整天都没见魏教授来上班，电话也关机，肯定是昨天被气倒了。

乔纳一听气得直吼，哪里来的泼妇？她凭什么来伤害魏教授？

程院长说，这正是我找你来的原因。那孕妇一来就自报家门，她可不是街头随便一泼妇，而是咱们的同事，艺术学院音乐系讲师卢翩翩。她之所以来者不善大闹魏教授，是因为乔院长你的私事。但现在，私事既然闹到了办公室，也就成了公事，你只好谈开。

乔纳的心咚地沉下去。他不认识卢翩翩，但从秦陌那里听到过这个名字。

那卢翩翩气焰了得，她一上来就指着魏教授的鼻子说，我都给你打过 N 遍电话了，可你们院办那破主任不是说你不在，就是说你在忙。你忙得接不了电话，可我既然来了，接见一下总可以吧？魏教授很吃惊，说，我们不认识，我不知道你给我打过电话，你找我什么事，怎么说话用这样的口气？卢翩翩说，你还想要我用什么口气？我是来问你的，上帝给了你美貌、气质、天才、荣誉，你为什么还要抢夺我们普通女人的爱情？魏教授蒙在那儿，好半天才问，我抢夺谁的爱情了？卢翩翩掷地有声地回答，我的朋友秦陌的爱情啊！她爱乔纳，你为什么去抢乔纳？

胡说！乔纳腾地站起来，程院长，你为什么不把那个女人赶出去，听任她在魏教授面前胡说？

程院长说，当时魏教授正在和我们谈此次美国之行的一些情况,卢翩翩横冲直撞就进来了,刚开始我也劝她走,谁知越劝她越来劲儿,人家是孕妇,我们哪敢拉一下碰一下?我只好赶紧把其他人赶走,自己守在门口,怕有人靠近听到。实际上,只要过道里有人,谁听不见那大嗓门?她骂魏教授说,都说你是女神,我看你是女巫!我卢翩翩最提倡公平竞争,我来找你不是求你把乔纳让给秦陌,而是警告你,你要爱就爱,不爱就撒手,别占着茅坑不拉屎!嘿,那卢翩翩,看着模样也不错,还是搞艺术当老师的,说话简直太粗俗了。

恶劣至极!乔纳一拳砸在桌子上。要是他在场,他不管她是什么妇,他要一巴掌打飞那张胡说八道的嘴。

她还说什么画之类的,她说,魏锦素你既然是一幅画,你就该让人钉到墙上去,那才是你待的地儿,你干吗还凡心不死,要在男人面前晃来晃去?

乔纳颓然,无语。程院长说,乔院长,我不知道你的个人生活状况,也不认识那个秦陌,你们之间的感情纠葛按说和工作一点关系也没有,可卢翩翩打到了我们学院,打到了魏教授头上。魏教授多年来没有传出过一丝一毫的绯闻,大家对她高山仰止。兄弟,我说句不好听的话,要是因为你,现在有人要搞臭魏教授,要是我不能妥善平息让这事扩大影响,咱俩这小小的头衔可也就丢了哦!你想想,在学校领导眼里,你我这两个院长加起来,有魏教授的分量重吗?咱俩今儿被撤了,明天就有人替,魏教授要是走了,学校找谁替她?

现在的人不管什么场合动不动拿手机一拍,给抖搂到网上去,什么微博、抖音的,根本就没有瞒得住的事儿!昨天魏教授被扰的事要是被别有用心的人拍下来录下来,那是个啥情况?所以,从一开始,我就想到了这层。程院长说,乔院长啊,虽说现在是开放多元社会,个人空间受保护尊重,可你也不是年轻人了,你应该知道像咱们这种人,又有多少个人空间呢?

乔纳站起来,程院长,谢谢你保护魏教授,谢谢你批评我!我一时半会儿没法对你解释这突发事件。但我可以保证,我这里并没有什么三个人的感情纠葛,我和秦陌只是认识而已,谈不到其他。至于魏教授,我在一心一意地追求她,但我不知道该怎么走进她的心。我向你坦白这些,是因为这不是绯闻,而是我一生中最重要的事。它比你刚才提到的院长的头衔要重要得多,我希望今后能得到你的支持和帮助。

程院长看着乔纳,是惊讶、艳羡、嫉妒而又深深同情的目光。

走出门时,乔纳又回头问了一句,魏教授她就听任卢翮翮胡扯,没还一句嘴?程院长说,魏教授听到你和秦陌的名字后,只是静静地听着,一语不发。最后她把卢翮翮送出门,这才说了句,你有孕在身,不该生这么大气的。你以为你在帮你的朋友,但这是所有愚蠢的方法中最愚蠢的一个。她还说,转告你的朋友,没有人抢她的人、抢她的感情。如果是她的,谁也抢不走。

那个卢翮翮来的时候就好像端着一挺机关枪,走的时候还不是灰溜溜的!她被魏教授镇住了。哼,她也不想想,魏教授是什么人,什么世面没见过?

乔纳在校园里疯狂地走,从青湖走到北门,又走回文学院,又走向专家楼。他终于还是拨通了秦陌的电话。他说,秦老师,我不能接受你对我做这样的事情。我在这个学校里没有什么朋友,我以为你是我的朋友。但你却明明白白对我做出这样的事情,我是该佩服你深藏不露的破坏心,还是嘲笑自己中年无知看错了人?

秦陌急急的声音,乔院长,我也是刚知道,卢翩翩打电话吹牛,说她把魏锦素搞定了,我才知道发生了什么。乔院长,我毫不知情,这里面绝对没有我的意思,请你相信我。

乔纳按捺不住喷涌的愤怒和失望,秦老师,你怎么能说卢翩翩吹牛呢?她是把魏锦素搞定了!魏锦素什么人?在生活中,她不过就是个天真的女孩,她能敌得住你和卢翩翩一个在背后运筹帷幄,一个在前方冲锋陷阵?别说魏锦素,你们也把我给搞定了,我一无所获,身败名裂。秦老师,你可以放心了。

秦陌沉默,久久地沉默。乔纳挂断电话,坐在路边的木椅上。他想到接下来他该去找魏锦素了,巨大的歉疚再一次堵住了他的胸口。但他又想,这样也好,那个卢翩翩把水搅浑的同时,也算把他的心事挑明给了魏锦素,这样,他去面对也许就没那么困难了。

秦陌的电话又打过来。秦陌说,乔院长,我觉得还是有必要向你解释一下,虽然你我不会再做朋友了,但我不愿你对我有那么大的误会。魏锦素是你的心上人,也是我仰慕的学者,我以生命起誓,我绝对不会策划、怂恿什么人去骚扰她。我连那样的念头都不会有。卢翩翩的行为与我无关。而且,得知这事后,我已彻底与她断交。

那么,你告诉我,卢翩翩是怎么知道魏锦素的?乔纳问,这事除了我自己,这世上只有秦陌你一个人知道。那些话,我说给你的最隐秘的感受,什么她像一幅画之类的,卢翩翩喊得尽人皆知了,我现在就像被人剥光了衣服扔在大街上!

乔纳!秦陌突然喊出他的名字,声音一下哽咽了,对不起,对不起,是我的错!那天晚上,我喝多了,我实在撑不住,叫卢翩翩来陪,我喝多了,乔纳!

六

魏锦素的家比想象中的更大,更整洁,更丰富。满坑满谷的植物花草就不用说了,整整四面墙的一望无际的书不用说了,那大多是些乔纳看上去天书一般的中文和外文原版的自然科学专业书,也有哲学、文学、美学,甚至漫画。最吸引乔纳的是墙上的物件,几幅字画,泼墨之间,云水扑面,显然出自名家之手。一面非洲鼓,不用弹拨单是挂在那儿,就流泻着一种来自大漠、来自热带雨林、来自星夜篝火的动感音符。客厅正中,是一幅巨大的唐卡。乔纳站在画前,顷刻间被一种无言的大美所震撼。他再也挪不开步子,所有的思绪纷纷坠落。

乔院长,你来坐沙发上吧,咖啡煮好了。魏锦素从厨房里端着托盘出来,这次出去新买的咖啡,刚好让你尝尝我的手艺。她温言细语,似乎没发生过任何不愉快的事。从乔纳叩开她的门,她的眼里一直都是真诚而轻松的笑意。

乔纳端起咖啡,果然香醇可口。他说,好,好喝。魏锦素这才坐到了他的对面。她没系围裙,但开襟的花毛衫散发着宁静怡人的家居气息。她气色不错,乌亮的头发蓬松地束在红色发圈里,使白净的脸更显玲珑的弧度。她的半侧的身影有着黑白摄影的美。乔纳想,她究竟还是比两个月前瘦了一些,下巴变尖,脖子似乎更细更长了。

音乐一直流淌着。好像是在遥远的地方,又好像是在她和他中间,代为传递着一种心声,细密的低诉,幽泣的慢板,欲说还休的循环往复,渐渐悲亢的高音。看乔纳注意着音乐飘出的方向,魏锦素轻轻说,萨克斯曲,过去的CD唱片。

乔纳开口,魏教授,我首先必须向你道歉,卢翩翩找你的事不管怎么说是因我而起,是我言语不慎造成的。我恳请你原谅!卢翩翩是个不可理喻的人,没人会信她的话,你千万别因为她的胡说八道而影响自己的情绪和工作。

魏锦素对着他摇头微笑,乔院长,你言重了,没有的事。我今天没去学院,只是因为家里需要彻底打扫。两个月不在家,玻璃要擦,窗帘要换,所有的花盆都得清理。我整整干了一天,脖子都酸了。至于卢翩翩,我倒是觉得她是个快人快语的大孩子,谈不上什么不可理喻。她都快要生孩子了,还么么为朋友操心,挺难得的。

乔纳说,她是为朋友操心,可她操错了心、用错了力。魏教授,你听我解释,她说的秦陌也是艺术学院的,我们只是普通朋友,我们之间绝对没有任何事情。有一次她问起我的感情状况,我告诉她我喜欢你,但不敢向你表白。就这些话。谁知她又告诉了卢翩翩。事情就这么简单。既然卢翩翩对你那么说,那么,也许秦陌对我也有点心思吧,可在我这里,她只是一个一般朋友。而且,因为卢翩翩对你的骚扰,我们连一般朋友也不能维持了。

魏锦素低头喝着咖啡,慢慢地,一口,一口。乔纳深吸一口气,让自己继续说下去,魏教授,坏事也能变好事,我倒是应该感激卢翩翩呢,要不是她去搞破坏,我真不知道什么时候才能对你说出这些。我喜欢你,虽然我明知道自己配不上你,虽然我因为深知自己配不上你而从来不敢说出来,但感情还是日日夜夜地生长着,在我心里。魏教授,从我一年前见到你,我就知道,余生,除了你,我不会再需要别的。

魏锦素还是慢慢地抿着咖啡,好像那咖啡怎么也喝不完似的。乔纳吐露了长年郁结的心事,顿感释然。他端起杯子,一口喝完了。

魏锦素起身,从厨房端来咖啡壶,为他续上。四目相对,乔纳感觉自己的脸又一次地红了。他说,也许,在我这个年龄,已不适合产生这样浓烈的情感,不适合追求自己配不上的女子。可我没办法约束自己的心。

你不要总说配上配不上,好吗?魏锦素细声指责。她终于开口了,乔院长,你我虽生活在俗世,但并不是所有的事情都可以用大家以为的那种外在标准去考量的。我知道,你是一个很好的人,这就足够了,说什么配上配不上的话?

那……?乔纳兴奋地从沙发上站起来,你肯给我机会吗?你愿意接受我吗?虽然你不是俗人,但我还得承认自己的平庸,或许,我不能为你今天的生活增加什么,但我可以保证绝不会让你因为我而减少什么。你照样可以心无旁骛地工作、学习,我无条件地支持你干事业,擦玻璃、换花盆等打扫卫生这样的事永远不用你亲自动手,还有,我热爱做饭,我厨艺不错的,真的。知道吗？你去美国这两个月,我学会在家里做烧烤了。

乔纳！魏锦素轻轻喊他的名字。第一次,他听到自己的名字从她的双唇间唤出,第一次,他感觉自己的名字是世界上最珍贵的两个音节。他的泪下来了。乔纳,魏锦素又叫了一声,她杏花春雨般的声音里也有了微微的颤抖。她说,我很感动,我真的特别感激你给予我的这份感情,这比任何的肯定赞美都宝贵……可是,我不能接受你的感情。所以,请求原谅的应该是我,而不是你,对不起,乔纳。

为什么？乔纳问,你还是嫌我,嫌我有过婚史？或者,卢翩翩这么一闹,你真的以为我和那个秦陌有点什么？要不就是、就是你的心里有人,魏教授？好像有碎玻璃在扎着嗓子,他突然间哑了声音。

不是,不是你说的这些原因。魏锦素起身绕到乔纳这边,她伸手轻轻拉他坐。当她的手触到他时,他想不顾一切地把她紧紧搂抱在怀里,想大声地喊我不放弃,但他只是乖乖地听任她的安排,坐回到他应该坐的位置上。

没有这些原因,真的。事实上若是这样,反倒是可以解决的。魏锦素说,我的问题是我已经不能尝试开始另一种生活了,这才是最根本的。乔纳,我坦白地告诉你,这段时间,其实我想起过你。我也是一个女人,我也渴望拥有完整的生活。我问自己,我能改变吗？今天的我,还来得及改变吗？显然,答案是否定的……

你不去改变,你怎么就知道不能改变?乔纳打断了魏锦素。但她的眼睛那么平静地注视着他,他知道就连自己的激动也是无力的。

年轻的时候,以为生活真像歌里唱的那样,是七彩的,以为只要自己愿意,只要去追求,没有什么是不可以得到的。是的,人生确实有多种形态,但一路走来,越到后来越懂得,你能拥有的永远只是极小极少的你能抓住的一部分。而且,为了这一部分,你必得以舍弃你生命中另一些宝贵的东西为代价。乔纳,你我都懂得人生的欺骗性,它貌似给了我们很多的选择。其实,我们无从选择,没有选择。

所以,我知道,有一些事,尽管无比美好,但与我无关了。魏锦素说。

乔纳一动不动,僵直着坐在魏锦素宽大舒适的布艺沙发上。他好像没听见她的话,没听懂她的话,但他的整个脑海里回荡着她的话,她柔声地吐出的那个坚硬的词——无关。是的,这个女子,与他无关了。从此以后,这样的眼神,这样的笑容,这样的声音,都与他无关了。生命中因为有了她才有的这一段不可复制的好时光,终将与他无关了。

魏锦素起身,踱到阳台的花丛中。乔院长,她喊,细软的声音恢复了一贯的亲切和欢悦,你过来看看我的花儿吧,这两天,这么多花儿都一起开了。乔纳朝着她的方向望去,他只看见一大片模糊的缤纷。他还是坐在沙发上不动。魏锦素说,记得你养了棵幸福树呢,长得还好吧?乔院长,你看我这里刚好也有一盆。我想好了,日后你结婚大喜时,我就把我这盆送给你做贺礼,那你的新房里就有一对幸福树了,多好!

谢谢你,魏教授!你送给我的幸福已够我消受了,哪里还用得着再送幸福树锦上添花?乔纳凄然冷笑。

魏锦素把目光从花树上收回来,她的眼神抚过他,像薄荷一般清凉。乔院长,你会有真正属于自己的幸福的,请相信时间。她说。

乔纳再也说不出什么,他只是望着魏锦素。她像一幅画,镶进了他刺痛的双目中。

七

秦陌从校园网上看到了理工学院的一则通知,专业知识普及系列讲座之一——"中国核武器研制的艰辛历程与辉煌成就",主讲人魏锦素。秦陌突然生发了好奇,她从没有了解过此类知识,也没有接触过从事这种学科领域的人。魏锦素的照片,从网上许多次地搜索、浏览,但本人从没碰到过。同在一个校园,她竟然从没见过魏锦素。

既然今天并没有更要紧的事要做,为什么不去听这个讲座呢?秦陌对自己说,接受点新知识新信息,有什么不好?

她细细地打扮了自己,便出了门。时间还早,她绕开了人流拥挤的大路。青湖的水比前几日更碧透了,南岸的林荫道上,一排银杏像金黄色的云霞晕染在高远的天空下,玉兰树阔大的落叶一片两片地拂过她的发鬓。这么快,又是一年秋凉了,若有还无的暖意从裹在身上的薄羊绒长披肩里焐着她。

突然,噼里啪啦的鞭炮声在左手的方向密集地爆响,一阵又一阵清楚地传到秦陌孑孑而行的路上。秦陌加快了步子,她不用扭头张望那不远处的热闹,也知道一场喜宴隆重开场了。上周就听兰院长说,文学院办公室主任送来了乔纳的婚礼请柬。看来秦陌这事从头到尾很是挫败了兰院长的做媒热情,她有点心灰意冷的样子。姻缘天定,没办法撮合啊！她说,你看乔院长,他找这新娘,虽说比秦陌更年轻,听说也是个过日子的能干女人,但终究没有秦陌漂亮,有风度,也不是文化圈的人,但人家不声不响就走到结婚这一步了。

秦陌记住了兰院长随口提起的乔纳婚礼的日期和地点,就在今天,就在"青湖味道"。

沦为朋友

一

刚开始时,小保安显得很慌乱,很惊诧,他不假思索就拒绝了,语气中充满了警惕,为什么你平白无故送我手机?我又不认识你,为什么要接受你的东西?不要!真的,不能要!

看着年轻小伙子涨红的面孔,梅沁这才觉出自己的行为着实有点荒唐。是啊,你梅沁在今天发了疯,可旁人没理由陪你一起疯,一个陌生人急吼吼地跑来,莫名其妙要送你东西,你敢要吗?谁敢认定那不是陷阱,不是城市角落里天天都在上演的形形色色的欺诈中的一种?想到这儿,她对着他笑了,不好意思,我太莽撞了,但你不要误会,我不是坏人,我这手机肯定不是偷来抢来的,偷来抢来的我送你干什么?你放心,我这手机是用自己的人民币堂堂正正从商城买来的。

你买来的新手机逮谁送谁,你脑子进水了,还是钱多烧得慌啊?小保安退后一步,还是不肯接梅沁递过去的纸袋。

梅沁不理会他的奚落,她低头从纸袋里掏出包装完整的纸盒,你看,小伙子,数据线啊、耳机什么的都在这儿,最新款上市的三星,差几块钱就四千元了。你到底要不要?发票在我钱包里,要不也拿出来给你看看？

不用,不用！小伙子连连摆手,他脸上的警觉慢慢被一种按捺不住的兴奋代替了。不用看,我知道的,我们头儿这几天刚换了新手机,就是这款,没错！今儿早上他还在这儿显摆呢。

可是,到底为什么,你买了这么贵的手机,却随便送人？好一会儿,小保安把目光从手机盒上挪到了梅沁脸上,他已经对这飞来的礼物掩藏不住地表现出了动心。

梅沁淡淡地回答,不为什么,就是买了又用不着了。

小保安这次接过纸盒,看着包装盒上的手机图样,他突然做出恍然大悟的表情,哦,我知道了,这是一个男用手机,是买给你男朋友的,但是刚才和他吵架了,所以赌气想把东西送给别人,是不是？哈,我猜得肯定没错！

梅沁不愿再纠缠下去,她说,就这样了,送给你吧,我走了。

你先别走。保安急急挡住了她,压低了声音说,可我怎么能随便收人这么贵重的东西呢？我们做保安是有纪律的。他嘟哝着,眼睛朝四周扫去。大厅里一堆人坐在沙发上聊天,有个男人很大声地打电话,旋转门里又进来几个客人,迎宾小姐对他们每一个人鞠躬,说谢谢光临！服务台那边,两三个穿着酒店制服的漂亮姑娘在接待顾客。一切热闹而井然,并没有人留意到电梯口的他们。你放心,没有人注意你,不会有人知道的。梅沁说。

那,那我就拿上。小保安把纸袋轻轻放在脚边,一根手指头不松开袋子的绳带。我先拿上,你要是后悔了,和男朋友和好了,随时过来取,我还给你。小保安的脸上,终于绽开了轻松而真诚的笑。

小伙子,你当保安的,眼神应该再好使一点才是,什么男朋友,你看我都什么年纪的人了。梅沁最后看了一眼那纸袋,那纸袋现在拎在另一个人的手指上。她如释重负,但心脏的某一块随之剧烈地痉挛起来。为了掩饰突如其来的疼痛,她为自己的话笑起来。然后,她冲他点点头,转身离去。

风裹着外面世界所有的坚硬和冰冷,哗地一下迎面就漫过了她。十一月的北风,在这个无疾而终的悲情中适时而至,让梅沁在一瞬间就寒到了骨头里。她站在这样的风里,呆望着眼前车水马龙的大路,一时不知道自己去哪里。

等等!随着喊声,从酒店门里冲出来那个小伙子。

你还有什么事吗?梅沁现在再也挤不出笑容给别人了,她太累了。

我想问最后一个问题,那手机如果你不想要,随便给街上什么人不行啊,偏偏打车跑这儿来送我,你来时我看见的,我还以为你是要住宿的客人呢,你为什么要送给我?小伙子站在梅沁面前,巴巴地等着她的回答。

为什么给你?梅沁看着小伙子满脸的疑问,不知如何回答。她喃喃自语,为什么送给你?是啊,为什么送给他?为什么在那一刻,想也没想就坐出租车奔这儿来,想也没想就只管把手中这用一个月的盼望换来的东西撂到这儿才心安?

越过小伙子的肩,梅沁呆呆地望向他身后的酒店。跻身在鳞次栉比的高楼大厦中,无论是从楼身的设计还是从气派的程度,这都只是一座普通的三星级宾馆。十八层的顶楼上,"山丹花酒店"五个烫金大红招牌字在晦暗的天空下,闪着并不显赫的光芒。

然而,梅沁知道,在夜幕下,在那个只属于她的夜幕下,这个平常的酒店大楼会闪耀出怎样炫目的霓虹。那样的璀璨耀眼,是燃亮了整整一条江的,是站在对岸隔着一条大河,隔着J市最炫耀的火树银花就最先跳进你眼帘的不夜天。

曾经,它的光芒是怎样地照亮了她。

曾经,在它的光亮中,他对她说,梅沁你记着,从此以后我们痛痒相关,你好,我才能好。

可是,今天——他们怎么就走到今天这个地步?为什么所有的结局,总对不起事情的开头?

人生若只如初见,该多好。

二

于怀杨一到J市,就很后悔这次来这儿。他想见梅沁,又怕见她。他觉得梅沁没法明白现在的他,他的生活,他的心情。这半年来,因为梅沁,他越发地感受着一种中年的沧桑。是的,他现在确实是感觉到自己一天比一天老了。他做不到像她那样狂烈,那样不顾一切,那样伤自己——这多少年打拼出来的自己,他伤不起。他知道他其实也只是一个红尘俗子。他清楚,世间大多数的激情邂逅,最终必得走进俗套的男女故事才算修成正果,而一旦冲破了发乎情,止乎礼,剩下的就只有走下坡路了。一份永远不离不弃的关系,远离伤害的关系,从根本上说是虚妄的,不存在的。

然而,梅沁不愿意懂得这些。她是一个受伤的孩子,她要的是整个世界,是生命中所有的亏欠。他担当不起她。他在知道了她所有的过往后,内心里更加疼惜她。是的,他从不后悔和梅沁的相识。多少年了,他以为自己的心就像亘古的岩石,没有怎样的柔情可以将它击伤。但命运安排了梅沁,于是他看到从自己密不透风的坚硬处开始细细地渗出了一线缝隙,其实他也是多么怜爱这一线缝隙啊。但问题是,梅沁她为什么就不懂得,他能给她的只是一线温情的缝隙?而一线缝隙,又怎么可以蔓延成人生的全部重量?

现在是上午十点,会议厅里,接着刚才那个教授的发言,又有一个博士在慷慨陈词,一个言语铿锵、面容枯黯的女博士。如此难看又冗长的小说,她竟然说她前后读了五遍。真的假的?于怀杨一听这话,便对来自自己老家的这个女人起了烦厌之心,不想再听她的高见了。他扭头看窗外,窗外是熟悉的北国风光,萧索、干硬、冷峻,但又清亮、明澈、舒爽,没有南方的晦暗,那种渗到人骨头缝里让人全身不得劲儿的黏湿和阴冷。隔着花园甬道,对面的门厅上挂着和他们这边一样的大红条幅,上书"欢迎参加××会议的专家学者"。唉,又是会议,该又是一大群莫名其妙的专家学者在那里坐而论道吧!他厌倦的目光落到花园时,不觉心头一喜。已到初冬时节,花园里万木凋敝,只有白的、黄的、红的菊花蓬蓬勃勃地开着,那么浓艳又那么干净的一丛丛颜色,吸引着路过的人们情不自禁的目光。尤其是那一丛红的,简直就像一片烈烈的火,从所有的百媚千娇中跳脱而出,压住了整个环境的萧索。

这时,出现了一阵奇异的第六感,于怀杨觉得梅沁从后面看着他。他假装不知,但是那看不见的目光盯得他浑身不自在,他坚持不住回了一下头,只一下,便撞上了她的眼神。她的眼神里,是让他心痛酸楚但又令他害怕的那种灼人的光芒。

他赶紧回过头,但他无法从心里抹去她的眼神。他想着她的样子。她还是那个梅沁。刚才会间休息时,她和许多人打着招呼,他能看出那些人对她的喜爱。男人们不掩饰的兴奋,女人们压抑着的些许嫉妒。梅沁是习惯了这些的,她还和一年前那次开会时一样,大方得体地和许多人谈笑着,朗朗的笑声感染着身边的每一个人。于怀杨从另一堆人群里看着她,心想,她并没有像他想象中的那样心力交瘁,她其实挺好的。然而,他很快发现自己错了,当梅沁正脸对着他这个方向和一个老教授说着什么时,他发现梅沁真是更瘦了,不仅是瘦,而且是很明显地变老了。他心里沉了一下。梅沁穿着毛呢阔腿九分裤,刚过脚踝的黑色裸靴,上身一件卡其色风衣,里面是烟灰的驼领毛衫,她还是那么随意而又精致,站在一堆毛里毛糙的人中间,尤其显得时髦、靓丽,看上去朝气蓬勃。然而,于怀杨看出了她的变化。不到一年的时间,甚至,她披在肩上的长发似乎也没那么茂密黑亮了。

于老师,你是不是也想过去和梅大编辑搭话啊?我看你老盯着她看呢!同行的彭教授发现了于怀杨的心不在焉,和他开玩笑说。

看你说的,美女谁不爱看,赏心悦目啊!大评论家虽是圣贤,但也是男人,莫非能免俗?哈哈!又一个人笑着说。

于怀杨听着这些,心里只觉疲惫,打不起精神搭腔。好在下一轮时间到了,大家鱼贯而入。他已经发过言了,不想再去放着台签的前排座位,就挑了个靠窗的位置坐下。

"嗡——"手机振动,屏幕上显示一条短消息,他摁键,心里突地跳了一下,是梅沁。是刚刚用那么凄厉的眼神盯着他的后背的梅沁。

不是花中偏爱菊,此花开尽更无花。

一句古诗。如此恰逢其时的一句古诗。这个女子,真是冰雪聪明啊,她看见他在看窗外的菊,她便立即想到了这句诗。她用这句诗向他表明她对他的心:此花开尽更无花,除你之外,没有什么能是我的花季。

她喜欢用花季这类的词。如果不做深究,她看上去其实和许多女人一样,伤感也好,快乐也罢,都是不伤及内里的矫情和夸张。他们认识两周后,她给他发短信说:很久以来,我以为我已经老去。但现在,突然间,我才开始了命定的花季。从一开始,她对他就是这样,从来都是直抒胸臆。那时候,他认为她是一个浪漫的文学女人。就是这一点,最初使他走近了她。他太熟悉她这样的人了,每天打交道的无非就是这个圈子的人。但最后他怕了她,也是因为她确乎骨子里就是一个文学女人。不是云山雾罩故作玄虚的大多数,而是极少数玩真玩命的那一种。

他俩是在一个作家的作品研讨会上认识的。她是 J 市出版社这部长篇的责任编辑,而他是作家从京城请来的众多著名评论家之一。他们经营着如今联系紧密的行当,或许,本来有太多的机会同时出现在类似的场合。但偏偏只是在那个三月,他们一个往南,一个朝东,落到了一个美丽的海滨城市,一步步走进了命定的邂逅。命定的前生相识,今世相逢。

这样文艺腔的话是梅沁说出来的。然而多么奇怪,于怀杨一点都不嫌肉麻。当他看着她的脸,听着她一字一字地说出了这话时,他的身体中便突然有一块地方开始感到细小但尖锐的疼痛。那时候,他对她什么都说不出来,心里有一个声音是对自己说的,于怀杨,现在对你,什么都来不及了。

那是研讨会的晚宴之后发生的事。几个当地作家热情非凡,非要尽地主之谊,请客人们出去玩。于怀杨本来不想去,但最终拗不过面子,只好随了大流。按理,他应该参加到海边兜风看夜景的那一组,但鬼使神差地,最后他发现自己站到了去K歌的这一拨人中——刚才,他听见梅沁对一个女作家说,看景也看累了,要不去唱歌吧,提提神?

于是,十来个人去了一家霓虹闪烁的豪华歌楼,一进门,强劲的重金属音乐和各式各样好听难听的歌声就从四面八方冲出来,击打着人的耳膜。于怀杨极少来这种地方,很不习惯如此的嘈杂。待坐定到一间大包厢,大家就开始吆喝,于老师先唱!两个人抢着要给于怀杨点歌,还有一个硬是把话筒往他手里塞。他尴尬得很,连连说,真的不会唱什么歌,别让我出丑,我听你们唱就行了,你们唱。大家还要劝,梅沁站起来说,玩玩的事,就别太互相难为了,想唱的唱,不想唱的听歌聊天,大家自由。听她这么说,有人把目标对准她,说,你干吗这么护着于老师呀?刚才吃饭时我们被人硬灌酒,也没见你拔刀相助啊,怎么光是偏袒于老师啊?又有人说,你不让他唱,那你先唱!于怀杨看着这乱哄哄的样子,只想逃走,这些人啊,白天一个个人模狗样酸文假醋的,一到晚上昏暗的灯光下,就酒也逼着人喝,歌也逼着人唱,成什么礼数!

但梅沁一点也不生气,她说,唱就唱,不就是唱歌吗?哪用得着你们围攻我!她接过话筒稳稳地坐下,开始唱一支叫《红豆》的歌,只唱了一句,大家就齐声叫好,原来她有一副艳压四座的好嗓子。于怀杨轻抿着茶水,认真地听着她唱出的每一句。这是王菲的歌,常听女儿说王菲的歌是不可模仿的,别人唱不出那个味儿。但现在他听着梅沁唱,觉得声声入耳,比王菲那种怪怪的味儿更受听。一曲歌罢,有人摇铃助兴,有人起身要给梅沁敬酒,说,梅老师你简直比天籁还天籁呢!我们从今天起都是你的粉丝了,来时忘了买鲜花,只好以薄酒表达敬意!梅沁笑着说别闹,自己倒了一杯茶喝起来。于怀杨从侧面看着她,幽暗的光线里,他看不清她眉目间细微的表情,但他感觉到了她突然的疲惫和一种有意味的沉默。他的心动了一下。

歌声又起,几个人纷纷地唱起来。于怀杨往梅沁跟前坐了坐,对她说,谢谢你刚才给我解围啊!梅沁也往他这边坐了坐,说,于老师,你真不喜欢唱歌?她盯着他,神情特别认真,好像在问一件挺要紧的事。于怀杨低下头,然后又抬起头接住她的视线,也认真地说,我喜欢听你唱歌。说完,两人一时都没了话,就把目光投向大屏幕,那里,一个穿着皮裤的男歌星正在痛苦万状地唱"无所谓,我无所谓",但音响里传出的却是和梅沁同来的女作家跑了调的假声。

于怀杨问,你干编辑多久了?梅沁说,十年。于怀杨说,觉得有意思吗?梅沁说,为他人作嫁衣,谈不上有意思没意思,饭碗呗!于怀杨又问,你自己写作吗?梅沁说,不!于怀杨对她斩钉截铁的回答感到奇怪,便说,为什么不?梅沁说,不会写,从小就不爱写作文,顶讨厌语文老师。于怀杨看着她颦起的眉头,不禁笑了,顶讨厌语文却为何当了文学编辑?梅沁看着他笑也摇摇头笑了,是啊,我也很纳闷自己怎么就干了这个行当。少顷,她慢慢地说,当然,这个行当也是挺有意思的。你的那些书,那些文章,就都——说到这儿,突然停住,好像不知该怎样表达自己的意思,她低下头,有点无助的样子,用右手拨弄起自己左手的手指来。于怀杨发现她的手指很细,很长,有着细腻的白,在橘色的光线环绕中,一根一根流转着玲珑剔透的美。一时间,他也不知说什么好,就随口问,你看过我的书,我的文章?语音未落,梅沁猛地抬起头看他,眼神里有惊讶,有责备,有受伤。那么幽怨的一瞥,猛地像电流击中了于怀杨。

恰在这时候,勾肩搭背唱歌的那几个人扭过头来冲梅沁嚷嚷,梅老师,快来再唱一首,让我们再享受一下,你那才叫唱歌呢,这帮人啊,呕哑嘲哳难为听啊!梅沁说行啊,便站起身。一到他们中间,她立即很快乐的样子,又是趴在点歌机上点歌,又是腾出手来给别人鼓掌。于怀杨静静地看着他们欢闹,心里回味着刚才她那眼神,慢慢有一种失落的情绪笼上来。失落里又裹着一种新鲜的甜。音乐再起,他看见梅沁把话筒举到嘴边,轻轻地唱出:"那片笑声让我想起我的那些花儿,在我生命每个角落静静为我开着,我曾以为我会永远守在她身旁,今天我们已经离去在人海茫茫……有些故事还没讲完那就算了吧,那些心情在岁月中已经难辨真假,如今这里荒草丛生没有了鲜花,好在曾经拥有你们的春秋和冬夏。她们都老了吧,她们在哪里呀……"

后来,于怀杨一遍遍地回想起这一幕情景。他不得不承认,就是在这一刻,他彻底被梅沁打动。这样的词句,这样的旋律,在这样的词句和旋律中深深浸淫的一个女子,他无可救药地让自己爱上了她。她那么沉醉地歌唱,光华熠熠,风情万千,却分明有莫名的深重忧伤压迫着她。于怀杨目不转睛地盯着她,一种焦渴,一种疼惜,开始明明白白地炙烤他的心,钝击他的心。

回酒店时已是凌晨一点多,大家在大厅里又纷纷地话别了一番,最后电梯里只剩下于怀杨和梅沁两个人了,他俩的房间都在25楼。于怀杨心想这是多么巧啊,他不敢看电梯镜子里自己的眼。8、9……12……18,红色屏幕上的数字跳跃显示着电梯令人窒息的上升速度,但逼仄的二人空间却给人一种晃晃悠悠天荒地老的迷幻。

25楼到了,于怀杨面对梅沁站定在细软厚实的过道地毯上,他俩将要一个往左,一个往右。他尽量坦然地笑着,伸出手对她说,很高兴和你认识,以后常联系。

梅沁没有握他的手,她只是那么沉静地看着他。于怀杨有点尴尬地收回手,这时他听见梅沁一字一顿地说,于怀杨,你记着,我们不是认识,是重逢。我们是命定的前生相识,今世重逢。

他听见她第一次叫他的名字,他听见她一字一字地说完了这话。多么奇怪,于怀杨一点都没有突然的感觉、煽情的感觉。那些话,好像是从他的心里渗出来的清泉,好像是从他的心里长出来的绿芽。他看着她,看着她美好无比的脸,他的心里有一块地方开始细细地尖锐地疼痛起来。莫名其妙地,占据他脑海的是一种突然生出的深深的遗憾。他对自己说,于怀杨,没用了,现在对你,什么都来不及了。

梅沁又说,我不是一个轻浮的女子,我告诉你这话,是因为明天我们就天各一方了。你知道吗?这世上,有些事,一转眼就来不及了。有些话,不说出来,或许就永远没有机会再说了。

这一次,于怀杨的心口受惊似的痉挛起来、剧痛起来。这怎么会是真的?当你因为这个女子,刚刚在心里对自己说来不及了时,偏巧这女子张口就说,这世上,有些事,一转眼就来不及了。

这是怎样的相遇,她的口,偏偏说的就是你的心?

三

安康今天晚上从一开始上班就状态不佳,导播、接线员、音响师大家一起聊着这几天台里发生的一些事,就他一个人怅怅地坐在电脑前发呆,脑子里乱哄哄的。

老安,你也不过来跟我们瞎掰,一个人在那儿养精蓄锐,准备今晚又妙语连珠、语惊天下了!主任过来拍拍安康的肩,踱着慢步出去了。安康看着他的背影,心想他怎么就死活舍不得把那么点头发给剪掉呢?那曾让很多女孩动心的飘逸长发如今堆在粗壮的脖颈处,要多邋遢有多邋遢,难道他不知道如今那头发只能给他的形象减分而丝毫不能增光吗？唉,也难怪他,这世上的事情,别人看去明明白白的事情,一旦发生在自己头上,就纠结缠杂,云里雾里,欲了难了。

说什么妙语连珠、语惊天下,今晚安康接的第一个热线就让他气不打一处来。一个打工仔说他老婆新婚十五天就撵他走,现在快一年了,除了要钱从没打过一个问候电话,他知道老婆有两个相好的小伙子,她和他们亲热得不得了。他每次问老婆,老婆就说,咱们离婚吧。现在老婆怀孕了,他也不知道孩子是不是自己的。老婆说,我为什么要告诉你孩子是谁的？咱们离婚!

那你离啊,还等什么？安康说。

不是,是这样的,你看,安老师……电话那头小伙子嗫嚅着,不知说什么好。

我看不见,但我听着呢,你说是这样的,是怎样的？安康尽量调侃着语气,和缓地说,但他感觉到自己的眉头皱起来了。

我觉得离婚是名誉上不好的事情,我爹妈在农村,又都是老实人,丢不起这个人。小伙子鼓足了勇气,几乎是不停顿地说出了这句话。

那你的意思是,你戴上两顶绿帽子,就是名誉很好的事情？你爹妈怀里抱着不知姓什么的孙子,就不丢人反而很光荣,是吧？

不是。

既然不是,那你还不知道自己该怎么办吗？

可是……

别可是了,没什么可是。安康打断他,一个字,离!三个字,赶紧离！他很大声地说完，不再理他，愤然挂断了电话。

　　接下来是一个很文气的女人的声音，又是感情问题，又是婚姻出了问题。她丈夫十三年前抛弃她和两岁的儿子，携带钱款和情人出走。三年后他做生意失手，一文不名，要求回家。她因为觉得和丈夫是有过感情的，就接纳了他。可谁知一年后，丈夫故技重演，再次离开了家。音讯全无都快十年了，今年儿子马上要中考，他又回来了。他在南方开的小玩具厂倒闭，背了一身债，这就又离开那个女人，找她娘儿俩来了。

　　安康老师，你说我该怎么办？女人的声音哽咽起来。

　　你离不开丈夫，他不在，你就觉得活不下去是不是？安康问。

　　不是，这前后十多年时间，我无论做什么都是靠自己，没有一件事我指望过他。我一直是一个人这么过来的。

　　那你儿子离不开爸爸？

　　更不是。我儿子从生下来就没怎么和他处过，现在儿子懂事了，心里很恨他，儿子根本就反对他回家。

　　既然这样，那你认为你的家是个难民营，还是个慈善机构，谁落魄潦倒了、破产失业成穷光蛋流浪汉了就跑去你那儿寻找庇护喽？

　　女人不出声了，好半天，她说，我懂您的意思了，安康老师，可是我觉得我和我丈夫以前是有感情的……

　　你这个蠢女人，你不要再说和那个混账丈夫有感情的话了！安康厉声打断了女人的话，你要是再说"感情"这个词，我都替你害臊。

又一个午夜十二点,熟悉的乐曲中,安康疲惫地说出了每晚都说的道别词:各位听众朋友,《安康夜话》今晚就到这儿了,还是那句话,在听得见我的时候,我的声音和你在一起,在听不见我的时候,我的心和你在一起。明晚同一时刻,我们不见不散。

大家都从工作台前站起来,打哈欠伸懒腰,叮叮哐哐一阵忙乎。安康拿出手机,拨拉半天,又叹口气装回到裤兜里。窗外夜色万丈,他一片茫然。主任走过来说,老安,又在发呆?你是不是出什么状况了?今晚挺不对劲的,火气忒大!

今晚的谈话是不够理性,请头儿批评。安康真诚地说。

嘿,我还不了解你,今晚上根本就没两个有技术含量的提问者,所以才惹得你生气嘛!再说了,什么不够理性?你越不理性,越个性张扬,他们越爱听。说实话,他们好多人心里明镜似的,给你打热线说是让你指点迷津,其实就是想听你骂,你一骂,他们心里就舒服了。

安康站起来披上外套,别这样说听众,主任!

主任举起双手,夸张地做着投降的姿势,好,好!我不说听众,听众是咱们的上帝!安康啊,你这个金牌主持人也是我们的上帝呢,全靠你这张巧嘴,咱们的节目在省台、市台收听率都名列前茅,咱们组的同志才能拿全奖呢!

走下台阶,午夜的街头迎面卷来锥骨的寒风,安康打了一个寒噤,赶紧钻进车里。他发动车子,开出大院,开出巷道,汇入大道上稀疏的车流中。白天拥挤不堪的马路此刻是一眼望到头的敞亮,车无声地驶过流泻着五色灯光的街道,像划过一串轻快的音符。

手机响起叮咚叮咚的信息提示音,安康急着腾出一只手,只一眼,他就把手机扔到了坐垫那一头。什么乱七八糟办假证、手机中奖之类的垃圾信息!他的心更晦暗了。潜伏在他体内伺机而动的深度疲惫突然间全线出动,俘获了他的身心。

他本来以为这个信息是梅沁的。他好希望是梅沁。然而不是。那么,这么深的夜,他还要回到哪里去呢?这城市,还有一个地方,在等着他这么心急火燎地赶回去吗?

他把车停在一棵掉光了叶子的老榆树下,然后掏出打火机点燃了香烟,在深深地吸进去一口烟又徐徐地吐出来这一刻,他感觉到堵在胸口的郁闷慢慢释放出来了。啊,有烟可抽,是多么幸福的一件事啊。我为什么要戒烟?真是作践!

戒烟已经两年了——安好,走了已经两年半了,不是,两年七个月零三天了。

烟头一明一灭,青烟缕缕缭绕,安康的思绪又回到了刚才的节目中。主任说得对,今晚发挥得不好并不怪他,而是那几个热线内容太缺乏技术含量了,根本用不着他高水平地剖析。那些说婚姻出了问题的人,他们出了什么问题?只要不是傻子谁都能看明白,可偏偏他们自己非得当局者迷,非得让他骂醒才愿意面对现实。

可是,他真的能把什么人给骂醒吗?那些人是听不懂的,可是,在出了问题的婚姻中,又有谁的"问题"是技术含量高的问题呢?他越往深里想,就越感到一种深刻的虚妄,不禁苦笑着在心里骂自己,安康,你在人前扮演着智者的角色,咄咄逼人,一针见血,但你自己的生活不也同样出了问题,面对问题也在逃避,一副束手无策的熊样？要是听众知道你有家难回，主持完节目就在大街上游荡，谁还眼巴巴守在电话和收音机旁等你的《安康夜话》？

他突然有些羡慕今晚挨他骂的那些听众，至少，他们还有一个可以诉说的对象，至少还有一个叫"安康"的人和他背后许多的人在倾听着他们的伤心。可他呢？这冷冷的长夜里，他能对谁说"我的婚姻出了问题"？

不是我们的婚姻出了问题，而是我们本来就是问题婚姻。这是梅沁的话。那天梅沁说这话时，手里还正在忙着做安康爱吃的糖醋排骨。她系着翠绿底子上撒着小黄花的围裙，里面是一件低胸卡腰的黑色薄毛衫，衬出了窈窕紧致的身段。家里暖气热，她时不时抬起胳膊，用袖口蹭去额头上渗出来的汗珠。那姿势在安康眼里有着十足的稚气。他倚在门上打量着她的忙碌，内心充满爱怜疼惜，这种情绪使得他更加恼怒地冲她吼，梅沁，你发的什么疯？我不同意咱们分开，咱们好好的，为什么要分开？当然，也许，这几年我们的婚姻是出了些问题，但我决不允许你上纲上线、小题大做。

安康，你是专做这行的，你能不明白？不是我们的婚姻出了问题，而是我们本来就是问题婚姻。梅沁在厨房里头也不回地说，她的声音是一贯的柔和沉静。她的样子激怒了安康，他忍不住冲她吼了一声，什么是问题婚姻？你说怎么就是问题婚姻了？

梅沁不再言语，饭菜摆到了桌上，两个人开始沉默地吃饭。安康觉得憋闷，吃得很少，那盘糖醋排骨也只是象征性地吃了一块。梅沁看着他，想说什么，但终于没说。她进了书房，一直到夜幕降临,安康要去电台上班了,都没再出来。节目做完,他赶回家时,家里黑洞洞的,卧室的床上空荡荡的,她早已在书房睡下。接下来,这么多天了,她每天都是这个样子。她好像铁定了心要和他分开,铁定了心不吵不闹,就这么沉默地击垮他的意志。

安康拿起刚扔到一边的手机,毫不犹豫地拨了梅沁的号码,然而,传来的是"您所拨打的电话正在通话中",过了五分钟,他再拨,还在通话中。又过了五分钟,他再拨,还是在通话中。他的心里渐渐生出了一层寒意。梅沁,凌晨一点半还在和人通话,是什么人,让她如此反常地煲电话粥?是什么人,在这么深的夜里,守着她的声音?

他点了第二根烟。十分钟过去了,他管不住自己的手再拨,这次,那个令人无比厌烦的女声说的是"您所拨打的电话已关机"。哦,她终于关机了,上床了。

或者,她睡了,睡在对刚才那个电话的回味中?

安康觉得自己很狭隘,很阴暗,不过一个电话,何必疑神疑鬼?然而这样的自责丝毫不能安慰他瑟瑟发抖的心。另一个声音在黑暗的深处狠狠地鞭打着他,安康,不要再自欺欺人了,梅沁这多少天的状况,难道是一个电话的问题?梅沁说我们本身就是问题婚姻,难道你还不懂她的意思?还想逃避,还能逃避?

他狠狠地摁灭烟头,他突然间特别想要和什么人说说话,翻出手机上的通讯录,一个一个的名字,一串一串的号码,在闪亮的荧光中刺痛着他。打给谁?这么深的夜,这样的情绪,谁是适合接他电话的人?安康,你他妈平时呼朋引伴,称兄道弟,又替人指点迷津,分忧解难,搞得跟真的似的,到头来自己沦为怨妇一样,却连个可以诉苦的人都找不着!

手机屏幕闪亮着定格在一个名字、一串号码上:安好。为什么是安好?为什么,这个永远拨不通的号码,他还存在手机里舍不得删掉?为什么,今夜,此刻他唯一可以放心拨打的号码只有这一个?如果——如果号码的那一头还是安好,还是安好明媚的声音。

哥,谁欺负你了?告诉我,我去跟他拼了!如果,今夜,安好看到他如此地难过,她冲口而出的第一句话肯定是这样。

没心没肺的安好。永远也长不大的安好。以生命的利刃劈伤了安康的安好啊!

两行泪从眼里慢慢流出,落到了手背上。脸上泪水滑过的地方,留下了刀一般的冰凉。安康的心里一下透出了舒畅,他趴在方向盘上痛痛快快地哭出来。原来,哭出来是这么舒服,但偏偏如此难得,有多久,他没这么稀里哗啦酣畅淋漓地哭过了?他的心就像久旱龟裂的土地,像千年等一回甘霖,等不到一丝泪水的滋润。

记得安好的葬礼上,朋友们和台里的同事们围着他,大家红着眼睛,几个大姐一直摇着他的肩膀说,安康,你哭出来吧,哭出来就好了,你哭出来。

他哭不出来。他的双眼是干枯了的井,掘地三尺,抠都抠不出一滴水来。他就那么无声地任由别人摆布着,像做梦一样。他很痛很痛,痛得心扭结成了血肉模糊的一团,而那血肉模糊的一团要生生从他的身体里撕裂出去。他想哭出来,他想醒过来。但一切始终像做梦一样,恍恍惚惚。

那天,他在朋友的搀扶下手捧骨灰盒走向汽车的时候,听到了身后突然爆发出的凄厉的哭声,是梅沁。他回过头,看见梅沁挣脱身边的人,回身向刚刚走出的火葬场的方向冲。大家扯住了她,她突然像一头充满蛮劲的小兽,左冲右撞,她哭喊着、撕扯着,最后,她还是被牢牢控制在朋友们的臂膀里。求你们,求求你们啊,不要把安好一个人留在这里! 她仰着脸哭叫着,泪水像纵横的雨水沾满了她整个的脸颊,她的声音已经嘶哑,两片嘴唇咬出了鲜红的血迹。安康沉默地看着梅沁,梅沁的哭喊像碎玻璃一片一片扎进他心口的血肉模糊处。他不愿意看她哭倒在别人的臂弯里,他想一步跨过去把她搂进自己的怀里。然而,他多么羡慕她如此地哭出来,喊出来,多么羡慕她喷涌飞溅的泪水——他多么恨她的悲伤。他只是冷冷地看着她。后来,有人从他的手里拿走了骨灰盒,把它塞进了梅沁紧攥成拳头的手里。他看到梅沁顿然安静下来,她不解地盯着手中的盒子,哭肿的双眼细细地一寸寸地挪过白玉骨雕的盒子,她痛极迷茫的神态引出了朋友们一片低低的啜泣声。最后,梅沁像个孩子一样把盒子用两只胳臂围起来,紧紧地捧在胸口。他听到她说,安好,现在好了,咱们回家。

安康的头顷刻间眩晕起来,他慢慢蹲下身,用手捂住了两只耳朵。可是他挡不住这个声音。这个声音像呼啸的风破空而来,它击穿了十五年来的时光,把那些渗进生命深处的记忆一下子摔打在安康面前。整整十五年了,这一路走来的路上发生了多少值得、不值得的事,日子里落满了多少灰尘啊,他以为他忘了,忘了最初的爱。然而,此时此刻,在最不适宜的时刻,在最黑暗的深处,十五年前的梅沁翩然而至,以不变的姿势微笑着走进安康的心。那是二十一岁的梅沁,在那个梅雨霏霏的南国的清晨,他听到了她的声音,安好,现在好了,咱们回家。她的声音就像一场天堂雨,起落之间洗涤了他内心全部的焦躁、愤怒和仇恨。他从来没有让一个女孩子的声音那样地走进过他的心。那一刻,他是那么震惊,他抬眼看她,只一眼,他就看出了她命定的不快乐。她的神色里有着小鹿一般的惊惧和受伤,但她那么青春,美丽的眼睛是晴空的颜色。安康就是在那个初遇的清晨,就是在听到她的声音、看见她的眼睛的那一刻,就决定了这一辈子做她的亲人。而她,当她迎接着他眼睛里的光芒时,她可否预料到,接下来将要发生的一切?她可否想象过在匆促而漫长的成长中,在整个一生中,她和他,她和安好,命运到底会在他们之间安排什么样的故事?

十五年前的那个清晨,整整七天七夜没睡过一个囫囵觉的安康赶到安好读大学的南方城市时,天空正飘着细细密密的雨,雨拂在脸上,有着阴冷的刺痛感。那时候的街上,还没有像今天这么密集的出租车,安康嫌公交车慢,但结果是他心急火燎地等了半个多小时才等到了一辆面的。他上车后直催司机快点,司机看看这个眼窝乌青满嘴起疱的年轻军官,就风驰电掣向外科医院开去。

他在医院的大门口见到了安好的班主任。三年多了,这个热心的女老师还是那副模样,她迎面走来,认出安康,就一把抓住了他的手,不用他开口问就开始讲述整件事情的始末。她说安好是如何勇敢,腿被捅穿血流如注她还是死死抓住小偷不放,说学校师生如何关注这事,大家怎么爱护安好以她为荣,又说那个凶犯已被缉拿归案。

安好,她现在怎么样了?安康急着问老师。

挺好的!我每天早上跑步,顺路来医院看她,她真是一天比一天好,刚我进病房,看她和梅沁两人抢东西吃呢!老师眉开眼笑地说,你听安好说过梅沁吧?她俩是最要好的朋友。说来也怪,她俩一个外向一个内向,一个天不怕地不怕,一个文静秀气,偏偏却一种血型,这次就是梅沁给安好输的血。真是不容易呢,那么弱的一个女孩子!

安康当然知道梅沁。安好的来信几乎每次都提到梅沁。不就是两个玩得好的女孩子吗?安康这么想,也没怎么留心过。现在他听到她为妹妹输了血,心里一下子充满了感激。老师又说,本来学校和系上听医生说没什么危险,就不打算通知你,你在边防驻军,交通那么不便,来一趟太困难。但安好昏迷时一直叫着哥哥,我想来想去觉得还是让你知道了好,这才发了电报。虽然给部队添了麻烦,但安好让你这个当哥的接出院,也是个安慰。安康赶紧回答,是,应该的。

不过……老师最后吞吞吐吐地说,不过听医生说,安好的腿将来可能会有一些后遗症,也只是说有可能,你不要太操心。

因为和老师的不期而遇,安康忐忑了几天的心稍许安稳下来。他往病房走去时,才觉出自己全身酸痛、双腿发软、眼眶胀涩。安好啊安好,你一个黄毛丫头逞什么能?你太不知深浅了!你知道从小到大,你闯了多少祸吗?这次我一定要好好教训一下你!他在心里恨恨地想。然而当他推开门看见安好打满绷带的腿,听见她那一声连心连肺的"哥哥"时,他就一下子热泪长流,他把妹妹留着男孩一样短发的圆脑袋抱到胸口,然后又蹲在床边,双手捧住了那条受伤的腿,他一下子哭出声来。他没出息地任由眼泪鼻涕糊弄了脸,他一拳一拳地砸在床边:那个伤了你的混账王八蛋,我真想亲手宰了他啊,我要亲手宰了他!

一条洁白的毛巾递到了他的脸颊边,他接过来,毛巾是湿热的,他擦了一把眼泪,结果毛巾上立即出现了黑乎乎的一团。真是不好意思,又坐汽车又赶火车。忧心如焚的他好几天都没洗脸了。他抬起头,看到了立在面前给他毛巾的人。你是梅沁?他问。她无言地点点头。

等他从水房好好地洗了脸又美美地喝了一气水,再回到病房她俩面前时,他看见梅沁搂着妹妹的肩,以轻柔的语调欢喜地说,安好,现在好了,咱们回家。

两周后,安康要回部队。临走前一个晚上,他把梅沁一个人从宿舍叫出来。你知道的,我明天要走了,我走之前一定得和你谈谈。他看着梅沁的眼睛,郑重地说。

你放心,我会照顾安好的。你放心,她没什么问题……梅沁说。

安康打断了梅沁,我今天找你不是为安好,是为了我自己。我知道我特别冒昧,也许你会讨厌,但我今天必须得说,不说,我会后悔一辈子的。梅沁,你嫁给我好吗?

他看着梅沁,梅沁也看着他,令安康无比惊讶的是她的眼睛里全无一丝吃惊,一丝受惊,甚至没有羞涩,没有推拒。她只是用那么一双照亮了安康的眼睛静静地看着他。

安康的心怦怦地跳起来,几乎要撞出他的胸膛,他不知道接下来再说什么,他不知道他会听到怎样的回答,他不敢想象这两周来自己内心如火的爱和激情会面临怎样的遭遇。他逼着自己说下去,梅沁,你的情况我都知道,你毕业了是要回北方老家的,这些都没关系,我愿意和你在一起,愿意和你去任何地方。你再等我两年,我就可以转业回地方了。

梅沁,你愿意等我两年吗?你愿意嫁给我吗?梅沁的沉默似乎有一百年那么久,安康在几乎窒息的等待中,再一次听到自己的声音,那声音仿若出自一个溺水的人之口。

我愿意。安康听到了这三个字,安康不相信自己的耳朵,但他确实听到了这三个字。梅沁站在他面前,仰着头看着他的眼睛,沉静地说,我愿意。

安康的心被强大的暖流淹没,他再也说不出一个字。好像过了一个世纪那么漫长,又好像只是甜蜜的一瞬,他终于醒过神,跨前一步,伸出双手把梅沁搂进了怀里。小小的梅沁,比世上所有的珍宝都要珍贵,比所有的传说都要美丽。十五年来,安康从来没忘记那天晚上,她穿着一件水粉色的泡泡袖衬衫,那衬衫上开满了小小的五色花瓣。当他把她搂进自己的胸口,最温热动情处时,那些花儿便从他俩的怀抱之间,从两颗心的交汇处,散发出白月光般皎洁酸郁令人眩晕的香味来。

四

于怀杨飞来见梅沁是在他们认识三个月之后。那是怎样的三个月,煎熬得就像过了三年甚至三十年。他从未向梅沁表达过这种心情,但他不能不对自己承认这一点。每天晚上,一个人在书房把手机调到静音状态,他就开始等她的信息。她的信息来了一条,又来了一条,他就一边愉快地回信一边想,这个恼人的女子啊,她这么干扰,我还怎么读书写文章?如果一个晚上等不来她一个字,他就整个地焦躁不安,陷入一种狂乱的思绪中。梅沁的脸忽隐忽现,梅沁的声音忽远忽近,梅沁整个地包围了他。他在这样陌生的幸福的围困中,一天比一天更清楚地感知着自己对这个女人的思念。

这是怎样一份可怕的情感?他如何能面对陷进这样一种罪责中的自己?他和老婆是患难夫妻,他的女儿在离家不远处上大学,周五回家,周日返校时总缠着他送她。他在寸土寸金的首都北京拥有一百多平方米的高档社区住宅两套。他已经四十八岁,在学界文坛终于拼出了叫得响的声名地位。生活就像他写的文章,中心突出、条理清晰,每一句话每一层意思都充满了无可辩驳的逻辑力量。然而,突然出现了一个叫梅沁的人,突然一切就都乱了。虽然,三个月里,他和往常一样去外地讲课一次,开研讨会三次,每次都会遇见认识的人,每次也都会新认识一些人,每次都和一些认识或不认识的人说话、吃饭、参观、游玩,三五天后回家。在家的日子,每周去单位开一次会,去图书馆借一次书,也和往常一样,周六不看书不学习,陪女儿看碟、听歌、打游戏,完了去大卧室和老婆睡进一个被窝。

但是,分明一切都乱了。

又一个枯坐在书房里等梅沁信息的夜晚,他惊骇地发现自己其实并不记得梅沁具体的模样了。他们只是在一起开了三天的会,三天里人头攒动,话语纷纷,只是在 KTV 昏暗的光线里才有了第一次的交谈,只是在酒店电梯令人眩晕的速度中,在房间过道静得心悸的对视中,他才惊鸿一瞥触摸到了她的气息,在轰然而起的疼痛中听到她说出了他心底的声音。他从来没有仔细地端详过她的脸,只记得她有一双美丽的大眼睛。他记得那眼睛里倏忽而过的受惊似的眼神,他记得她叫出他的名字时那微微战栗的嘴唇,那咬住上唇的几颗瓷器般的白牙在灯光下的光泽。然而,整个的她,他却是真的忘了。

这样想着时,短信突至,梅沁说:匆忙一面,也许你记不清我的样子了吧?在街上,你或许都不认得我。

于怀杨久久地看着手机屏幕上的这两行字,内心汹涌的感觉与其说是震撼,不如说是痛楚。为什么,这个女人总是洞窥他的心,抢先说出他的话?好好的日子,为什么偏要出现这样一个女人?他不知拿这个千里之外的女人如何是好,他看不见她,摸不着她,甚至想不起她的面目,但她牢牢地俘获了他。她是谁?他站起来踱到窗前,外面是迷茫的星空,是照亮了夜晚的万丈灯火后面永不落幕的人间戏剧。啊,在遥远的另一片天空下,发短信给他的梅沁,她有着怎样的夜晚?她以怎样的姿势穿梭在他看不见的日子中?

手机又亮了,梅沁说,我猜得没错,你不记得我了,所以不好意思给我回信,是吧?我给你的邮箱发去了几张近照,请欣赏哈!

于怀杨赶紧登录了邮箱,小心地下载下来七张照片。这下子,梅沁真实地站立在电脑屏幕上,以不同的姿势不同的笑容面对着他。他看着她,一时间无法把她和记忆中的那个夜晚的她叠合起来。照片上的梅沁,在三张外景照中都戴着大框的太阳镜,脖子上缠着丝巾,头发在风中飞起来,是于怀杨很没想到的一种风格,时髦、靓丽、不羁,他看着她的表情,觉得她遥远而神秘。有一张是她的工作照,安静、端庄、知性。另外三张,应该都是在她的家里拍的吧。有一张是大大的玻璃窗下,她坐在一把白色的木椅上,侧着头凝神注视着一盆阔大的绿叶植物,她穿着一双红色棉布拖鞋,她的脚踝有着玲珑的曲线。另一张她穿着居家的花毛衣,头发高高地扎着,显得特别年轻、清爽。最后一张——于怀杨怦然心动,这最后一张上才是他认识的梅沁。她黑亮的长发瀑布似的流泻下来,遮住了半边脸,有点苍白的脸上一对微眯的大眼睛,她静静地看着他,微微的笑意掩不去眼神里的迷茫和挣扎,忧郁就是那眼底的湖,就是那湖的颜色。他点着鼠标,把照片放大,梅沁的笑便占据了整个屏幕,放大了的笑使她小巧的鼻翼两侧印出了两道细纹。美丽的梅沁,忧郁的梅沁,长出了皱纹的梅沁,这才是那个说过"这世上,有些事,一转眼就来不及了"的梅沁啊。于怀杨的目光一遍遍抚过电脑中的她,心里细细地飘过她的歌声:有时候,有时候,我会相信一切有尽头,相聚离开都有时候,没有什么会永垂不朽。可是我,有时候,宁愿选择留恋不放手……

于怀杨就是在这个夜里决定去J市看望梅沁。他立即打电话订了第二天的机票。三个月里,梅沁已求他很多次了,求他来看她。他总是说忙。当然,真的很忙。忙之外的理由,他回避着,她挑破着,时间也就一天一天地过了。最后一次,他说,朋友之间,互相在心里想着对方不也挺好?为何非要见面?她答:你不来也罢,可是不要推诿,你知道"朋友"这个词对你我不合适。后来,她就再也不提让他来的话了。于怀杨想给她来个惊喜,在她下班走出大楼时自己突然出现在楼门口台阶上,那该是怎样的情景?他想象着,压抑不住地兴奋,但最后只是长长地叹口气,唉,不可能老夫聊发少年狂了,她那儿的人,有几个不认识他的?他斟酌再三,发去一条信息:明天,如果我来看你,你方便吗?

梅沁的回答几乎是一秒钟就到达的:难道是真的?于怀杨的眼睛突然就湿了,他答:真的。明天下午五点的飞机。没买到更早的航班。这一次,梅沁不说话了,好久,好久。于怀杨想象着沉默背后的梅沁,她激动得哭了?是怕见他或者是真的不方便见他?终于,他等到了她的回答:我等你。不管什么时候。一路平安,我爱。

第二天,于怀杨从家里到机场,在登了机关闭手机之前这段时间里,梅沁不断地发短信给他,问他到哪里了,在做什么,饿不饿,渴不渴,于怀杨觉得她简直乐得像一个叽叽喳喳的小姑娘,她的兴奋使他有一种特别幸福的感觉,恍如隔世,不知今夕何夕的幸福,年轻的甜蜜。

然而,他不是一个可以理直气壮地去赴爱人之约的小伙子了,梅沁,也不是小姑娘。两个成年男女,在这样的见面里,会发生怎样的故事?爱的激情,激情的爱,真的是他想要的吗?而到了最后,在最后的最后,他将如何放手？那一堆心灵的残渣、梦的灰烬,是那个有着小鹿一般清亮、惊惧、受伤的眼神的女人,是这三个月来无所遮掩、毫不矫饰地向他倾诉爱情的女人承受得起的吗？余下的日子,她将如何抱着这么多他给她的欠缺生活？

下午,天突然变阴了,飞机舷窗外堆积着乌沉沉的云团,于怀杨的心慢慢地过滤掉了兴奋和骚动,慢慢地塞满了沉重的思虑。你在做什么,于怀杨？你知道你在做什么吗？他在心里责问自己。如果能够,他真想让飞机掉头返航。是的,他还像昨晚一样,和过去的三个月里的每一天一样,渴望见到梅沁,但这种渴望已然被另一种更有力的东西击碎。现在,他是如此地害怕见到她,害怕见她后可能发生的一切。

在中转机场,他刚打开手机,梅沁的信息就接二连三地跳出来,像一群欢呼雀跃的小鸟。她说她要去机场接他。他赶紧回,机场离你市区太远,而且今天飞机晚点不知几点到,你绝对不能来。都不是小孩子了,不要这样。他觉得自己的语气有点严厉,而她回答说:好的,听你的。

按照梅沁的信息提示,坐出租车来到山丹花酒店时,时间已经是晚上十点多了。司机找零钱时,他从车窗内看到一个女人的身影立在酒店门厅的暮色中,左顾右盼着路过的每一辆车。她应该就是梅沁了。果然,他一下车,她就朝他奔过来。她叫他于老师,她说,你要再不到,我就崩溃了。她对着他笑,欢悦的语调像一个孩子。接过他的拎包时,她极其自然地挽了一下他的右臂,他左右看看,闪开了。

她已经订好了房间,是一个宽敞干净的小套房。进门拉开厚厚的窗帘,那条穿城而过的大河以夜色中波光璀璨的身姿跃入他的眼帘。他明白这是她特意选的临河看景的房间,她知道他不愿意住在闹市区那些大商场、练歌房旁边的星级宾馆,她知道他喜欢安静,喜欢自然。他的心里起着暗暗的欢喜。但转过身,兀然入眼的是横亘在面前的铺着雪白床单的巨大的双人床,那床单白得扎人眼。他坐进靠窗的藤椅,感觉到自己的局促。今天让你久等了,梅沁。他开口说话,声音里裹着一种让自己听着很陌生的虚浮。梅沁忙着烧开水,给他摆放东西,她一边在卫生间洗他的茶杯,一边很大声地问他,平时你喝的是什么茶?我给你带来了碧螺春、铁观音,还有一罐咖啡。你肯定饿了、渴了,你先洗一把脸,喝杯水,我们就去吃饭。

于怀杨在尴尬之中,突然对梅沁起了隐隐的嫉妒,她为什么就可以这样坦然、自然,这样阳光,这样一副地老天荒的笃定?他慢慢地喝下去一杯茶,茶里有沁人心脾的清香,这淡淡的香平息了他内心无可名状的焦躁和兴奋、恼怒和冲动。他放下茶杯,对坐在身边静静打量着他的梅沁说,你看,其实我一点都不饿,在飞机上吃了晚饭。咱们不出去吃饭了,就坐着说说话吧。

那怎么行?一定要好好吃顿饭,你今天整天都没吃什么呢。梅沁站起来,把包挎在身上,咱们现在就走。

现在已经快十一点了,你和我这时候一起去吃饭不太合适,你知道你们这里很多人都认得出我,他们看见就咱俩一起活动,根本用不着解释,误会就注定了。你想过这点吗,梅沁?于怀杨问,他觉得自己的话像是提醒,又像是试探,不觉有点脸红。

什么误会?梅沁猛地盯住他,他感觉到了她目光中倏忽而过的惊诧和委屈。他不知说什么好了,她的眼神让他觉得自己说错了,但他硬着头皮说下去,梅沁,咱们不是小孩子了,有些事情,自己容易失去理性,别人也会有误会。文坛虽不是娱乐圈,但绯闻在哪里都是受欢迎的。

突然,梅沁伸开双臂搂住了他的脖子,她把自己的脸贴到了他的脸上。没有什么误会,于怀杨,你记着,你我之间没有误会!她几乎是喊出了这句话,声音已经哽咽不成调,热热的泪水蹭到了于怀杨的脸上,凉凉地滑到颈窝。别哭,你别哭!于怀杨低低地劝她,他想为她擦拭汹涌而出的泪水,他想挣脱开来自她的双臂的如水的禁锢,然而他动弹不得,他几乎是被迫地伸出双手拥抱住了她。只一瞬,狂烈的热流便过电一般袭击了他的全身。这令人窒息的一瞬,他再也无力抗拒。于怀杨紧紧地搂着梅沁,梅沁无声无息,她像睡着了一样,就像一团梦一样蜷伏在他胸前。于怀杨听着自己的心跳撞击着她的身体,看着自己越来越粗重的呼吸喷在她脸上,吹起了鬓边细柔的发。他在心里说,于怀杨,你放手吧,这不是一次艳遇,这是真的,这个女人她是真的,你也是真的,你消受不起,你放手吧。但他的左手更狂烈地拥住了她小小的脑袋,他的右手从她的后背摸索到了前胸。

这时候,梅沁睁开眼睛,她嘟起嘴巴,在他脸上深深地一吻,然后调皮地把自己的脸在他的下巴上蹭了蹭,说,你的胡子好扎人啊!然后离开他的怀抱,她说,好的,我听你的,今晚就不出去吃了。我这就去给你买点吃的。

于怀杨僵僵地站立在原地,他看着她迅捷地转身,消失在门口。他眼睁睁地看着自己周身疾流的血突然被堵绝前路,也断了后路。它们像一群小兽在他的体内左突右奔,无望地寻找着出口。一种痛苦的迷醉突然被冷却,被凝固,被适时而至的醒悟击碎。

他慢慢坐回到椅子上,双人床上的白床单在灯光下闪着惨白的光,他不愿再回想刚才那一幕,偏偏那一切挥之不去,像电影慢镜头一遍遍回放在他的眼前。他觉得自己刚才的样子万分滑稽,一旦如此清楚地看懂了眼下这发生在自己身上的一切,三个月来的煎熬陡然一下子显得很虚妄,就像踩在棉花堆里。幸亏梅沁离去,否则他想象不出自己有多么羞愧。

他喝了一口茶,激动的情绪渐渐平息下来。他想着梅沁的样子,原来她比他记忆中的要高一些,更瘦一些呢。她穿着黑裤子,上面也是黑色,一件显得很洋气的外套,浑然一体的颜色使她显得更挺拔,她的脸在披肩的头发和一身黑衣的衬托下,有着细瓷般的白。

可是,她为什么要穿一身的黑呢?现在,好像满大街的女人,不管年老的、年轻的,都喜欢用妖冶的黑色打扮自己。她为什么不能免俗也要赶这个时尚呢?在初识的那个夜里,唱歌的梅沁在于怀杨的眼里是千人万人中不可复制的身影,是弱水三千中那唯一的一瓢。她其实就是他,是他心中不忍惊醒的那一个自己。可是,今天,在他千辛万苦飞来赴她之约,她望眼欲穿伫立了十几个小时的等待中,她偏偏一袭黑衣走进了他的视线。她普通得就像大街上任何一个穿黑衣的漂亮女人。

五

你不知道,一切都是因为安好。梅沁说。

这时候,早晨的阳光暖暖地铺在房间里,电视机声音小小地开着,床头柜上,于怀杨的茶杯里热气袅袅地飘散着,一切都这么安宁、敞亮,像是家的感觉。多少年了,从没有过此时此刻这样的柔情和感动。多少年了,梅沁终于给自己的心找着了一个家。她把头埋进于怀杨的胸窝,有点想哭,于是吸着鼻子,把一阵泪意悄悄咽进了肚里。于怀杨用右手搂着她,指头一下一下地按着她的肩膀。他和她并排地躺在床上,他们身下的大床单,在昨夜的灯光下显得暧昧、狰狞,杀机四伏,此刻却像一座风平浪静的港湾,一览无余的洁净,洁净而又贫乏。

如果没有安好,我怎么会知道这个世上有一个叫安康的人?怎么会认为他就是我从小到大在梦里寻找的人?如果没有安好,我又怎么能懂得,她的就是她的,本来是她的东西,我想分享,想抢夺,那是没用的?

安好是谁?我让你给我讲讲你自己,结果你就这么开头了。你知道吗,你说话没有铺垫,跳跃性特别大,你要是写小说,肯定特别会制造悬念呢。于怀杨欠起身看着梅沁的脸,一只手亲切地摩挲着她的手心。他的手湿热宽厚,当她把自己的手盖在他的手心里时,当她把他的手心抚在自己的脸上时,幸福便像倒在纸上的墨汁,徐徐地洇开来,那种欢喜是眼睛能看见的一圈又一圈的涟漪。

她喜欢这样的感觉,她喜欢她爱的男人这样地抚爱她。她不愿去想,为什么昨夜他的手在她身上狂乱地搜索,变成了今天温情的摩挲。她不知道她昨夜离开他后他想了些什么,今早面对她时,他脸上的笑突然使她生出了一种奇怪的感觉。他好像离她近了,却又更远了。她的心有一种被抽空的痛,她靠在他的肩上,他拥抱了她。这一抱,抱得宛如恩爱。她懂了,突然就释然了、踏实了。欢爱转眼成空,恩爱才会生根。可怜的梅沁啊,这一次,你找着的才是属于自己的一份贴心贴肺,相知又相遇。

然而,就算对他,也怎么能讲得清自己走过的路?那些纠结的恩怨、错开的花季,那用生命的灰飞烟灭换来的大梦初醒。他说,你要是写小说肯定会制造悬念,他是个小说评论家,三句话不离本行,可他哪里懂得,生活永远比小说更充满悬念。十五年前的那个清晨,安康推开病房的门,扑倒在安好的伤腿上,那幅画面就像突然间降临了一屋子的好太阳,南国淫雨霏霏的坏天气在这样炫目的太阳照耀下,每个角落里的隐暗都被照亮,那些久驱不散的湿气被蒸发殆尽。弥足珍贵的温暖和干爽,在那个清晨,就那样随安康的泪,一点一滴走进了梅沁的心,一丝一缕地照亮了焐热了梅沁二十一年的生命中亘古的黑暗和寒冷。

其实,在见到安康前,梅沁已听安好无数次地讲过她的哥哥。她说哥哥的善良、能干、仗义,说哥哥声音多么有磁性,比电台、电视台的播音员都好听,说哥哥长得有多帅气,他在军民联欢会上客串了一下主持人,结果多少漂亮女孩都哭着喊着要嫁给他。她说得最多的还是哥哥对她的宠爱。你知道吗,梅沁?小时候夏天最热的时候,妈妈每天给我俩一人五分钱买冰棒吃,哥哥不买,他手里攥着那五分钱看我吃,他说,好好让我舔一下你的冰棒好吗?我冲他喊,干吗舔我的?我才不呢!他就咽着口水不说话了。我吃完冰棒他带我去玩,玩完回家我渴得要命,哥哥就掏出那五分钱又给我买一冰棒,这回我主动说,哥你舔一口,哥说,好好你真好。他每次就那么小小地舔一下,他说,好好你吃,哥舍不得吃你的东西。每次都这样。

还好好真好呢,梅沁听到这儿,就嘲笑安好,你明知道你哥是为你省着那五分钱,你还舍不得让他舔一口你的冰棒,你怎么那么坏?

人家那时候小嘛,不懂事嘛!安好跺着脚冲梅沁喊,她羞恼的语气遮掩不了几分得意、几分骄纵。梅沁看着她,心里的艳羡铅块一样重。一个十四岁失去了双亲成为孤儿的女孩,却偏偏出落得如此美丽招眼、霸道任性,出落得如此天不怕地不怕,如此不懂事。安好,她的喜怒哀乐就像原野上摇曳的野花恣意地斑斓,就像喷泉尽情地喷洒。她如此炫耀,如此挥霍,就是因为——她有一个叫安康的哥哥。

梅沁,你是独生女,你没有哥哥,你不会知道那种感觉有多幸福,自己的是自己的,哥哥的也是自己的。安好说。

大四快毕业时,安好在公交车上抓小偷,突然间成了英雄。除了梅沁,没有人知道英雄其实只是一个一不小心就会闯祸,闯了祸后只会哭着喊"哥哥快来"的孩子。

这一次,哥哥来得太慢。哥哥知道自己来迟了,哥哥不能饶恕自己,哥哥跪在她的病床边发出无助的哭声。那来自一个顶天立地的男子汉和军人胸腔深处的悲恸,以一种无可比拟的力量震撼了安好和梅沁,她们想不出一句话安慰安康,只好跟着他的哭声一起哭了。

那天,三个人一起流了多少泪啊,那么多的泪水就像窗外连绵的雨季。那天,那雨季突然构成了梅沁生命中的春天。许多年以后,她才懂得了,雨季实实在在只是雨季。那三个人的雨季,她整整走了十五年,都没见着雨后的彩虹。雨季所寓意的一地阳光,那只是强加的象征,是二十一岁的她一厢情愿的梦想。

安康在安好身边待了两周。两周过去,他纵有千般不舍,都得归队了。他谢了所有在妹妹危难时提供了帮助的人,他刚来时激怒中曾骂医生废物、饭桶,治残了妹妹的腿,现在他买了鲜花、做了锦旗表达了他的歉意和感激,他请了妹妹的老师和同学吃饭。唯独对梅沁,这个把自己的血给了他的妹妹,在他的妹妹黑暗中哭喊哥哥的时候紧抓着她的手的女孩,他没说一个"谢"字。他在最后三五天,去妹妹的宿舍,给妹妹细细整理了床铺、衣箱、书本。他翻出了安好塞得乱七八糟的小衣服,拿到水房洗得干干净净。梅沁晚上回来,看到凉台上安好花花绿绿的衣服中间,竟然赫然挂着自己的枕巾和被套,她就什么都明白了。她把脸埋进他用手揉搓过的枕巾上,一种不知名的芳香和好闻的太阳味,细细地熏染了她的心。

所以,当那个高大英俊的军人惶恐地、艰难地对她说,梅沁,你愿意嫁给我吗时,她平静地回答,我愿意。

在人生最初的那个拥抱之夜,没有人知道她在熄灭了灯的宿舍里,在一个人的窗帘子内,流着泪点燃了蜡烛,从一本日记本的深处拿出了一张发黄的黑白照片。照片上是两个孩子。男孩七八岁,女孩四五岁,他们穿着款式一样的灯芯绒背带裤。他们的面前是一条马路,男孩拉着女孩的手,紧张地注视着眼前的车流人流,他的双眼里是茫然、惊惧、无助,是任怎样的茫然、惊惧、无助也不能压倒的担当。他身边的女孩,她的右手安然地托付给了男孩,她的左手紧攥着一根冰棒,她侧着头甜蜜地咂着嘴巴。

泪水一滴一滴地落在照片上,模糊了那个男孩的亮眼睛。安好不知道,几乎没有人知道,梅沁不是独生女,她有过哥哥。照片上的男孩,就是她的哥哥,而那个哭着喊着要哥哥牵她去家门口的马路对面铺子里买冰棒吃的小女孩,那个不讲理的舍不得让哥哥舔一口冰棒的小女孩,就是梅沁。

梅沁八岁的时候,父母离婚。妈妈带走了哥哥,狠心地把她心爱的梅沁留给了背叛的丈夫。她说作为一个女人,她受够了,再不愿意看着女儿在她面前长大。他们离开的那一天,天上飘着大雪,哥哥在雪地里一步三回头,他哭喊着,嘶哑的声音飘在风中,像刀片刮着被爸爸堵在门口的梅沁:妹妹,你等着我!你一定要等着我,长大了我来接你……

哥哥没能长大。十四岁那年的暑假,哥哥和一群男孩去河里游泳,再也没能回来。噩耗传来时,梅沁正在数存钱罐里的硬币,看着一桌子白花花的硬币,她心里乐开了花。她都数到六块八毛了,没数的还有一小堆呢!还有五天,是哥哥的生日。为了这个生日,为了给哥哥买那双她看过无数遍的足球鞋,她已经整整一年没买过零嘴了。

门突然被撞开,爸爸哽咽失声地进门,继母沉着脸告诉梅沁,哥哥死了。哥哥死了?哥哥死了!死了,是什么意思?

看着扑倒在哥哥遗体上哭昏过去的妈妈,梅沁全身发抖,牙齿打战。永远都没有机会,没有机会告诉哥哥了:我攒够给你买生日礼物的钱了。那双雪白的足球鞋,我天天都去看,天天都去看它在不在。现在,我可以买下它了。哥哥,现在我可以为你买下它了。

十岁的梅沁,就在那一刻让心灵长出了深深的皱纹。她还没长大,就已老去。从中学到大学,校园的浪漫季节里,她无视身边太多凝视她的热切目光。美丽而孤独的她,一天天地成了拒绝融化的冰。她从来没有想到,有一天,一个叫安康的男人为另一个女孩喷洒的热泪,竟会这样消融了她。从看见哥哥遗体的那一天起就冻结在胸口的疼痛,在十一年后的夜里才随着终于哭出来的泪水,释放了出来:哥哥,我找着你了,你知道吗?我终于等到长大的你来接我了。

毕业参加工作的第二年,梅沁义无反顾地嫁给了转业回来的安康。然而,她怎么能预料到,正如她多年后所说,这个婚姻不是渐渐地出了问题,而是从一开始就是问题婚姻。

还是因为安好。一切都是因为安好。安好把梅沁当作姐妹,视为至交,但当最好的朋友变成了嫂子,变成了哥哥的女人时,安好对梅沁就像变了个人。安好从此不再正眼看梅沁,她说,你是什么人?一个小偷!你趁我住院养伤偷走了我哥的心!她说,梅沁你走着瞧,他虽然娶你,但你永远都得不到他。

安康让梅沁不要计较,安好历来骄纵任性,更何况她现在跛了腿,心情糟得要命。安康捧着梅沁的脸,他磁性的声音像温婉的歌围绕着她:我的小梅沁,你现在不是她的同学了,你和我,咱俩是她的家长,你帮我看着她,管好她。咱们三个人,永远都是一家人。

但梅沁没法生出一家人的感觉。她觉得自己就像一个生生插进去的第三者。吃饭时,安好说,我要喝汤!梅沁赶紧站起来,安好扫都不扫她一眼,对着安康举着碗说,我要喝汤。安康说,让你嫂子给你去盛。安好挑衅地看着他,我不敢劳驾别人,我只喝你给我端来的汤。气氛尴尬、紧张得像要爆炸一样。每天都是这样,每天都会面临如此的僵局,防不胜防。安康说,梅沁,我还想吃点。安好一听立即跳起来,我去给你盛。梅沁说,安康,我这饭给你拨一点。安好闪电般把自己的饭扣进安康的碗,然后说,我哥从来不吃别人的剩饭,只吃我的。

慢慢地,三个人的吃饭,简直就像在受刑。梅沁一吃过晚饭就赶紧钻到卧室里,但无论看书、看电视还是睡觉,外面那两个人的样子总是在她的眼前驱赶不走。安康陪安好看电视、听歌、打游戏,安好一声一声的"哥"叫得地动山摇。如果安康和梅沁一起走进卧室,安好要么在浴室里狂叫,哥,给我把衣服递进来!要么就会敲着他们的门可怜巴巴地说,哥,你陪我散会儿步好吗?医生不是给你说了吗,要督促我锻炼。

安康有时忍不住冲安好发火,最厉害的一次,他把碗和口杯都砸在她脚边,他把她抵在墙边,冲她吼:安好,你到底安的什么心?

你存心要破坏是不是？你看着我这一辈子打光棍儿心里才舒服，是不是？

不是。安好平静地回答，我不是要你打光棍儿，我是不想让别人抢我的哥哥。也许，你换个老婆就没问题了。梅沁不行。

深深的夜里，安康把背对着他的梅沁扳过来，扳到胸口上。他一点一点地吻她，柔情的、歉意的、令人心碎的吻。梅沁开始流泪，安康把她捂在自己的怀里，一遍遍地说，对不起，宝贝对不起！再忍忍，把她嫁出去就好了，再忍忍。

然而，安好是决意不想把自己嫁出去了。她赶跑了所有的机会，她成天只赖在家里。小时候舍不得让哥哥舔一口冰棒的她，现在几乎把全部的薪水都花在安康身上，外套、衬衫、领带、皮鞋。最让人难以忍受的是，她还给哥哥购置内衣内裤。怎么说她都不听，软硬她都不吃。她对梅沁促狭地笑着说，亲爱的，你就尽情品尝婚姻生活的幸福吧，我呀，身残心死，只好独身主义喽！所以，我挣钱为谁啊？还不是为我哥，我的就是他的！

有一天吃晚饭时，安康不经意地说起台里有几个人拿的手提电话，说那玩意儿挺神的，据说很贵。大哥大啊？我知道，我有个哥们儿也买了。安好说。梅沁没说什么，但她留意到安康眼中艳羡的神情。第二天，梅沁跑遍满城，终于挑中了一部中意的手提电话，一口气跑回家站在安康面前，刚掏出来给他的礼物，就听到安好的狂呼乱叫：哥，快来开门，你猜我给你买什么了？大哥大！

两部大哥大交到了安康的手里。最后的结果是，安康用了安好送他的那一部，梅沁在台阶上砸烂了她买的那一部。安好哈哈大笑,瞧梅沁那点出息,要是我哥用她的不用我的,我就把大哥大砸在自己脑门上!

安康开始很凶地抽烟。他对她们两个,都失去了耐心和温柔。结婚第四年,在一次激烈的言语冲撞后,梅沁流掉了肚子里三个月的孩子。安康终于下了决心,把旧家留给安好,给自己和梅沁买了另一处房子。千辛万苦搬进新房的那一天,梅沁紧拥着安康喜极而泣。但,只过了三天,安康就乖乖地把新房的钥匙给了安好。

为什么?梅沁气得发抖,质问着像个孩子一样站在她面前的安康。其实,不问也知道,还能为什么?硬不下心拉不下脸呗!安康,永远斗不过安好。

梅沁,我不能对安好太狠。尤其,她现在成了这个样子。请你,理解我,梅沁!安康红着眼咬着牙说,我不能负她,负她——就是负父母天地。

那负我呢?我什么都不是,你可以随便负我是不是?

面对梅沁的愤怒和悲伤,安康只有叹息,你们两个啊,真是我前世的冤家,你们怎么就不明白?你们对我是不一样的,我给你们的是不一样的。

有什么不一样?安好不知道,梅沁也不愿意知道。能有什么不一样?安好抢去的夺去的,都是梅沁想要的。

日子就这样一天天地过着。突然有一天,安好厌倦了这三人间的游戏争斗,她完成了最后的、最决绝的霸道——她把自己卷进了飞驰的汽车轮下。

世界突然凝固了。当梅沁走进阴暗的太平间,看到安好的遗容时,她所有的防线顷刻间崩溃,比很多年前痛失哥哥更强烈的痛袭倒了她。原来,她还爱着安好。原来,她对安好的爱还好好地存在她的心底。原来,那么要命的破坏都不曾毁掉最初的烙印。安好是她寂寞漫长的大学时代唯一的女友,安好的身上流着她的血。然而,这十年,她们对彼此做了什么?梅沁哭着把安好受伤的头搂进怀里,她心疼得不敢去触摸安好的脸庞,这一张美丽的脸、亲爱的脸,这一张狠心的脸啊!

没有了安好的日子,就像一间青黄不接的仓房,一座突然间荒草丛生的园地,一片哑寂无声的枯林。每一个晚上,梅沁躺在黑暗中,最初的难过和伤心已变得钝缓,一天比一天鲜明、一天比一天尖锐的是虚空,十多年来绷紧的神经,十多年来自以为的嫉恨,十多年来渴求的关爱,所有的爱恨情仇都变成了虚空。安好,她带走了所有的重量,她把无边的虚空留给了梅沁。梅沁好像听到安好凑在她耳边哧哧地笑,那笑声听上去像是讽刺,更像是阴谋:梅沁,我把哥哥送给你了,我不要他了,这下,算你赢了吧。

是的,安康现在只属于梅沁一个人了。可是,安好扔下的安康,没有了安好的安康,还是梅沁想要的安康吗?

巨大的虚空,永远也无法填补无法充实的虚空,大梦初醒的虚空。

没有机会,永远都没有机会说了:安好,我是一直爱你的。在我最恨你的时候,我都是爱你的。你回来,我把安康还给你。你知道吗?没有你就没有安康。没有了你的安康,也不是我的安康。安康,他只能是我们两个人的——因为他是哥哥。

多亏,有了一个叫于怀杨的人。多亏命运让他从书里,从那些他写的文字中走出来,活生生地站到了梅沁面前,让梅沁懂得了,原来,真正的爱其实是这样简单,这样真实,这样没有前因后果。原来,她还可以这样地爱。纯粹的男人和女人。纯粹的爱。

六

等了多少天的相见,结果只是匆匆的一个夜晚和白天。于怀杨急着回北京。他负责办理的一个亲戚的房产出让突然出现了纠纷,他必须得在第二天赶回去。他就那样走了。梅沁一个人留在山丹花酒店,在弥漫着他的声音、他的气息的房间里,她看着暮色一寸一寸地降下来。晚上八点,于怀杨来了信息:我到家了。你要好好的。

一个月后,在北京,梅沁突然地出现在于怀杨面前。他们在一起待了整整四天。临别时,梅沁告诉他自己正在办离婚。

这一别,消息渐渐地稀少。如果梅沁不发信息,他不再主动问候她。梅沁问了,他也只是简短的回话。他的沉默越来越长,她的焦虑越来越重。有一天傍晚,她忍不住地拨了他的电话,彩铃唱了好半天,她听到了他的声音:喂,哪位?她愣了一下,嗓子突然发干,终于她回答,于老师,我是梅沁。无声的停顿。然后电话挂断了。

梅沁从电子邮箱给于怀杨写了信。她感谢他让她终于懂得了爱情,拥有了完整的没有缺憾的人生。于怀杨,一切相遇都是善缘,何况你我初见便是终生。我知道你内心那许多挣扎。我不会奢求你太多,我也不怪罪你那天挂我电话的粗暴。我只是想说,请你珍重自己。她说。

发信息的当天,梅沁收到了他的短信,前几天,我的手机甩到瓷砖上出了故障,发信息发不出去,接电话时时断线。我不是故意挂你电话的。梅沁问,那你现在换新手机了?他答没有,修了修凑合着用。她写了一句:大评论家,大教授,这年头谁还修手机?你缺钱花?过了一会儿,收到了回信:不是缺钱,是对用旧用顺手了的东西有感情,舍不得扔掉。我是个恋旧的人,无论是对物,还是对人。对新的一切,反而不适应。

这好像是顺口而来的一句解释,又好像是别有深意的一句暗示。我是个恋旧的人,他在表白什么?梅沁感觉到一种被误解被侵犯的伤害,她愤然地回信,谁是你的旧?谁是你不适应的新?谁让你扔掉旧的,适应新的?

只是在说手机。你太敏感,这样不好。他说,我们要心心相印才是。

梅沁再回信:心心相印太过珍稀,它产生了,也就完成了,它不会有那么长的保质期,一直等着我们让我们在尘世中慢慢使用。我不要你的心心相印,我要你接受我给你送一部新手机。

十一月的J市,处处已是萧索的气象了,真的绿色悄然谢幕,各种假花盆景便纷纷亮相。梅沁的出版社门口人来车往,一部长篇的新书发布会请来了全国各地的媒体和评论界名流。之前,梅沁没有想过于怀杨会来。这部书的作者,与其说他是作家,不如说他是社会活动家。这样的小说,不值得于怀杨来。但是,梅沁从会务

272

组的嘉宾名单上赫然看到了于怀杨的名字。她很是诧异,但立即明白过来。他如果来,肯定是为自己来的,是为了见她。是的,肯定是这样。她按捺不住地给他发信息,你来?他的回信默契地比她少了一个字:来。一个字,尽得风流。一个字,无声胜有声。一个字,那意在言外的知彼知己啊!

梅沁哼着歌直奔手机城。在每一个品牌前,她都问导购小姐四十多岁的中年男士最适合拿的款型是什么,她看得眼花缭乱,最后下定决心挑了最先入眼的那一款三星。她摩挲着崭新发亮的手机,想象着于怀杨接过她的礼物时脸上的表情。他会说,干吗买这么贵的手机?我不需要那么多乱七八糟的功能,不就是打电话、发短信吗?他还会说,你又给我花钱了,不应该的。朋友之间,用不着这样。梅沁现在知道了他是个务实、节俭的人,也已经习惯了他的避实就虚,他的举重若轻,习惯了他颜色平静地说"朋友"这个词。

梅沁现在懂得了,爱一个人,其实只是习惯,习惯他的真、他的假,他的好、他的坏,也习惯了他的近、他的远。无论他对她是远是近,她习惯了让自己的心等在老地方。

终于等到了发布会的前一天晚上,她估计他已到J市了,就想去看他。他回信说,宾馆人多眼杂,另外我也要好好准备一下明天的发言,早点休息。明天会上见。

第二天上午九点,发布会轰轰烈烈地开场了。她见到了半年前与她洒泪拥别的他,半年来让她日思夜想的他。他好像胖了一些,老了一些,他的鬓边看得见依稀的白发,他的手里握着那只从不离身的茶杯。梅沁站在互相握手致意的人堆中,管不住自己地看着他,泪水模糊了她的眼睛。好像还是在昨天,她在山丹花酒店的房间里,那么幸福地洗去了那只杯子上的茶垢。好像还是在昨天,在北京初夏的风里,她的手一遍遍抚过他的发,在她爱意缱绻的指尖,他的头发有着怎样葱茏的乌亮啊。她说,你的头发又黑又多,真好!他随口说是染的。她没有留心他的话,怎么可能是染的?他还这么年轻,当他紧紧抱着她时,他的爱是那么强健有力。

好像是在昨天。那一幕幕,却又恍如隔世。

梅沁仔细听了于怀杨的发言,他也和别人一样很是褒奖了这部其实很烂的书,列举了一些可圈可点之处。说了几句后,他离开具体的文本分析,开始阐发关于小说的宏观之词,也是些大家都早已熟悉的他的理论。梅沁有点失望,却也是意料之中的失望。他被人家千里迢迢请神似的请来,他不说好,他还能叫骂?说穿了如此一部作品,他不绕着走,不玩点虚的玄的,他又能怎样较真?可这样的发言,也需要他晚上特意准备?

他发言完毕会间休息之后,梅沁给他发了信息。她隔着几桌看他拿起手机,果然还是那笨笨土土的旧手机。她真想把包里背着的手机立马掏给他。她问他怎么安排。他的回答也是问号,有点小心翼翼:明天就要随大家走,或者你晚上能来?

中午的宴会梅沁逃了出来。因为于怀杨的存在,她突然地不能忍受那样的觥筹交错,那样的虚套应景,那样的和心爱的人在同一片乱哄哄中的咫尺天涯。她一个人漫无目的地走到河边,十一月凛冽的风吹得脸颊硬硬地疼,风翻卷起她的头发,不时遮挡着她的视线。她往哪里走？怎样才能走到晚上？她为什么要等到晚上？

已到午休时间了,宾馆过道里静悄悄的,梅沁踮起脚尖走到三楼他的房间门口,正要敲门,突然听到里面传出女人清脆的笑声。梅沁的手停在空中,这才发现房间的门是虚掩着的。

于老师,明天参观石窟,你去吗？我听说你去过好多次了。

你去,我就去。梅沁听到了回答。这是于怀杨的声音。于怀杨的声音。

哟,那我受宠若惊啊！你这么大一个名人,肯与我一路同行！那个女声夸张地笑起来,有点讽刺,更多娇嗔。

你可真不领情,这次来J市,还不是你叫我,我就来了？于怀杨依然平静的声音,惊涛般扑进梅沁的耳朵。

我是不敢领情,轮不到我啊。那个女的说,瞧刚才饭桌上那情景,再想想昨晚,咱们去喝茶,那些作家小文人个个直往你面前冲,尤其那些女作家、女编辑,就好像争先恐后要向你献身似的,嘻嘻！

看你,年纪轻轻的,怎么就学会这么刻薄了？于怀杨温厚地斥责。

哼！她们要么想让你推荐发表作品,要么想让你写文章吹捧她们,要么就是给她们那些卖不出去的破杂志约稿,挣几个奖金！

于怀杨的声音又起,你不要这样议论人,也不全是这样。其实你说的那些情况也没什么稀奇,人之常情,能帮则帮就是了。倒是——他的声音戛然而止了。随之,那个女声陡然兴奋地提高又神秘地压低,倒是什么？怎么欲言又止了？敢情你让哪个女人给缠上了,不要名也不要利,哭着喊着要你的感情,是不是?哇,好文艺的情节啊!于老师,快说说看,我保证替你保密!是个文学女青年或者文学女中年吧?

梅沁推门而入,一步跨到房间中央,沙发上猛地站起来两个惊骇的人。梅沁直直地盯住于怀杨,并不去看那个发出悦耳笑声的女人,她那么年轻,白皙圆润的脸上闪着青春的光芒。梅沁认识她,她是一家文艺周报的记者,有着和《笑傲江湖》中的那个女魔头一样的名字:任盈盈。

七

《安康夜话》今晚打得火爆,一直到节目的最后十五分钟,才得空插播了一首歌曲:十年之前,我不认识你,你不属于我,我们还是一样陪在一个陌生人左右。走过渐渐熟悉的街头……在陈奕迅低沉抒情的歌声中,安康长长地吁了口气。就在这时,电话又骤然响起。

你好,安康老师!晚间工作愉快!一个柔和的女声低低地传来,安康听在耳里觉得极其熟悉,但他来不及细想就接着说,谢谢,你有什么问题?需要我做什么?

我不知道我有什么问题呢,女人长长地叹了口气。叹气声突然像重锤击在安康的心脏上,他的心一阵痉挛,扭结不清的疼痛几乎要袭倒他:梅沁!是梅沁,她竟然是梅沁。安康差点叫出声,可是,这是在做节目,这是全市收视率第一的金牌节目《安康夜话》,安康,你不能失态!

昨天,我买了一部手机想送给一个人,结果,结果……

结果怎么了?那人是你的什么人?安康尽力镇定着声音,用一贯的探询的口气发问。

我以为他是我的爱人。梅沁说。

怎么理解你以为他是你的爱人?安康问。他的手握成了拳头。

梅沁平静地说下去:我以为他是我的爱人,我给他买了一部手机,结果我把手机送给了酒店的一个小保安。你知道这有多么讽刺吗?十年前,我也买过一部手机,也想送给一个男人,结果,结果那手机被我自己砸碎在台阶上了。

为什么?安康问,他已经使自己的声音恢复成一贯的主持腔,但他的心一阵比一阵更猛烈地揪疼着。

我以为他是我的丈夫。但我后来才知道,当我永远都没有后悔的机会时才知道,他永远只是我最好的女友的哥哥。可是,她的哥哥又怎么能是我的哥哥?哥哥又怎么能变成丈夫?还有,她没有了。连她都没有了,又怎么能有她的哥哥?

安康不能说话。他说不出话。他知道听众都听不懂梅沁的话,无数双耳朵都在等着他的声音,等着让他拨开迷雾见青天。但他说不出话。

为什么,在我的一生,我竟然两次都送不出一部手机?梅沁说,昨天,我一直在想这个问题。终于我懂了,也许,我这样的人,终其一生都无法完成心灵的成长,所以,一切都是必须的、注定的。我之所以陷于如此荒寒漫长的孤独,是因为我不会在爱情还温暖时选择祭奠。我太舍不得让柔情落幕。

她的声音清冷、坚硬,并没有幽怨。她轻轻吐出的每一个字,像坚冰一下一下扎着安康的心。他把身子往前倾了一下,好像这样就能离梅沁的声音近一点,离梅沁近一点。他终于再次开口,按着怦怦跳的心:这位听众,我想说一句,这世上有太多的人其实都被局限在自己的理解中,而看不到事情的另一面。比如你说"我以为他是我的丈夫",那你知道你丈夫的感受吗?如果在他心里,他原本其实就是你的丈夫呢?不管你这些日子里经历了什么,他如果一如既往,还希望一直是你的丈夫呢?你想过这些吗?

梅沁的声音稳稳地回答,安康老师,我今晚一直在听你的节目,你刚才放了一首歌,歌词里有这么几句:十年之后,我们是朋友,还可以问候,只是那种温柔,再也找不到拥抱的理由。我觉得写得真是好,你懂我的意思吗?我就是因为听到这歌才给你打电话的。

她的意思,安康懂了,他的心朝着无底的黑暗一点一点沉下去。他忘了自己的身份,狠狠地问,打电话做什么?

问候。倾诉。还有,感恩。

感恩什么?

感恩走过的路上经历的一切人和事,所有不能忘怀的遭遇——爱和伤害。

沉默。短暂而又漫长的沉默。安康开口,这位听众朋友,你的话说得诗意而又深刻,现在,时间也不多了,那么,让我祝福你,让我念一节诗给你,以结束今晚的谈话:我们如何指望群星为我们燃烧,带着那我们不能回报的激情？如果爱不能相等,让我成为爱得更多的一个。

如果爱不能相等,让我成为爱得更多的一个。梅沁轻轻地吟诵着。安康的耳朵里,安康的心里,安康整个的空间里都回荡着这个声音。空前绝后的、唯一的声音。梅沁的声音。

热线中断了。好像一切都中断了。安康抬起头,三十层的高楼外是深重的夜色,是那看不见的远方的黑。他慢慢地说:各位听众朋友,《安康夜话》今晚就到这儿,明晚再见。

泪水喷涌而出,他不擦,任由它们从他的脸上静静地走过。他不知道,他今晚忘了说《安康夜话》最后的告别语:在听得见我的时候,我的声音和你在一起,在听不见我的时候,我的心和你在一起。